新制對應
絕對合格

N1 N2 N3 N4 N5

常考單字

2000

プロ　　たんご　　ごうかく

吉松由美・田中陽子
西村惠子・小池直子　合著

山田社

日檢出題老師愛考的字
統統幫你收在這一本！

　　想要考上新制日檢「文字・語彙」，就要摸清楚出題老師的喜好。新制日檢「文字・語彙」要測驗考生是不是能掌握日語漢字的正確讀音、寫法，詞彙的字義跟運用，還有類義詞使用上的差別。同時，也測試考生是不是能把握日語的一些特定用法。因此，

本書內容：

　　從最具指標性的《日本語能力試驗公式問題集》＋舊制日檢近10年的歷屆考題嚴選出，出題老師最愛考的2000字，可説是雀屏中選，精選中的精選。

　　參考JLPT官方所發佈的「認證基準」各級內容＋例句中大都有該級的文法來有效提升應考戰鬥力！

　　無論是平時掌握重點，或是考前黃金衝刺週、甚至是進考場前的數分鐘，保證都是為您衝分，立竿見影的祕密武器！

總之，想順利考上，就靠這本了！

目錄

N5

あ行單字.....................016
か行單字.....................025
さ行單字.....................033
た行單字.....................039
な行單字.....................044
は行單字.....................046
ま行單字.....................052
や行單字.....................055
ら行單字.....................057
わ行單字.....................058

N4

あ行單字.....................060
か行單字.....................069
さ行單字.....................079
た行單字.....................089
な行單字.....................096
は行單字.....................098
ま行單字.....................104
や行單字.....................106
ら行單字.....................108
わ行單字.....................109

N3

あ行單字.....................110
か行單字.....................114
さ行單字.....................125
た行單字.....................134
な行單字.....................143
は行單字.....................145
ま行單字.....................153
や行單字.....................156
ら行單字.....................157
わ行單字.....................159

N2

あ行單字.....................160
か行單字.....................169
さ行單字.....................187
た行單字.....................204
な行單字.....................213
は行單字.....................214
ま行單字.....................223
や行單字.....................227
ら行單字.....................229
わ行單字.....................230

N1

あ行單字....................232

か行單字....................241

さ行單字....................256

た行單字....................269

な行單字....................279

は行單字....................281

ま行單字....................293

や行單字....................298

ら行單字....................301

わ行單字....................303

MEMO

新制對應手冊！

什麼是新日本語能力試驗呢

1. 新制「日語能力測驗」

2. 認證基準

3. 測驗科目

4. 測驗成績

*以上內容摘譯自「國際交流基金日本國際教育支援協會」的
　「新しい『日本語能力試験』ガイドブック」。

一、什麼是新日本語能力試驗呢

1. 新制「日語能力測驗」

從2010年起，實施新制「日語能力測驗」（以下簡稱為新制測驗）。

1－1 實施對象與目的

新制測驗與現行的日語能力測驗（以下簡稱為舊制測驗）相同，原則上，實施對象為非以日語作為母語者。其目的在於，為廣泛階層的學習與使用日語者舉行測驗，以及認證其日語能力。

1－2 改制的重點

此次改制的重點有以下四項：

1　測驗解決各種問題所需的語言溝通能力

新制測驗重視的是結合日語的相關知識，以及實際活用的日語能力。因此，擬針對以下兩項舉行測驗：一是文字、語彙、文法這三項語言知識；二是活用這些語言知識解決各種溝通問題的能力。

2　由四個級數增為五個級數

新制測驗由舊制測驗的四個級數（1級、2級、3級、4級），增加為五個級數（N1、N2、N3、N4、N5）。新制測驗與舊制測驗的級數對照，如下所示。最大的不同是在舊制測驗的2級與3級之間，新增了N3級數。

N1	難易度比舊制測驗的1級稍難。合格基準與舊制測驗幾乎相同。
N2	難易度與舊制測驗的2級幾乎相同。
N3	難易度介於舊制測驗的2級與3級之間。（新增）
N4	難易度與舊制測驗的3級幾乎相同。
N5	難易度與舊制測驗的4級幾乎相同。

「N」代表「Nihongo（日語）」以及「New（新的）」。

3　施行「得分等化」

由於在不同時期實施的測驗，其試題均不相同，無論如何慎重出題，

每次測驗的難易度總會有或多或少的差異。因此在新制測驗中，導入「等化」的計分方式後，便能將不同時期的測驗分數，於共同量尺上相互比較。因此，無論是在什麼時候接受測驗，只要是相同級數的測驗，其得分均可予以比較。目前全球幾種主要的語言測驗，均廣泛採用這種「得分等化」的計分方式。

4　提供「日語能力測驗Can-do List」（暫稱）作參考
　　為了瞭解通過各級數測驗者的實際日語能力，新制測驗經過調查後，提供「日語能力測驗Can-do List」（暫稱）。本表列載通過測驗認證者的實際日語能力範例。希望通過測驗認證者本人以及其他人，皆可藉由本表更加具體明瞭測驗成績代表的意義。

1－3　所謂「解決各種問題所需的語言溝通能力」
　　我們在生活中會面對各式各樣的「問題」。例如，「看著地圖前往目的地」或是「讀著說明書使用電器用品」等等。種種問題有時需要語言的協助，有時候不需要。
　　為了順利完成需要語言協助的問題，我們必須具備「語言知識」，例如文字、發音、語彙的相關知識、組合語詞成為文章段落的文法知識、判斷串連文句的順序以便清楚說明的知識等等。此外，亦必須能配合當前的問題，擁有實際運用自己所具備的語言知識的能力。
　　舉個例子，我們來想一想關於「聽了氣象預報以後，得知東京明天的天氣」這個課題。想要「知道東京明天的天氣」，必須具備以下的知識：「晴れ（晴天）、くもり（陰天）、雨（雨天）」等代表天氣的語彙；「東京は明日は晴れでしょう（東京明日應是晴天）」的文句結構；還有，也要知道氣象預報的播報順序等。除此以外，尚須能從播報的各地氣象中，分辨出哪一則是東京的天氣。
　　如上所述的「運用包含文字、語彙、文法的語言知識做語言溝通，進而具備解決各種問題所需的語言溝通能力」，在新制測驗中稱為「解決各種問題

所需的語言溝通能力」。

　　新制測驗將「解決各種問題所需的語言溝通能力」分成以下「語言知識」、「讀解」、「聽解」等三個項目做測驗。

語言知識	各種問題所需之日語的文字、語彙、文法的相關知識。
讀　解	運用語言知識以理解文字內容，具備解決各種問題所需的能力。
聽　解	運用語言知識以理解口語內容，具備解決各種問題所需的能力。

　　作答方式與舊制測驗相同，將多重選項的答案劃記於答案卡上。此外，並沒有直接測驗口語或書寫能力的科目。

2. 認證基準

　　新制測驗共分為Ｎ１、Ｎ２、Ｎ３、Ｎ４、Ｎ５五個級數。最容易的級數為Ｎ５，最困難的級數為Ｎ１。

　　與舊制測驗最大的不同，在於由四個級數增加為五個級數。以往有許多通過3級認證者常抱怨「遲遲無法取得2級認證」。為因應這種情況，於舊制測驗的2級與3級之間，新增了Ｎ３級數。

　　新制測驗級數的認證基準，如表1的「讀」與「聽」的語言動作所示。該表雖未明載，但應試者也必須具備為表現各語言動作所需的語言知識。

　　Ｎ４與Ｎ５主要是測驗應試者在教室習得的基礎日語的理解程度；Ｎ１與Ｎ２是測驗應試者於現實生活的廣泛情境下，對日語理解程度；至於新增的Ｎ３，則是介於Ｎ１與Ｎ２，以及Ｎ４與Ｎ５之間的「過渡」級數。關於各級數的「讀」與「聽」的具體題材（內容），請參照表1。

■ 表1 新「日語能力測驗」認證基準

	級數	認證基準 各級數的認證基準，如以下【讀】與【聽】的語言動作所示。各級數亦必須具備為表現各語言動作所需的語言知識。
困難 ＊ ↑	N1	能理解在廣泛情境下所使用的日語 【讀】·可閱讀話題廣泛的報紙社論與評論等論述性較複雜及較抽象的文章，且能理解其文章結構與內容。 ·可閱讀各種話題內容較具深度的讀物，且能理解其脈絡及詳細的表達意涵。 【聽】·在廣泛情境下，可聽懂常速且連貫的對話、新聞報導及講課，且能充分理解話題走向、內容、人物關係、以及說話內容的論述結構等，並確實掌握其大意。
	N2	除日常生活所使用的日語之外，也能大致理解較廣泛情境下的日語 【讀】·可看懂報紙與雜誌所刊載的各類報導、解說、簡易評論等主旨明確的文章。 ·可閱讀一般話題的讀物，並能理解其脈絡及表達意涵。 【聽】·除日常生活情境外，在大部分的情境下，可聽懂接近常速且連貫的對話與新聞報導，亦能理解其話題走向、內容、以及人物關係，並可掌握其大意。
	N3	能大致理解日常生活所使用的日語 【讀】·可看懂與日常生活相關的具體內容的文章。 ·可由報紙標題等，掌握概要的資訊。 ·於日常生活情境下接觸難度稍高的文章，經換個方式敘述，即可理解其大意。 【聽】·在日常生活情境下，面對稍微接近常速且連貫的對話，經彙整談話的具體內容與人物關係等資訊後，即可大致理解。

＊容易	N 4	能理解基礎日語 【讀】‧可看懂以基本語彙及漢字描述的貼近日常生活相關話題的文章。 【聽】‧可大致聽懂速度較慢的日常會話。
↓	N 5	能大致理解基礎日語 【讀】‧可看懂以平假名、片假名或一般日常生活使用的基本漢字所書寫的固定詞句、短文、以及文章。 【聽】‧在課堂上或周遭等日常生活中常接觸的情境下，如為速度較慢的簡短對話，可從中聽取必要資訊。

＊N1最難，N5最簡單。

3. 測驗科目

新制測驗的測驗科目與測驗時間如表2所示。

■ 表2 測驗科目與測驗時間＊①

級數	測驗科目 （測驗時間）			
N1	語言知識（文字、語彙、文法）、讀解 （110分）		聽解 （60分）	→ 測驗科目為「語言知識（文字、語彙、文法）、讀解」；以及「聽解」共2科目。
N2	語言知識（文字、語彙、文法）、讀解 （105分）		聽解 （50分）	→
N3	語言知識（文字、語彙） （30分）	語言知識（文法）、讀解 （70分）	聽解 （40分）	→ 測驗科目為「語言知識（文字、語彙）」；「語言知識（文法）、讀解」；以及「聽解」共3科目。
N4	語言知識（文字、語彙） （30分）	語言知識（文法）、讀解 （60分）	聽解 （35分）	→
N5	語言知識（文字、語彙） （25分）	語言知識（文法）、讀解 （50分）	聽解 （30分）	→

　　N1與N2的測驗科目為「語言知識（文字、語彙、文法）、讀解」以及「聽解」共2科目；N3、N4、N5的測驗科目為「語言知識（文字、語彙）」、「語言知識（文法）、讀解」、「聽解」共3科目。

　　由於N3、N4、N5的試題中，包含較少的漢字、語彙、以及文法項目，因此當與N1、N2測驗相同的「語言知識（文字、語彙、文法）、讀解」科目時，有時會使某幾道試題成為其他題目的提示。為避免這個情況，因此將「語言知識（文字、語彙、文法）、讀解」，分成「語言知識（文字、語彙）」和「語言知識（文法）、讀解」施測。

＊①：聽解因測驗試題的錄音長度不同，致使測驗時間會有些許差異。

4. 測驗成績

4−1 量尺得分

舊制測驗的得分，答對的題數以「原始得分」呈現；相對的，新制測驗的得分以「量尺得分」呈現。

「量尺得分」是經過「等化」轉換後所得的分數。以下，本手冊將新制測驗的「量尺得分」，簡稱為「得分」。

4−2 測驗成績的呈現

新制測驗的測驗成績，如表3的計分科目所示。N1、N2、N3的計分科目分為「語言知識（文字、語彙、文法）」、「讀解」、以及「聽解」3項；N4、N5的計分科目分為「語言知識（文字、語彙、文法）、讀解」以及「聽解」2項。

會將N4、N5的「語言知識（文字、語彙、文法）」和「讀解」合併成一項，是因為在學習日語的基礎階段，「語言知識」與「讀解」方面的重疊性高，所以將「語言知識」與「讀解」合併計分，比較符合學習者於該階段的日語能力特徵。

■ 表3 各級數的計分科目及得分範圍

級數	計分科目	得分範圍
N1	語言知識（文字、語彙、文法）	0〜60
	讀解	0〜60
	聽解	0〜60
	總分	0〜180
N2	語言知識（文字、語彙、文法）	0〜60
	讀解	0〜60
	聽解	0〜60
	總分	0〜180
N3	語言知識（文字、語彙、文法）	0〜60
	讀解	0〜60
	聽解	0〜60
	總分	0〜180

N4	語言知識（文字、語彙、文法）、讀解	0～120
	聽解	0～60
	總分	0～180
N5	語言知識（文字、語彙、文法）、讀解	0～120
	聽解	0～60
	總分	0～180

　　各級數的得分範圍，如表3所示。Ｎ１、Ｎ２、Ｎ３的「語言知識（文字、語彙、文法）」、「讀解」、「聽解」的得分範圍各為0～60分，三項合計的總分範圍是0～180分。「語言知識（文字、語彙、文法）」、「讀解」、「聽解」各占總分的比例是1：1：1。

　　Ｎ４、Ｎ５的「語言知識（文字、語彙、文法）、讀解」的得分範圍為0～120分，「聽解」的得分範圍為0～60分，二項合計的總分範圍是0～180分。「語言知識（文字、語彙、文法）、讀解」與「聽解」各占總分的比例是2：1。還有，「語言知識（文字、語彙、文法）、讀解」的得分，不能拆解成「語言知識（文字、語彙、文法）」與「讀解」二項。

　　除此之外，在所有的級數中，「聽解」均占總分的三分之一，較舊制測驗的四分之一為高。

4－3　合格基準

　　舊制測驗是以總分作為合格基準；相對的，新制測驗是以總分與分項成績的門檻二者作為合格基準。所謂的門檻，是指各分項成績至少必須高於該分數。假如有一科分項成績未達門檻，無論總分有多高，都不合格。新制測驗設定各分項成績門檻的目的，在於綜合評定學習者的日語能力。

MEMO

常考單字
2000

プロ　たんご　ごうかく

0001
あう

【会う】

(自五) 見面，遇見，碰面
(類) 面会する（會面）

大山さんと駅で会いました。
▶ 我在車站與大山先生碰了面。

0002
あかい

【赤い】

(形) 紅色的

赤いトマトがおいしいですよ。
▶ 紅色的蕃茄很好吃喔。

0003
あかるい

【明るい】

(形) 明亮，光明的；鮮明；爽朗
(類) 明らか（明亮） (對) 暗い（暗）

明るい色が好きです。
▶ 我喜歡亮的顏色。

0004
あく

【開く】

(自五) 打開，開（著）；開業
(類) 開く（開） (對) 閉まる（關閉）

日曜日、食堂は開いています。
▶ 星期日餐廳有營業。

0005
あける

【開ける】

(他下一) 打開；開始
(類) 開く（開） (對) 閉める（關閉）

ドアを開けてください。
▶ 請把門打開。

0006
あさ

【朝】

(名) 早上，早晨
(類) 午前（上午） (對) 夕（傍晚）

朝、公園を散歩しました。
▶ 早上我去公園散步。

0007
あし

【足】

(名) 腿；腳；（器物的）腿
(類) 手（手）

足が白い犬を飼っています。
▶ 我養了一隻腳是白色的狗。

0008 **あした**	名 明天
	類 明日（明天）
【明日】	村田さんは明日病院へ行きます。 ▶ 村田先生明天要去醫院。

0009 **あそぶ**	自五 遊玩；遊覽，消遣
【遊ぶ】	ここで遊ばないでください。 ▶ 請不要在這裡玩耍。

0010 **あたたかい**	形 溫暖的，溫和的
	對 冷たい（冰涼）
【暖かい】	昨日は暖かったですが、今日は暖かくないです。 ▶ 昨天很暖和，但是今天不暖和。

0011 **あたらしい**	形 新的；新鮮的；時髦的
	對 古い（舊）
【新しい】	この食堂は新しいですね。 ▶ 這間餐廳很新耶！

0012 **あつい**	形 （天氣）熱，炎熱
	對 寒い（寒冷的）
【暑い】	私の国の夏は、とても暑いです。 ▶ 我國夏天是非常炎熱。

0013 **あと**	名 （時間）以後；（地點）後面；（距現在）以前；（次序）之後
	類 以後（以後）
【後】	顔を洗った後で、歯を磨きます。 ▶ 洗完臉後刷牙。

0014 **あに**	名 哥哥，家兄；姐夫
	類 お兄さん（哥哥） 對 姉（家姊）
【兄】	兄は料理をしています。 ▶ 哥哥正在做料理。

0015 あね 【姉】	名 姉姉，家姉；嫂子
	類 お姉さん（令姉）對 兄（家兄）
	私の姉は今年から銀行に勤めています。
	▶ 我姊姊今年開始在銀行服務。

0016 あの	連體 （表第三人稱，離說話雙方都距離遠的）那裡，哪個，哪位
	あの眼鏡の方は山田さんです。
	▶ 那位戴眼鏡的是山田先生。

0017 アパート 【apartment house 之略】	名 公寓
	類 マンション（mansion ／公寓大廈）
	あのアパートはきれいで安いです。
	▶ 那間公寓既乾淨又便宜。

0018 あぶない	形 危險，不安全；（形勢，病情等）危急
	類 危険（危險）對 安全（安全）
	あ、危ない！車が来ますよ。
	▶ 啊！危險！有車子來囉！

0019 あまり	副 （後接否定）不太～，不怎麼～
	今日はあまり忙しくありません。
	▶ 今天不怎麼忙。

0020 あめ 【雨】	名 雨
	昨日は雨が降ったり風が吹いたりしました。
	▶ 昨天又下雨又颳風。

0021 あらう 【洗う】	他五 沖洗，清洗；（徹底）調查，查（清）
	昨日洋服を洗いました。
	▶ 我昨天洗了衣服。

0022 **ある**	自五 有，存在；持有，具有 類 持つ（持有） 對 無い（沒有）
	^{はるやす} 春休みはどのぐらいありますか。 ▶ 春假有多久呢？

0023 **あるく** 【歩く】	自五 走路，步行 對 走る（奔跑）
	歌を歌いながら歩きましょう。 ▶ 一邊唱歌一邊走吧！

0024 **いい・よい** 【良い】	形 好，佳，良好；可以 類 宜しい（好） 對 悪い（不好）
	ここは静かでいい公園ですね。 ▶ 這裡很安靜，真是座好公園啊！

0025 **いう** 【言う】	他五 說，講；說話，講話 類 話す（說）
	山田さんは「家内といっしょに行きました」と言いました。 ▶ 山田先生說「我跟太太一起去了」。

0026 **いえ** 【家】	名 房子，屋；（自己的）家，家庭 類 住まい（住處）
	毎朝何時に家を出ますか。 ▶ 每天早上幾點離開家呢？

0027 **いく** 【行く】	自五 去，往；行，走；離去；經過，走過 類 出かける（出門） 對 来る（來）
	大山さんはアメリカに行きました。 ▶ 大山先生去了美國。

0028 **いくつ**	名 （不確定的個數，年齡）幾個，多少；幾歲
	りんごはいくつありますか。 ▶ 有幾顆蘋果呢？

0029
いしゃ

⒏ 醫生，大夫
類 医師（醫生）

【医者】

私は医者になりたいです。
▶ 我想當醫生。

0030
いそがしい

⒕ 忙，忙碌
對 暇（空閒）

【忙しい】

忙しいから、新聞は読みません。
▶ 因為太忙了，所以沒看報紙。

0031
いたい

⒕ 疼痛；（因為遭受打擊而）痛苦，難過

【痛い】

朝から耳が痛い。
▶ 從早上開始耳朵就很痛。

0032
いち

⒏（數）一；第一，最
類 一つ（一個）

【一】

日本語は一から勉強しました。
▶ 從頭開始學日語。

0033
いつつ

⒏（數）五個；五歲；第五（個）
類 五個（五個）

【五つ】

日曜日は息子の五つの誕生日です。
▶ 星期日是我兒子的五歲生日。

0034
いつも

⒑ 經常，隨時，無論何時；日常，往常

私はいつも電気を消して寝ます。
▶ 我平常會關燈睡覺。

0035
いま

⒏ 現在，此刻；（表最近的將來）馬上；剛才
類 現在（現在）

【今】

今何をしていますか。
▶ 你現在在做什麼呢？

| 0036 いもうと | ㊎ 妹妹（鄭重說法是 "妹さん"） |
| **【妹】** | ㊛ 妹さん（令妹） ㊦ 弟（弟弟） |

公園で妹と遊びます。
▶ 我和妹妹在公園玩。

| 0037 いりぐち | ㊎ 入口，門口 |
| **【入り口】** | ㊛ 入り口（入口） ㊦ 出口（出口） |

入り口の前に子どもがいます。
▶ 入口前有個小孩子。

| 0038 いる | ㊒ （人或動物的存在）有，在；居住 |
| **【居る】** | ㊛ いらっしゃる（（敬）在） |

どのぐらい東京にいますか。
▶ 你要待在東京多久？

| 0039 いれる | ㊡ 放入，裝進；送進，收容 |
| **【入れる】** | ㊦ 出す（拿出） |

青いボタンを押してから、テープを入れます。
▶ 按下藍色按鈕後，再放入錄音帶。

| 0040 うえ | ㊎ （位置）上面，上部 |
| **【上】** | ㊦ 下（下方） |

りんごが机の上に置いてあります。
▶ 桌上放著蘋果。

| 0041 うすい | ㊏ 薄；淡，淺；待人冷淡；稀少 |
| **【薄い】** | ㊦ 厚い（厚） |

パンを薄く切りました。
▶ 我將麵包切薄了。

| 0042 うた | ㊎ 歌，歌曲 |
| **【歌】** | ㊛ 歌謡（歌謠） |

私は歌で五十音を勉強しています。
▶ 我用歌曲學 50 音。

0043
うたう

【歌う】

(他五) 唱歌；歌頌
(類) 歌唱する（歌唱）

毎週1回、カラオケで歌います。
▶ 每週唱一次卡拉 OK。

0044
うち

【家】

(名) 家，家庭；房子；自己的家裡
(類) 自宅（自己家）

きれいな家に住んでいますね。
▶ 你住在很漂亮的房子呢！

0045
うまれる

【生まれる】

(自下一) 出生；出現
(類) 誕生する（誕生）(對) 死ぬ（死亡）

その女の子は外国で生まれました。
▶ 那個女孩是在國外出生的。

0046
うみ

【海】

(名) 海，海洋
(對) 陸（陸地）

海へ泳ぎに行きます。
▶ 去海邊游泳。

0047
うる

【売る】

(他五) 賣，販賣；出賣
(對) 買う（買）

この本屋は音楽の雑誌を売っていますか。
▶ 這間書店有賣音樂雜誌嗎？

0048
えいが

【映画】

(名) 電影院
(類) シアター（theater／劇院）

映画館は人でいっぱいでした。
▶ 電影院裡擠滿了人。

0049
えいご

【英語】

(名) 英語，英文

アメリカで英語を勉強しています。
▶ 在美國學英文。

0050 えき	
【駅】	名（鐵路的）車站 類 ステーション（station ／車站） 駅で友達に会いました。 ▶ 在車站遇到了朋友。

0051 えん	
【円】	名・接尾 日圓（日本的貨幣單位）；圓（形） それは二つで5万円です。 ▶ 那種的是兩個五萬日圓。

0052 おいしい	
【美味しい】	形 美味的，可口的，好吃的 類 旨い（美味）對 不味い（難吃） この料理はおいしいですよ。 ▶ 這道菜很好吃喔！

0053 おおきい	
【大きい】	形（數量，體積等）大，巨大；（程度，範圍等）大，廣大 對 小さい（小的） 名前は大きく書きましょう。 ▶ 名字要寫大一點喔！

0054 おかあさん	
【お母さん】	名（"母"的敬稱）媽媽，母親；您母親，令堂 類 母（家母）對 お父さん（父親；令尊） あれはお母さんが洗濯した服です。 ▶ 那是母親洗好的衣服。

0055 おかね	
【お金】	名 錢，貨幣 類 金銭（金錢） 車を買うお金がありません。 ▶ 沒有錢買車子。

0056 おく	
【置く】	他五 放，放置；降，下 机の上に本を置かないでください。 ▶ 桌上請不要放書。

0057
おしえる

（他下一）指導，教導；教訓；指教，告訴
對 習う（學習）

【教える】

山田さんは日本語を教えています。
▶ 山田先生在教日文。

0058
おす

（他五）推，擠；壓，按
對 引く（拉）

【押す】

チャイムを押して、「ごめんください」と言いました。
▶ 按了門鈴，然後問「有人在家嗎？」

0059
おちゃ

（名）茶，茶葉；茶道
類 ティー（tea ／茶）

【お茶】

喫茶店でお茶を飲みます。
▶ 在咖啡廳喝茶。

0060
おとうさん

（名）（"父"的敬稱）爸爸，父親；您父親，令尊
類 父（家父）對 お母さん（母親；令堂）

【お父さん】

お父さんは庭にいましたか。
▶ 令尊有在庭院嗎？

0061
おととい

（名）前天
類 一昨日（前天）

【一昨日】

一昨日傘を買いました。
▶ 前天買了雨傘。

0062
おなじ

（形動）相同的，一樣的，同等的；同一個

【同じ】

同じ日に６回も電話をかけました。
▶ 同一天內打了六通之多的電話。

0063
おばあさん

（名）祖母；外祖母；（對一般老年婦女的稱呼）老婆婆
類 祖母（祖母）

【お祖母さん】

私のお祖母さんは 10 月に生まれました。
▶ 我奶奶是十月生的。

0064 おぼえる	他下一 記住，記得；學會，掌握 對 忘れる（忘記）
【覚える】	日本の歌をたくさん覚えました。 ▶ 我學會了很多日本歌。
0065 おもしろい	形 好玩，有趣；新奇，別有風趣 對 つまらない（無聊）
【面白い】	この映画は面白くなかった。 ▶ 這部電影不好看。
0066 およぐ	自五（人，魚等在水中）游泳；穿過，度過 類 水泳する（游泳）
【泳ぐ】	私は夏に海で泳ぎたいです。 ▶ 夏天我想到海邊游泳。
0067 おわる	自五 完畢，結束，終了 對 始まる（開始）
【終わる】	パーティーは9時に終わります。 ▶ 派對在九點結束。
0068 がいこく	名 外國，外洋 類 海外（海外） 對 内国（國內）
【外国】	来年弟が外国へ行きます。 ▶ 弟弟明年會去國外。
0069 かいしゃ	名 公司；商社 類 企業（企業）
【会社】	田中さんは1週間会社を休んでいます。 ▶ 田中先生向公司請了一週的假。
0070 かう	他五 購買 對 売る（賣）
【買う】	本屋で本を買いました。 ▶ 在書店買了書。

0071 かえる	（自五）回來，回去；回歸；歸還 歸；歸還
	（類）戻る（回家）（對）行く（去）
【帰る】	昨日うちへ帰るとき、会社で友達に傘を借りました。
	▶ 昨天回家的時候，在公司向朋友借了把傘。
0072 かく	（他五）寫，書寫；作（畫）；寫作（文章等）
	（對）読む（閱讀）
【書く】	試験を始めますが、最初に名前を書いてください。
	▶ 考試即將開始，首先請將姓名寫上。
0073 がくせい	（名）學生（主要指大專院校的學生）
【学生】	このアパートは学生にしか貸しません。
	▶ 這間公寓只承租給學生。
0074 かす	（他五）借出，借給；出租；提供（智慧與力量）
	（對）借りる（借）
【貸す】	辞書を貸してください。
	▶ 請借我辭典。
0075 かぜ	（名）感冒，傷風
【風邪】	風邪を引いて、昨日から頭が痛いです。
	▶ 感冒了，從昨天開始就頭很痛。
0076 かぞく	（名）家人，家庭，親屬
【家族】	日曜日、家族と京都に行きます。
	▶ 星期日我要跟家人去京都。
0077 がつ	（接尾）～月
【月】	私のおばさんは 10 月に結婚しました。
	▶ 我阿姨在十月結婚了。

0078 **がっこう** 【学校】	名 學校；（有時指）上課 類 スクール（school ／學校） た なか　　　 きのう びょう き　　　 がっこう　 やす 田中さんは昨日病気で学校を休みました。 ▶ 田中昨天因為生病請假沒來學校。
0079 **かど** 【角】	名 角；（道路的）拐角，角落 　　 みせ　 かど　 ひだり　　ま その店の角を左に曲がってください。 ▶ 請在那家店的轉角左轉。
0080 **かばん** 【鞄】	名 皮包，提包，公事包，書包 わたし　 あたら　　　　 かばん 私は新しい鞄がほしいです。 ▶ 我想要新的包包。
0081 **カメラ** 【camera】	名 照相機；攝影機 このカメラはあなたのですか。 ▶ 這台相機是你的嗎？
0082 **からだ** 【体】	名 身體；體格 からだ　　　　　　 あら 体をきれいに洗ってください。 ▶ 請將身體洗乾淨。
0083 **かりる** 【借りる】	他上一 借（進來）；借助；租用，租借 對 貸す（借出） ぎんこう　　 かね　 か 銀行からお金を借りた。 ▶ 我向銀行借了錢。
0084 **かるい** 【軽い】	形 輕的，輕巧的；（程度）輕微的；快活 對 重い（沈重） 　　 ほん　 うす　　　 かる この本は薄くて軽いです。 ▶ 這本書又薄又輕。

0085 カレンダー	㊂ 日暦；全年記事表
【calendar】	きれいな写真のカレンダーですね。 ▶ 好漂亮的相片日暦喔！

0086 かわ	㊂ 河川，河流
【川・河】	この川は県で一番長いです。 ▶ 這條河是縣内最長的。

0087 き	㊂ 樹，樹木；木材
【木】	木の下に犬がいます。 ▶ 樹下有隻狗。

0088 きく	㊀ 聽；聽說，聽到；聽從
【聞く】	宿題をした後で、音楽を聞きます。 ▶ 寫完作業後，聽音樂。

0089 きたない	㊄ 骯髒；（看上去）雜亂無章，亂七八糟 ㊉ 綺麗（漂亮）
【汚い】	汚い部屋ですね。掃除してください。 ▶ 真是骯髒的房間啊！請打掃一下。

0090 きって	㊂ 郵票
【切手】	郵便局で切手を買います。 ▶ 在郵局買郵票。

0091 きのう	㊂ 昨天；近來，最近；過去 ㊐ 昨日（昨天）
【昨日】	昨日は誰も来ませんでした。 ▶ 昨天沒有半個人來。

0092 きょう	名 今天
【今日】	今日は早く寝ます。 ▶ 今天我要早點睡。

0093 きょうしつ	名 教室；研究室
【教室】	教室に学生が３人います。 ▶ 教室裡有三個學生。

0094 きょねん	名 去年 類 昨年（去年）
【去年】	去年の冬は雪が１回しか降りませんでした。 ▶ 去年僅僅下了一場雪。

0095 きる	他五 切，剪，裁剪；切傷
【切る】	ナイフですいかを切った。 ▶ 用刀切開了西瓜。

0096 きれい	形動 漂亮，好看；整潔，乾淨 類 美しい（美麗） 對 汚い（骯髒）
【奇麗・綺麗】	鈴木さんの自転車は新しくて奇麗です。 ▶ 鈴木先生的腳踏車又新又漂亮。

0097 ぎんこう	名 銀行
【銀行】	日曜日に銀行は閉まっています。 ▶ 週日銀行不營業。

0098 くだもの	名 水果，鮮果
【果物】	毎日果物を食べています。 ▶ 每天都有吃水果。

0099 くつ【靴】	名 鞋子
	くつ を は いて そと に で ます。 靴を履いて外に出ます。 ▶ 穿上鞋子出門去。

0100 くに【国】	名 國家；國土；故鄉
	せ かい いちばんひろ くに 世界で一番広い国はどこですか。 ▶ 世界上國土最大的國家是哪裡？

0101 くらい【暗い】	形 （光線）暗，黑暗；（顏色）發暗 對 あか 明るい（亮）
	そら くら 空が暗くなりました。 ▶ 天空變暗了。

0102 グラム【(法)gramme】	名 公克
	ぎゅうにく か 牛肉を 500 グラム買う。 ▶ 買 500 公克的牛肉。

0103 くる【来る】	自力 （空間，時間上的）來，到來 對 行く（去）い
	やまなか く 山中さんはもうすぐ来るでしょう。 ▶ 山中先生就快來了吧！

0104 くるま【車】	名 車子的總稱，汽車
	くるま かいしゃ い 車で会社へ行きます。 ▶ 開車去公司。

0105 けさ【今朝】	名 今天早上
	け さ と しょかん ほん かえ 今朝図書館で本を返しました。 ▶ 今天早上把書還給圖書館了。

0106 けす	他五 熄掉，撲滅；關掉，弄滅；消失，抹去
【消す】	地震のときはすぐ火を消しましょう。 ▶ 地震的時候趕緊關火吧！

0107 ご	名（數）五 類 五つ（五個）
【五】	八百屋でリンゴを5個買いました。 ▶ 在蔬果店買了五顆蘋果。

0108 こうえん	名 公園
【公園】	この公園は奇麗です。 ▶ 這座公園很漂亮。

0109 ここ	代 這裡；（表程度，場面）此，如今；（表時間）近來，現在
	ここで電話をかけます。 ▶ 在這裡打電話。

0110 ごご	名 下午，午後，後半天 對 午前（上午）
【午後】	午後7時に友達に会います。 ▶ 下午七點要和朋友見面。

0111 ここのつ	名（數）九個；九歲 類 九個（九個）
【九つ】	うちの子は九つになりました。 ▶ 我家小孩九歲了。

0112 ごぜん	名 上午，午前 對 午後（下午）
【午前】	明後日の午前、天気はどうなりますか。 ▶ 後天上午的天氣如何呢？

0113 ごちそうさまでした	寒暄 多謝您的款待，我已經吃飽了 對 頂きます（開動）
	ごちそうさまでした。おいしかったです。 ▶ 多謝您的款待。非常的美味。
0114 ことば	名 語言，詞語
【言葉】	日本語の言葉を九つ覚えました。 ▶ 學會了九個日語詞彙。
0115 こども	名 自己的兒女；小孩，孩子，兒童 對 大人（大人）
【子供・子ども】	子どもに外国のお金を見せました。 ▶ 給小孩子看了外國的錢幣。
0116 この	連體 這～，這個～
	この仕事は1時間ぐらいかかるでしょう。 ▶ 這項工作大約要花一個小時吧！
0117 ごはん	名 米飯；飯食，餐 類 めし（飯、餐）
【ご飯】	ご飯を食べました。 ▶ 我吃過飯了。
0118 これ	代 這個，此；這人；現在，此時
	これは私が高校のときの写真です。 ▶ 這是我高中時的照片。
0119 こんげつ	名 這個月
【今月】	今月も忙しいです。 ▶ 這個月也很忙。

0120 こんしゅう	名 這個星期，本週
【今週】	^{こんしゅう}今週は 80 ^{じかん}時間も^{はたら}働きました。 ▶ 這一週工作了 80 個小時之多。

0121 さき	名 先，早；頂端，尖端；前頭，最前端 對 ^{あと}後（之後）
【先】	^{さき}先に^た食べてください。^{わたし}私は^{あと}後で^た食べます。 ▶ 請先吃吧！我等一下就吃。

0122 さくぶん	名 作文 類 ^{つづ かた}綴り方（（小學的）作文）
【作文】	^{じぶん}自分の^{ゆめ}夢について、^{にほんご}日本語で^{さくぶん}作文を^か書きました。 ▶ 用日文寫了一篇有關自己的夢想的作文。

0123 さつ	接尾 ～本，～冊
【冊】	^{ざっし}雑誌 2 ^{さつ}冊とビールを^か買いました。 ▶ 我賣了 2 本雜誌跟一瓶啤酒。

0124 ざっし	名 雜誌，期刊
【雜誌】	^{ざっし}雑誌をまだ^{はんぶん}半分しか^よ読んでいません。 ▶ 雜誌僅僅看了一半而已。

0125 さとう	名 砂糖
【砂糖】	このケーキには^{さとう}砂糖がたくさん^{はい}入っています。 ▶ 這蛋糕加了很多砂糖。

0126 さん	接尾 （接在人名，職稱後表敬意或親切）～先生，～小姐 類 ^{さま}様（～先生，～小姐）
	^{りん}林さんは^{おもしろ}面白くていい^{ひと}人です。 ▶ 林先生人又風趣，個性又好。

| 0127
さん

【三】 | 名（數）三；三個；第三；三次
類 三つ（三個）

3時ごろ友達が家へ遊びに来ました。
▶ 三點左右朋友來家裡來玩。 |

| 0128
さんぽ

【散歩】 | 名・自サ 散步，隨便走走

私は毎朝公園を散歩します。
▶ 我每天早上都去公園散步。 |

| 0129
じ

【時】 | 名 時
類 時間（時候）

妹が生まれたとき、父は外国にいました。
▶ 妹妹出生的時候，爸爸人在國外。 |

| 0130
じかん

【時間】 | 接尾 〜小時，〜點鐘

昨日は6時間ぐらい寝ました。
▶ 昨天睡了6個小時左右。 |

| 0131
じかん

【時間】 | 名 時間，功夫；時刻，鐘點
類 時（〜的時候）

新聞を読む時間がありません。
▶ 沒時間看報紙。 |

| 0132
しごと

【仕事】 | 名 工作；職業

明日は仕事があります。
▶ 明天要工作。 |

| 0133
じしょ

【辞書】 | 名 字典，辭典
類 辞典（辭典）

辞書を見てから漢字を書きます。
▶ 看過辭典後再寫漢字。 |

0134 しずか	形動 静止；平静，沈穩；慢慢，輕輕 對 賑やか（熱鬧）
【静か】	図書館では静かに歩いてください。 ▶ 圖書館裡走路請放輕腳步。
0135 した	名 （位置的）下，下面，底下；年紀小 對 上（上方）
【下】	あの木の下でお弁当を食べましょう。 ▶ 到那棵樹下吃便當吧！
0136 しち・なな	名 （數）七；七個 類 七つ（七個）
【七】	いつもは7時ごろまで仕事をします。 ▶ 平常總是工作到七點左右。
0137 しつもん	名・自サ 提問，問題，疑問 對 答える（回答）
【質問】	英語の分からないところを質問しました。 ▶ 針對英文不懂的地方提出了的疑問。
0138 しめる	他下一 關閉，合上；繫緊，束緊 類 閉じる（關閉） 對 開ける（打開）
【閉める】	ドアが閉まっていません。閉めてください。 ▶ 門沒關，請把它關起來。
0139 シャツ	名 襯衫
【shirt】	あの白いシャツを着ている人は山田さんです。 ▶ 那個穿白襯衫的人是山田先生。
0140 シャワー	名 淋浴；驟雨
【shower】	勉強した後で、シャワーを浴びます。 ▶ 唸完書之後淋浴。

0141
じゅう

【十】

名（數）十；第十
類 十（十個）とお

山田さんは兄弟が 10 人もいます。
やまだ　　　　きょうだい　　　　　にん
▶ 山田先生的兄弟姊妹有 10 人之多。

0142
しゅくだい

【宿題】

名 作業，家庭作業

家に帰ると、まず宿題をします。
いえ　かえ　　　　　　　しゅくだい
▶ 一回到家以後，首先寫功課。

0143
じょうぶ

【丈夫】

形動（身體）健壯，健康；堅固，結實
類 元気（精力充沛）げんき

体が丈夫になりました。
からだ　じょうぶ
▶ 身體變健康了。

0144
しろい

【白い】

形 白色的；空白；乾淨，潔白

山田さんは白い帽子をかぶっています。
やまだ　　　　しろ　ぼうし
▶ 山田先生戴著白色的帽子。

0145
しんぶん

【新聞】

名 報紙

この新聞は一昨日のものだから、もういりません。
しんぶん　おととい
▶ 這報紙是前天的東西了，我不要了。

0146
すき

【好き】

形動 喜好，愛好；愛，產生感情
對 嫌い（討厭）きらい

どんな色が好きですか。
いろ　す
▶ 你喜歡什麼顏色呢？

0147
すぐ（に）

副 馬上，立刻；輕易；（距離）很近

銀行は駅を出てすぐ右です。
ぎんこう　えき　で　　　みぎ
▶ 銀行就在出了車站的右手邊。

0148 すこし	副 一下子；少量，稍微，一點 類 ちょっと（稍微）
【少し】	すみませんが、少し静かにしてください。 ▶ 不好意思，請稍微安靜一點。
0149 すずしい	形 涼爽 對 暖かい（溫暖的）
【涼しい】	今日はとても涼しいですね。 ▶ 今天非常涼爽呢！
0150 すみません	寒暄（道歉用語）對不起，抱歉；謝謝；（向人搭話時）不好意思　類 ごめんなさい（對不起）
	すみません。トイレはどこにありますか。 ▶ 不好意思，請問廁所在哪裡呢？
0151 する	他サ 做，進行 類 やる（做）
	昨日、スポーツをしました。 ▶ 昨天做了運動。
0152 すわる	自五 坐，跪座 對 立つ（站立）
【座る】	どうぞ、こちらに座ってください。 ▶ 歡迎歡迎，請坐這邊。
0153 せん	名（數）（一）千；形容數量之多
【千】	その本は 1,000 ページもあります。 ▶ 那本書有一千頁之多。
0154 せんしゅう	名 上個星期，上週
【先週】	先週の水曜日は 20 日です。 ▶ 上週三是 20 號。

0155 せんせい 【先生】	(名) 老師，師傅；醫生，大夫
	先生の部屋はこちらです。 ▶ 老師的房間在這裡。

0156 ぜんぶ 【全部】	(名) 全部，總共
	パーティーには全部で何人来ましたか。 ▶ 全部共有多少人來了派對呢？

0157 そうじ 【掃除】	(名・他サ) 打掃，清掃，掃除
	私が掃除しましょうか。 ▶ 我來打掃好嗎？

0158 そと 【外】	(名) 外面，外邊；戶外 (對) 内（裡面）
	天気が悪くて外でスポーツができません。 ▶ 天候不佳，無法到外面運動。

0159 その	(連體) 那〜，那個〜
	そのテープは5本で600円です。 ▶ 那個錄音帶，5個賣600日圓。

0160 そば 【側】	(名) 旁邊，側邊；附近 (類) 近く（附近）
	病院の側に、薬屋と花屋があります。 ▶ 醫院附近有藥局跟花店。

0161 そら 【空】	(名) 天空，空中；天氣
	空に雲が浮かんでいます。 ▶ 雲朵漂浮在天空。

0162
だい
【台】

(接尾) ～台，～輛，～架

今日(きょう)はテレビを１台(だい)買(か)った。
▶ 今天買了一台電視。

0163
だいがく
【大学】

(名) 大學

大学(だいがく)に入(はい)るときは 100 万円(まんえん)ぐらいかかりました。
▶ 上大學的時候大概花了一百萬日圓。

0164
たかい
【高い】

(形)（價錢）貴；高，高的
(對) 安(やす)い（便宜）

あのレストランは、まずくて高(たか)いです。
▶ 那間餐廳又貴又難吃。

0165
たくさん
【沢山】

(副・形動) 很多，大量；足夠，不再需要
(類) 一杯(いっぱい)（充滿）

鳥(とり)がたくさん空(そら)を飛(と)んでいます。
▶ 許多鳥在天空飛翔著。

0166
だす
【出す】

(他五) 拿出，取出；伸出；寄
(對) 受(う)ける（得到）

きのう友達(ともだち)に手紙(てがみ)を出(だ)しました。
▶ 昨天寄了封信給朋友。

0167
たつ
【立つ】

(自五) 站立；冒，升；出發
(類) 起(お)きる（立起來）(對) 座(すわ)る（坐）

家(いえ)の前(まえ)に女(おんな)の人(ひと)が立(た)っていた。
▶ 家門前站了個女人。

0168
たてもの
【建物】

(名) 建築物，房屋
(類) 家(いえ)（住家）

あの大(おお)きな建物(たてもの)は図書館(としょかん)です。
▶ 那棟大建築物是圖書館。

0169
たべる
(他下一) 吃，喝
(對) 飲む（喝）

【食べる】
レストランで 1,000 円の魚料理を食べました。
▶ 在餐廳裡吃了一道千元的鮮魚料理。

0170
たんじょうび
(名) 生日
(類) バースデー（birthday ／生日）

【誕生日】
おばあさんの誕生日は 10 月です。
▶ 奶奶的生日在十月。

0171
ちいさい
(形) 小的；微少，輕微；幼小的
(對) 大きい（大的）

【小さい】
この小さい辞書は誰のですか。
▶ 這本小辭典是誰的？

0172
ちかく
(名) 附近，近旁；（時間上）近期，靠近
(類) 付近（附近）

【近く】
駅の近くにレストランがあります。
▶ 車站附近有餐廳。

0173
ちち
(名) 家父，爸爸，父親
(類) パパ（papa ／爸爸）(對) 母（家母）

【父】
8 日から 10 日まで父と旅行しました。
▶ 八號到十號我和爸爸一起去了旅行。

0174
つかう
(他五) 使用；雇傭；花費

【使う】
和食はお箸を使って、洋食はフォークとナイフを使います。
▶ 日本料理用筷子，西洋料理則用餐叉和餐刀。

0175
つく
(自五) 到，到達，抵達；寄到
(類) 到着する（抵達）

【着く】
毎日 7 時に着きます。
▶ 每天 7 點抵達。

0176 つよい	形 強悍，有力；強壯 對 弱い（軟弱）
【強い】	明日は風が強いでしょう。 ▶ 明天風很強吧！
0177 でかける	自下一 出去，出門；要出去；到～去 類 外出する（外出）
【出掛ける】	毎日7時に出掛けます。 ▶ 每天7點出門。
0178 てがみ	名 信，書信，函
【手紙】	きのう友達から手紙が来ました。 ▶ 昨天收到朋友寄來的信。
0179 でぐち	名 出口 對 入り口（入口）
【出口】	すみません、出口はどちらですか。 ▶ 不好意思，請問出口在哪邊？
0180 テスト	名 考試，試驗，檢查 類 試験（考試）
【test】	テストをしていますから、静かにしてください。 ▶ 現在在考試，所以請安靜。
0181 でる	自下一 出來，出去，離開 對 入る（進入）
【出る】	7時に家を出ます。 ▶ 7點出門。
0182 テレビ	名 電視
【television 之略】	昨日はテレビを見ませんでした。 ▶ 昨天沒看電視。

0183　てんき 【天気】	ⓝ 天氣；晴天，好天氣 今日はいい天気ですね。 ▶ 今天天氣真好呀！
0184　でんき 【電気】	ⓝ 電力；電燈；電器 ドアの右に電気のスイッチがあります。 ▶ 門的右邊有電燈的開關。
0185　でんしゃ 【電車】	ⓝ 電車 大学まで電車で 30 分かかります。 ▶ 坐電車到大學要花 30 分鐘。
0186　でんわ 【電話】	(名・自サ) 電話；打電話 林さんは明日村田さんに電話します。 ▶ 林先生明天會打電話給村田先生。
0187　ど 【度】	(名・接尾) ～次；～度 たいへん、熱が 39 度もありますよ。 ▶ 糟了！發燒到 39 度耶！
0188　トイレ 【toilet】	ⓝ 廁所，洗手間，盥洗室 類 手洗い（洗手間） トイレはどちらですか。 ▶ 廁所在哪邊？
0189　とお 【十】	ⓝ（數）十；十個；十歲 類 十個（十個） うちの太郎は来月十になります。 ▶ 我家太郎下個月滿十歲。

0190
ときどき

【時々】

㊀ 有時，偶而

時々 7 時にテレビでニュースを見ます。
▶ 有時候 7 點會收看電視新聞報導。

0191
とけい

【時計】

㊁ 鐘錶，手錶

あの赤い時計は私のです。
▶ 那紅色的錶是我的。

0192
としょかん

【図書館】

㊁ 圖書館

この道をまっすぐ行くと大きな図書館があります。
▶ 這條路直走，就可以看到大型圖書館。

0193
とても

㊀ 很，非常
㊥ 非常に（非常地）

今日はとても疲れました。
▶ 今天非常地累。

0194
とぶ

【飛ぶ】

㊂ 飛，飛行，飛翔

南のほうへ鳥が飛んでいきました。
▶ 鳥往南方飛去了。

0195
とまる

【止まる】

㊂ 停，停止，停靠；停息，停頓

次の電車は学校の近くに止まりませんから、乗らないでください。
▶ 下班車不停學校附近，所以請不要搭乘。

0196
ともだち

【友達】

㊁ 朋友，友人
㊥ 友人（朋友）

友達と電話で話しました。
▶ 我和朋友通了電話。

0197
とり

【鳥】

(名) 鳥，禽類的總稱；雞
(類) 小鳥(ことり)（小鳥）

私(わたし)の家(いえ)には鳥(とり)がいます。
▶ 我家有養鳥。

0198
とる

【取る】

(他五) 拿取，執，握；採取，摘；（用手）操控

田中(たなか)さん、その新聞(しんぶん)を取(と)ってください。
▶ 田中先生，請幫我拿那份報紙。

0199
ナイフ

【knife】

(名) 刀子，小刀，餐刀
(類) 包丁(ほうちょう)（菜刀）

ステーキをナイフで小(ちい)さく切(き)りました。
▶ 用餐刀將牛排切成小塊。

0200
なか

【中】

(名) 裡面，內部

公園(こうえん)の中(なか)に喫茶店(きっさてん)があります。
▶ 公園裡有咖啡廳。

0201
ながい

【長い】

(形) （時間、距離）長，長久，長遠
(類) 短(みじか)い（短）

この川(かわ)は世界(せかい)で一番(いちばん)長(なが)い川(かわ)です。
▶ 這條河是世界第一長河。

0202
など

【等】

(副助) （表示概括，列舉）～等

朝(あさ)は料理(りょうり)や洗濯(せんたく)などで忙(いそが)しいです。
▶ 早上要做飯、洗衣等，真是忙碌。

0203
ななつ

【七つ】

(名) （數）七個；七歲
(類) 七個(ななこ)（七個）

コップは七(なな)つください。
▶ 請給我七個杯子。

0204 なまえ	名（事物與人的）名字，名稱
【名前】	ノートに名前が書いてあります。 ▶ 筆記本上有寫姓名。

0205 ならべる	他下一 排列，陳列；擺，擺放
【並べる】	玄関にスリッパを並べました。 ▶ 我在玄關的地方擺放了室內拖鞋。

0206 なる	自五 成為，變成；當（上） 類 変わる（變成）
【為る】	天気が暖かくなりました。 ▶ 天氣變暖和了。

0207 に	名（數）二，兩個 類 二つ（兩個）
【二】	2階に台所があります。 ▶ 2樓有廚房。

0208 にぎやか	形動 熱鬧，繁華；有說有笑，鬧哄哄 對 静か（安靜）
【賑やか】	この八百屋さんはいつも賑やかですね。 ▶ 這家蔬果店總是很熱鬧呢！

0209 にち	名 號，日，天（計算日數）
【日】	1日に3回薬を飲んでください。 ▶ 一天請吃三次藥。

0210 にん	接尾 ～人（用在三人以上）
【人】	昨日4人の先生に電話をかけました。 ▶ 昨天我給四位老師打了電話。

0211 ねる	〔自下一〕睡覺，就寢；躺，臥
	〔對〕起きる（起床）
【寝る】	疲れたから、家に帰ってすぐに寝ました。
	▶ 因為很累，所以回家後馬上就去睡。

0212 ねん	〔名〕年（也用於計算年數）
【年】	だいたい1年に2回旅行をします。
	▶ 一年大約去旅行兩趟。

0213 のみもの	〔名〕飲料
	〔對〕食べ物（食物）
【飲み物】	私の好きな飲み物は紅茶です。
	▶ 我喜歡的飲料是紅茶。

0214 のむ	〔他五〕喝，吞，嚥，吃（藥）
【飲む】	毎日、薬を飲んでください。
	▶ 請每天吃藥。

0215 のる	〔自五〕騎乘，坐；登上
	〔對〕降りる（下來）
【乗る】	ここでタクシーに乗ります。
	▶ 我在這裡搭計程車。

0216 パーティー	〔名〕（社交性的）集會，晚會，宴會，舞會
【party】	パーティーで何か食べましたか。
	▶ 你在派對裡吃了什麼？

0217 はい・ばい・ぱい	〔接尾〕～杯
【杯】	コーヒーを一杯いかがですか。
	▶ 請問要喝杯咖啡嗎？

0218 はいる	〔自五〕進，進入，裝入
	類 入る（進入） 對 出る（出去）
【入る】	その部屋には入らないでください。
	▶ 請不要進去那房間。

0219 はがき	〔名〕明信片
【葉書】	はがきを3枚と封筒を5枚お願いします。
	▶ 請給我三張明信片和五個信封。

0220 はこ	〔名〕盒子，箱子，匣子
【箱】	箱の中にお菓子があります。
	▶ 盒子裡有點心。

0221 はじまる	〔自五〕開始，開頭；發生
	對 終わる（結束）
【始まる】	もうすぐ夏休みが始まります。
	▶ 暑假即將來臨。

0222 バス	〔名〕巴士，公車
【bus】	バスに乗って、海へ行きました。
	▶ 搭巴士去了海邊。

0223 はたらく	〔自五〕工作，勞動，做工
	對 休む（休息）
【働く】	山田さんはご夫婦でいつも一生懸命働いていますね。
	▶ 山田夫婦兩人總是很賣力地工作呢！

0224 はち	〔名〕（數）八；八個
	類 八つ（八個）
【八】	毎朝8時ごろ電車に乗ります。
	▶ 我每天早上都是八點左右搭乘電車。

0225 はな	名 花
【花】	ここで花を買います。 ▶ 在這裡買花。

0226 はなす	他五 說，講；告訴（別人），敘述 類 言う（說）
【話す】	食べながら話さないでください。 ▶ 請不要邊吃邊講話。

0227 はは	名 家母，媽媽，母親 類 ママ（mama／媽媽） 對 父（家父）
【母】	田舎の母から電話が来た。 ▶ 鄉下的媽媽打了電話來。

0228 はれる	自下一 （天氣）晴，（雨，雪）停止，放晴
【晴れる】	明日は晴れるでしょう。 ▶ 明天應該會放晴吧！

0229 はん	接尾 ～半，一半
【半】	9時半に会いましょう。 ▶ 約九點半見面吧！

0230 ばん	接尾 （表示順序）第～，～號
【番】	8番の方、どうぞ入ってください。 ▶ 8號的客人請進。

0231 はんぶん	名 半，一半，二分之一 類 半（一半）
【半分】	バナナを半分にしていっしょに食べましょう。 ▶ 把香蕉分成一半一起吃吧！

0232 **ひく**	（他五）拉，拖；翻查；感染 （對）押す（推）
【引く】	風邪を引きました。ご飯をあまり食べたくないです。 ▶ 我感冒了。不大想吃飯。
0233 **ひだり**	（名）左，左邊；左手 （類）左側（左側）
【左】	レストランの左に本屋があります。 ▶ 餐廳的左邊有書店。
0234 **ひと**	（名）人，人類
【人】	どの人が田中さんですか。 ▶ 哪位是田中先生？
0235 **ひとつ**	（名）（數）一；一個；一歲 （類）一個（一個）
【一つ】	間違ったところは一つしかない。 ▶ 只有一個地方錯了。
0236 **ひま**	（名・形動）時間，功夫；空閒時間，暇餘 （對）忙しい（繁忙）
【暇】	今日は午後から暇です。 ▶ 今天下午後有空。
0237 **ひゃく**	（名）（數）一百；一百歲
【百】	瓶の中に 500 円玉が 100 個入っている。 ▶ 瓶子裡裝了百枚的五百元日圓。
0238 **ひろい**	（形）（面積，空間）廣大，寬廣；（幅度）寬闊；（範圍）廣泛 （對）狭い（窄小）
【広い】	私のアパートは広くて静かです。 ▶ 我家公寓既寬大又安靜。

0239 プール 【pool】	名 游泳池
	どのうちにもプールがあります。 ▶ 每家都有游泳池。

0240 ふたつ 【二つ】	名（數）二；兩個；兩歲 類 二個（兩個）
	黒いボタンは二つありますが、どちらを押しますか。 ▶ 有兩顆黑色的按鈕，要按哪邊的？

0241 ふつか 【二日】	名（每月）二號，二日；兩天；第二天
	2日からは雨になりますね。 ▶ 二號後會開始下雨。

0242 ふとい 【太い】	形 粗，肥胖 對 細い（細瘦）
	大切なところに太い線が引いてあります。 ▶ 重點部分有用粗線畫起來。

0243 ふる 【降る】	自五 落，下，降（雨，雪，霜等）
	雨が降っているから、今日は出かけません。 ▶ 因為下雨，所以今天不出門。

0244 ふるい 【古い】	形 以往；老舊，年久，老式 對 新しい（新）
	この辞書は古いですが、便利です。 ▶ 這本辭典雖舊但很方便。

0245 ふん・ぷん 【分】	接尾（時間）～分；（角度）分
	今8時45分です。 ▶ 現在是八點四十五分。

0246 へた 【下手】	(名・形動)（技術等）不高明，不擅長，笨拙 對 上手（高明） 兄は英語が下手です。 ▶ 哥哥的英文不好。
0247 へや 【部屋】	(名) 房間；屋子 部屋をきれいにしました。 ▶ 把房間整理乾淨了。
0248 へん 【辺】	(名) 附近，一帶；程度，大致 類 辺り（周圍） この辺に銭湯はありませんか。 ▶ 這一帶有大眾澡堂嗎？
0249 べんきょう 【勉強】	(名・他サ) 努力學習，唸書 金さんは日本語を勉強しています。 ▶ 金小姐在學日語。
0250 ぼうし 【帽子】	(名) 帽子 山へは帽子をかぶって行きましょう。 ▶ 就戴帽子去爬山吧！
0251 ほん 【本】	(名) 書，書籍 図書館で本を借りました。 ▶ 到圖書館借了書。
0252 ほん・ぼん・ぽん 【本】	(接尾)（計算細長的物品）〜枝，〜棵，〜瓶，〜條 鉛筆が１本あります。 ▶ 有一支鉛筆。

0253 まい	接尾 （計算平薄的東西）〜張，〜片，〜幅，〜扇
【枚】	切符を2枚買いました。 ▶ 我買了兩張票。

0254 まいにち	名 每天，每日，天天
【毎日】	毎日いい天気ですね。 ▶ 每天天氣都很好呢！

0255 まいばん	名 每天晚上
【毎晩】	私は毎晩新聞を読みます。それからラジオを聞きます。 ▶ 我每晚都看報紙。然後會聽廣播。

0256 まえ	名 （時間的）〜前，之前
【前】	今8時15分前です。 ▶ 現在再十五分就八點了。（八點的十五分鐘前）

0257 まがる	自五 彎曲；拐彎
【曲がる】	この角を右に曲がります。 ▶ 在這個轉角右轉。

0258 まだ	副 還，尚；仍然；才，不過；並且 對 もう（已經）
【未だ】	図書館の本はまだ返していません。 ▶ 還沒還圖書館的書。

0259 まち	名 城鎮；街道；町 類 都会（都市）　對 田舎（鄉下）
【町】	町の南側に大きな川が流れています。 ▶ 城鎮的南邊有一條大河流過。

0260 まつ	他五 等候，等待；期待，指望
【待つ】	いっしょに待ちましょう。 ▶ 一起等吧！
0261 まん	名（數）萬
【万】	ここには 120 万ぐらいの人が住んでいます。 ▶ 約有 120 萬人住在這裡。
0262 みぎ	名 右，右側，右邊，右方 類 右側（右側）對 左（左方）
【右】	地下鉄は右ですか、左ですか。 ▶ 地下鐵是在右邊？還是左邊？
0263 みじかい	形（時間）短少；（距離，長度等）短，近 對 長い（長）
【短い】	暑いから、髪の毛を短く切った。 ▶ 因為很熱，所以剪短了頭髮。
0264 みず	名 水 類 ウオーター（water／水）
【水】	水をたくさん飲みましょう。 ▶ 要多喝水喔！
0265 みせ	名 店，商店，店鋪，攤子
【店】	あの店は何という名前ですか。 ▶ 那家店名叫什麼？
0266 みせる	他下一 讓～看，給～看；表示，顯示
【見せる】	先週友達に母の写真を見せました。 ▶ 上禮拜拿了媽媽的照片給朋友看。

0267 **みち** 【道】	名 路，道路 類 通り（馬路） あの道は狭いです。 ▶ 那條路很窄。
0268 **みっか** 【三日】	名（毎月）三號；三天 3日から寒くなりますよ。 ▶ 三號起會變冷喔！
0269 **みっつ** 【三つ】	名（數）三；三個；三歲 類 三個（三個） りんごを三つください。 ▶ 請給我三顆蘋果。
0270 **みなみ** 【南】	名 南，南方，南邊 對 北（北方） 私は冬が好きではありませんから、南へ遊びに行きます。 ▶ 我不喜歡冬天，所以要去南方玩。
0271 **みみ** 【耳】	名 耳朵 木曜日から耳が痛いです。 ▶ 禮拜四以來耳朵就很痛。
0272 **みる** 【見る】	他上一 看，觀看，察看；照料；參觀 朝ご飯の後でテレビを見ました。 ▶ 早餐後看了電視。
0273 **むっつ** 【六つ】	名（數）六；六個；六歲 類 六個（六個） 四つ、五つ、六つ。全部で六つあります。 ▶ 四個、五個、六個。總共是六個。

0274 メートル	⑧ 公尺，米
【mètre】	富士山は 3,776 メートルあります。 ▶ 富士山有 3,776 公尺高。
0275 もう	⑩ 另外，再
	もう一度ゆっくり言ってください。 ▶ 請慢慢地再講一次。
0276 もつ	⑯五 拿，帶，持，攜帶
【持つ】	お金を持っていますか。 ▶ 你有帶錢嗎？
0277 もっと	⑩ 更，再，進一步，更稍微
	いつもはもっと早く寝ます。 ▶ 平時還更早睡。
0278 や	⑱尾 ～店，商店或工作人員 ⑳ 店（店）
【屋】	すみません、この近くに魚屋はありますか。 ▶ 請問一下，這附近有魚販嗎？
0279 やおや	⑧ 蔬果店，菜舖
【八百屋】	八百屋へ果物を買いに行きます。 ▶ 到蔬果店買水果去。
0280 やすい	⑱ 便宜，（價錢）低廉 ⑳ 高い（貴）
【安い】	あの店のケーキは安くておいしいですね。 ▶ 那家店的蛋糕既便宜又好吃呀。

0281 やすみ	名 休息，假日；休假，停止營業
【休み】	明日は休みですが、どこへも行きません。 ▶ 明天是假日，但哪都不去。

0282 やっつ	名（數）八；八個；八歲 類 八個（八個）
【八つ】	アイスクリームを全部で八つですね。 ▶ 一共八個冰淇淋是吧！

0283 やま	名 山；一大堆，成堆如山
【山】	この山には桜が 100 本あります。 ▶ 這座山種植了一百棵櫻樹。

0284 ゆうびんきょく	名 郵局
【郵便局】	今日は午後郵便局へ行きますが、銀行へは行きません。 ▶ 今天下午會去郵局，但不去銀行。

0285 ゆうめい	形動 有名，聞名，著名
【有名】	このホテルは有名です。 ▶ 這間飯店很有名。

0286 ゆき	名 雪
【雪】	雪が降っています。 ▶ 正在下雪。

0287 よく	副 經常，常常
	私はよく妹と遊びました。 ▶ 我以前常和妹妹一起玩耍。

0288 よこ	名 橫；寬；側面；旁邊 對 縱（長）
【橫】	交番は橋の横にあります。 ▶ 派出所在橋的旁邊。

0289 よっつ	名（數）四個；四歲 類 四個（四個）
【四つ】	今日は四つ薬を出します。ご飯の後に飲んでください。 ▶ 我今天開了四顆藥，請飯後服用。

0290 よむ	他五 閱讀，看；唸，朗讀 對 書く（書寫）
【読む】	私は毎日コーヒーを飲みながら新聞を読みます。 ▶ 我每天邊喝咖啡邊看報紙。

0291 よる	名 晚上，夜裡 類 晚（晚上） 對 昼（白天）
【夜】	私は昨日の夜友達と話した後で寝ました。 ▶ 我昨晚和朋友聊完天後，便去睡了。

0292 らいしゅう	名 下星期
【来週】	それでは、また来週。 ▶ 那麼，下週見。

0293 ラジオ	名 收音機；無線電
【radio】	ラジオで日本語を聞きます。 ▶ 用收音機聽日語。

0294 りょうり	名 菜餚，飯菜；做菜，烹調 類 ご馳走（大餐）
【料理】	この料理は肉と野菜で作ります。 ▶ 這道料理是用肉和蔬菜烹調的。

0295 りょこう 【旅行】	(名・自サ) 旅行，旅遊，遊歷 (類) 旅（旅行） 外国に旅行に行きます。 ▶ 我要去外國旅行。
0296 レストラン 【restaurant(法)】	(名) 西餐廳 明日は誕生日ですから、友達とレストランへ行きます。 ▶ 明天是生日，所以和朋友一起去餐廳。
0297 ろく 【六】	(名)（數）六；六個 (類) 六つ（六個） 明日の朝6時に起きますから、もう寝ます。 ▶ 明天早上六點要起床，所以我要睡了。
0298 わかる 【分かる】	(自五) 知道，明白；懂，會，瞭解 「この花はあそこにおいてください。」「はい、分かりました。」 ▶ 「請把這束花放在那裡。」「好，我知道了。」
0299 わたす 【渡す】	(他五) 交給，交付 兄に新聞を渡しました。 ▶ 我拿了報紙給哥哥。
0300 わたる 【渡る】	(自五) 渡，過（河）；（從海外）渡來 この川を渡ると東京です。 ▶ 過了這條河就是東京。

MEMO

0301
あいさつ

（名・自サ）寒暄；致詞；拜訪
- ⑱ お世辞（客套話）

【挨拶】

アメリカでは、こう握手して挨拶します。
- ▶ 在美國都像這樣握手寒暄。

0302
あいだ

（名）中間；期間；之間
- ⑱ 中間（中間）

【間】

10年もの間、連絡がなかった。
- ▶ 長達10年之間，都沒有聯絡。

0303
あかんぼう

（名）嬰兒
- ⑱ 幼児（幼兒）

【赤ん坊】

赤ん坊が歩こうとしている。
- ▶ 嬰兒在學走路。

0304
あげる

（他下一）給；送
- ⑱ 与える（給予）

ほしいなら、あげますよ。
- ▶ 如果想要，就送你。

0305
あさねぼう

（名・自サ）賴床；愛賴床的人

【朝寝坊】

夏休みだから、少しぐらい朝寝坊をしてもかまわない。
- ▶ 現在是暑假，早上就算睡晚一點起床也無所謂。

0306
あじ

（名）味道
- ⑱ 味わい（味道）

【味】

このお菓子はオレンジの味がするそうだ。
- ▶ 聽說這糕點有柳橙味。

0307
アジア

（名）亞洲

【Asia】

アジアとアフリカと、どちらが広いですか。
- ▶ 請問亞洲和非洲，哪一洲的幅員較大？

0308
あつまる

【集まる】

(自五) 聚集，集合

パーティーには、1,000人もの人が集まりました。
▶ 那場派對來了多達一千人。

0309
あつめる

【集める】

(他下一) 集合
類 集合（集合）

生徒たちを、教室に集めなさい。
▶ 叫學生到教室集合。

0310
アメリカ

【America】

(名) 美國

夫はアメリカに行ったことがありますが、私はありません。
▶ 雖然外子曾經去過美國，但是我沒去過。

0311
あやまる

【謝る】

(自五) 道歉，謝罪
類 詫びる（道歉）

そんなに謝らなくてもいいですよ。
▶ 不必道歉到那種地步。

0312
アルバイト

【(德)arbeit】

(名) 打工，副業
類 副業（副業）

アルバイトばかりしていないで、勉強もしなさい。
▶ 別光打工，也要唸書啊！

0313
あんしん

【安心】

(名・自サ) 安心
類 大丈夫（可靠） 對 心配（擔心）

大丈夫だから、安心しなさい。
▶ 沒事的，放心好了。

0314
あんぜん

【安全】

(名・形動) 安全
類 無事（平安無事）

安全な使いかたをしなければなりません。
▶ 必須以安全的方式來使用。

0315

あんない

【案内】

(名・他サ) 陪同遊覽，帶路

類 ガイド（帶路）

京都を案内してさしあげました。
▶ 我陪同他遊覽了京都。

0316

いがい

【以外】

(名) 除外，以外

類 その他（之外）　對 以内（之內）

彼以外は、みんな来るだろう。
▶ 除了他以外，大家都會來吧！

0317

いがく

【医学】

(名) 醫學

類 医術（醫術）

医学を勉強するなら、東京大学がいいです。
▶ 如果要學醫，東京大學是最佳的選擇。

0318

いけん

【意見】

(名) 意見；勸告

類 考え（想法）

あの学生は、いつも意見を言いたがる。
▶ 那個學生，總是喜歡發表意見。

0319

いし

【石】

(名) 石頭

類 岩石（岩石）

池に石を投げるな。
▶ 不要把石頭丟進池塘裡。

0320

いじょう

【以上】

(名・接尾) ～以上

類 より上（比～多）　對 以下（以下）

100人以上のパーティーと二人で遊びに行くのと、どちらのほうが好きですか。
▶ 你喜歡參加百人以上的派對，還是兩人單獨出去玩？

0321

いそぐ

【急ぐ】

(自五) 急忙，快走

類 焦る（焦躁）

急いだのに、授業に遅れました。
▶ 雖然趕來了，但上課還是遲到了。

0322 いたす	(自他五) （”する”的謙恭說法）做，辦；致；有～，感覺～ (類) する（做）
【致す】	このお菓子は、変わった味が致しますね。 ▶ 這個糕點有奇怪的味道。
0323 いただく	(他五) 接收；領取；吃，喝 (類) 受け取る（接收）
【頂く】	お菓子が足りないなら、私はいただかなくてもかまいません。 ▶ 如果糕點不夠的話，我不用吃也沒關係。
0324 いちど	(名) 一次，一回 (類) 一回（一次）
【一度】	一度あんなところに行ってみたい。 ▶ 想去一次那樣的地方。
0325 いってまいります	(寒暄) 我要出門了
【行って参ります】	息子は、「いってまいります。」と言ってでかけました。 ▶ 兒子說：「我出門啦！」便出去了。
0326 いなか	(名) 鄉下 (類) 村落（村落） (對) 都会（都市）
【田舎】	この田舎への行きかたを教えてください。 ▶ 請告訴我怎麼去這個村子。
0327 いらっしゃる	(自五) 來，去，在（尊敬語） (類) 行く（去）；来る（來）
	お忙しかったら、いらっしゃらなくてもいいですよ。 ▶ 如果忙的話，不必來也沒關係喔！
0328 うえる	(他下一) 種植；培養 (類) 栽培（栽種） (對) 自生（野生）
【植える】	花の種をさしあげますから、植えてみてください。 ▶ 我送你花的種子，你試種看看。

0329
うかがう

（他五）拜訪；打聽（謙讓語）
類 訪れる（訪問）

【伺う】

先生のお宅にうかがったことがあります。
▶ 我拜訪過老師家。

0330
うけつけ

（名）詢問處；受理
類 窓口（窗口）

【受付】

受付はこちらでしょうか。
▶ 請問詢問處是這裡嗎？

0331
うごく

（自五）動，移動；運動；作用
類 移動（移動） 對 止まる（停止）

【動く】

動かずに、そこで待っていてください。
▶ 請不要離開，在那裡等我。

0332
うち

（名）～之内；～之中
類 内部（裡面） 對 外（外面）

【内】

今年の内に、お金を返してくれませんか。
▶ 年內可以還我錢嗎？

0333
うつくしい

（形）美麗，好看
類 綺麗（好看） 對 汚い（骯髒）

【美しい】

美しい絵を見るのが好きです。
▶ 我喜歡欣賞美麗的畫作。

0334
うつす

（他五）照相；描寫，描繪
類 撮る（拍照）

【写す】

写真を写してあげましょうか。
▶ 我幫你照相吧！

0335
うまい

（形）拿手；好吃
類 おいしい（好吃） 對 まずい（難吃）

彼は、テニスはうまいけれどゴルフは下手です。
▶ 他網球打得很好，但是高爾夫球打得很差。

0336 うりば	名 賣場
【売り場】	靴下売り場は 2 階だそうだ。 ▶ 聽說襪子的賣場在二樓。

0337 うるさい	形 吵鬧；囉唆 類 騒がしい（吵鬧）
【煩い】	うるさいなあ。静かにしろ。 ▶ 很吵耶，安靜一點！

0338 うんてん	名・他サ 開車；周轉 類 動かす（移動） 對 止める（停住）
【運転】	車を運転しようとしたら、かぎがなかった。 ▶ 正想開車，才發現沒有鑰匙。

0339 うんどう	名・自サ 運動；活動 類 スポーツ（sports／運動）
【運動】	運動が終わったら、道具を片付けてください。 ▶ 運動完了，請將道具收拾好。

0340 エスカレーター	名 自動手扶梯
【escalator】	駅にエスカレーターをつけることになりました。 ▶ 車站決定設置自動手扶梯。

0341 えらぶ	他五 選擇 類 選択（選擇）
【選ぶ】	好きなのをお選びください。 ▶ 請選您喜歡的。

0342 えんりょ	名・自他サ 客氣；謝絕 類 控えめ（客氣）
【遠慮】	すみませんが、私は遠慮します。 ▶ 對不起，請容我拒絕。

0343 おいわい

㈎ 慶祝，祝福
類 祝賀（祝賀）

【お祝い】

これは、お祝いのプレゼントです。
▶ 這是聊表祝福的禮物。

0344 おおい

㈎ 多的
類 沢山（很多） 對 少ない（少）

【多い】

友達は、多いほうがいいです。
▶ 多一點朋友比較好。

0345 オートバイ

㈎ 摩托車
類 バイク（bike／機車）

【auto+bicycle (和製英語)】

そのオートバイは、彼のらしい。
▶ 那台摩托車好像是他的。

0346 おかげさまで

㈎ 託福，多虧

【お蔭様で】

おかげ様で、だいぶ良くなりました。
▶ 託您的福，病情好多了。

0347 おき

㈎ 每隔～

【置き】

天気予報によると、1日おきに雨が降るそうだ。
▶ 根據氣象報告，每隔一天會下雨。

0348 おくじょう

㈎ 屋頂
類 ルーフ（roof／屋頂）

【屋上】

屋上でサッカーをすることができます。
▶ 頂樓可以踢足球。

0349 おくりもの

㈎ 贈品，禮物
類 ギフト（gift／禮物）

【贈り物】

この贈り物をくれたのは、誰ですか。
▶ 這禮物是誰送我的？

0350 **おくる** 【送る】	他五 寄送；送行 類 届ける（送達） <hr>東京にいる息子に、お金を送ってやりました。 ▶ 寄錢給在東京的兒子了。
0351 **おくれる** 【遅れる】	自下一 遅到；緩慢 類 遅刻（遲到） <hr>時間に遅れるな。 ▶ 不要遲到。
0352 **おこなう** 【行う】	他五 舉行，舉辦 類 実施（實施） <hr>来週、音楽会が行われる。 ▶ 音樂會將在下禮拜舉行。
0353 **おだいじに** 【お大事に】	寒暄 珍重，保重 <hr>頭痛がするのですか。どうぞお大事に。 ▶ 頭痛嗎？請多保重！
0354 **おたく** 【お宅】	名 您府上，貴宅 類 お住まい（<敬>住所） <hr>うちの息子より、お宅の息子さんのほうがまじめです。 ▶ 你家兒子比我家兒子認真。
0355 **おつり** 【お釣り】	名 找零 <hr>お釣りを下さい。 ▶ 請找我錢。
0356 **おどろく** 【驚く】	自五 吃驚，驚奇 類 仰天（大吃一驚） <hr>彼にはいつも、驚かされる。 ▶ 我總是被他嚇到。

0357 おみまい	(名) 探望，看病
【お見舞い】	(類) 訪ねる（拜訪）
	田中さんが、お見舞いに花をくださった。 ▶ 田中小姐帶花來探望我。

0358 おもいだす	(他五) 想起來，回想
【思い出す】	(類) 回想（回憶）
	明日は休みだということを思い出した。 ▶ 我想起明天是放假。

0359 おもう	(自五) 覺得，感覺
【思う】	(類) 考える（認為）
	悪かったと思うなら、謝りなさい。 ▶ 如果覺得自己不對，就去賠不是。

0360 おりる	(自上一) 下來；下車；退位
【下りる・降りる】	(類) 下る（下降）　(對) 上る（上升）
	この階段は下りやすい。 ▶ 這個階梯很好下。

0361 おる	(他五) 折
【折る】	
	おじさん、けんかで骨を折られたそうだよ。 ▶ 聽說叔叔和人打架受傷，骨折了耶！

0362 おる	(自五) （謙讓語）有，在
【居る】	
	（電話で）父は今おりませんが、どなた様でしょうか。 ▶ （接電話）家父目前不在家，請問您是哪一位？

0363 おわり	(名) 結束，最後
【終わり】	(類) 最終（最後）　(對) 始め（開始）
	小説は、終わりの書きかたが難しい。 ▶ 小說的結尾很難寫。

0364 かいぎ	(名) 會議
	(類) 会談（面談）
【会議】	会議はもう終わったの？ ▶ 會議已經結束了嗎？

0365 かいじょう	(名) 會場
	(類) 催し物（集會）
【会場】	私も会場に入ることができますか。 ▶ 我也可以進入會場嗎？

0366 かいわ	(名) 會話
	(類) 話し合い（談話）
【会話】	会話の練習をしても、なかなか上手になりません。 ▶ 即使練習會話，也始終不見進步。

0367 かがみ	(名) 鏡子
	(類) ミラー（mirror／鏡子）
【鏡】	鏡なら、そこにあります。 ▶ 如果要鏡子，就在那裡。

0368 かける	(他下一・接尾) 坐；懸掛；蓋上，放上；放在…之上；提交；澆；開
	動；花費；寄託；鎖上；（數學）乘　(類) ぶら下げる
【掛ける】	椅子に掛けて話をしよう。 ▶ 讓我們坐下來講吧！

0369 かざる	(他五) 擺飾，裝飾
	(類) 装う（穿戴）
【飾る】	花をそこにそう飾るときれいですね。 ▶ 花像那樣擺在那裡，就很漂亮了。

0370 かじ	(名) 火災
	(類) 火災（火災）
【火事】	空が真っ赤になって、まるで火事のようだ。 ▶ 天空一片紅，宛如火災一般。

0371
かしこまりました

（寒暄）知道，了解（"わかりました"謙讓語）

かしこまりました。少々お待ちください。
▶ 知道了，您請稍候。

0372
かたい

（形）堅硬

【固い・硬い・堅い】

最初から最後まで、鉄のようにかたい意志を貫いた。
▶ 從一開始到最後，都用鋼鐵般的堅強意志貫徹始終。

0373
かたづける

（他下一）收拾，打掃；解決
（類）整理（整理）

【片付ける】

教室を片付けようとしていたら、先生が来た。
▶ 正打算整理教室的時候，老師來了。

0374
かなしい

（形）悲傷，悲哀
（類）哀れ（悲哀）（對）嬉しい（高興）

【悲しい】

失敗してしまって、悲しいです。
▶ 失敗了，真是傷心。

0375
かならず

（副）一定，務必，必須
（類）確かに（的確）（對）恐らく（恐怕）

【必ず】

この仕事を 10 時までに必ずやっておいてね。
▶ 十點以前一定要完成這個工作。

0376
かべ

（名）牆壁；障礙
（類）隔て（隔開物）

【壁】

子どもたちに、壁に絵をかかないように言った。
▶ 已經告訴小孩不要在牆上塗鴉。

0377
かむ

（他五）咬
（類）咀嚼（咀嚼）

【噛む】

犬にかまれました。
▶ 被狗咬了。

0378 かよう	(自五) 來往，往來
	類 通勤（上下班）
【通う】	学校に通うことができて、まるで夢を見ているようだ。
	▶ 能夠上學，簡直像作夢一樣。

0379 ガラス	(名) 玻璃
	類 グラス（glass／玻璃）
【（荷）glas】	ガラスは、プラスチックより割れやすいです。
	▶ 玻璃比塑膠來得容易破損。

0380 かれ	(名・代) 他；男朋友
	類 彼（男朋友） 對 彼女（女朋友）
【彼】	彼がそんな人だとは、思いませんでした。
	▶ 沒想到他是那種人。

0381 かわく	(自五) 乾；口渴
	類 乾燥（乾燥） 對 湿る（潮濕）
【乾く】	洗濯物が、そんなに早く乾くはずがありません。
	▶ 洗好的衣物，不可能那麼快就乾。

0382 かわりに	(副) 代替，替代；交換
【代わりに】	夕食のときは、コーヒーの代わりにお茶を飲むことにしました。
	▶ 我現在吃晚餐時不喝咖啡了，改成喝茶。

0383 かんがえる	(他下一) 想，思考；考慮；認為
	類 思う（覺得）
【考える】	その問題は、彼に考えさせます。
	▶ 我讓他思考那個問題。

0384 かんたん	(形動) 簡單
	類 単純（簡單） 對 複雑（複雜）
【簡単】	簡単な問題なので、自分でできます。
	▶ 因為問題很簡單，我自己可以處理。

0385
きかい

【機会】

(名) 機會
(類) チャンス（chance／時機）

彼女に会えるいい機会だったのに、残念でしたね。
▶ 難得有這麼好的機會去見她，真是可惜啊！

0386
きかい

【機械】

(名) 機械
(類) 機関（機械）

機械のような音がしますね。
▶ 好像有機械轉動聲耶！

0387
きけん

【危険】

(名・形動) 危險
(類) 危ない（危險的）

彼は危険なところに行こうとしている。
▶ 他打算要去危險的地方。

0388
きこえる

【聞こえる】

(自下一) 聽得見
(類) 聴き取る（聽見）

電車の音が聞こえてきました。
▶ 聽到電車的聲音了。

0389
ぎじゅつ

【技術】

(名) 技術
(類) 技（技能）

ますます技術が発展していくでしょう。
▶ 技術會愈來愈進步吧！

0390
きせつ

【季節】

(名) 季節
(類) 四季（四季）

今の季節は、とても過ごしやすい。
▶ 現在這季節很舒服。

0391
きびしい

【厳しい】

(形) 嚴格；嚴重
(類) 厳重（嚴重的）　(對) 緩い（徐緩）

新しい先生は、厳しいかもしれない。
▶ 新老師也許會很嚴格。

0392
きぶん

（名）情緒；身體狀況；氣氛
（類）機嫌（心情）

【気分】

気分が悪くても、会社を休みません。
▶ 即使身體不舒服，也不請假。

0393
きめる

（他下一）決定；規定；認定
（類）決定（決定）

【決める】

予定をこう決めました。
▶ 行程就這樣決定了。

0394
きもち

（名）心情；（身體）狀態
（類）感情（感情）

【気持ち】

暗い気持ちのまま帰ってきた。
▶ 心情鬱悶地回來了。

0395
きもの

（名）衣服；和服
（類）和服（和服） （對）洋服（西服）

【着物】

着物とドレスと、どちらのほうが素敵ですか。
▶ 和服與洋裝，哪一件比較漂亮？

0396
きゃく

（名）客人；顧客
（類）ゲスト（guest／客人） （對）売り主（賣方）

【客】

客がたくさん入るだろう。
▶ 會有很多客人進來吧！

0397
きゅう

（副）突然
（類）突然（突然）

【急に】

車は、急に止まることができない。
▶ 車子沒辦法突然停下來。

0398
きょうかい

（名）教會
（類）チャーチ（church／教堂）

【教会】

明日、教会でコンサートがあるかもしれない。
▶ 明天教會也許有音樂會。

0399 きょうみ	(名) 興趣 (類) 好奇心（好奇心）
【興味】	興味があれば、お教えします。 ▶ 如果有興趣，我可以教您。
0400 きんじょ	(名) 附近 (類) 辺り（附近）
【近所】	近所の人が、りんごをくれました。 ▶ 鄰居送了我蘋果。
0401 ぐあい	(名)（健康等）狀況，方法 (類) 調子（狀況）
【具合】	もう具合はよくなられましたか。 ▶ 您身體好些了嗎？
0402 くうこう	(名) 機場 (類) 飛行場（機場）
【空港】	空港まで、送ってさしあげた。 ▶ 送他到機場。
0403 くび	(名) 頸部，脖子 (類) 頭（頭）
【首】	どうしてか、首がちょっと痛いです。 ▶ 不知道為什麼，脖子有點痛。
0404 くも	(名) 雲 (類) 白雲（白雲）
【雲】	白い煙がたくさん出て、雲のようだ。 ▶ 冒出了很多白煙，像雲一般。
0405 くらべる	(他下一) 比較 (類) 比較（比較）
【比べる】	妹と比べると、姉の方がやっぱり美人だ。 ▶ 跟妹妹比起來，姊姊果然是美女。

0406 くれる	(他下一) 給我 題 与える（給予）
	そのお金を私にくれ。 ▶ 那筆錢給我。

0407 けいかく 【計画】	(名・他サ) 計劃 題 見込み（估計）
	私の計画をご説明いたしましょう。 ▶ 我來說明一下我的計劃！

0408 けいかん 【警官】	(名) 警察；巡警
	警官は、事故について話すように言いました。 ▶ 警察要我說事故的發生經過。

0409 けいけん 【経験】	(名・他サ) 經驗 題 見聞（見聞）
	経験がないまま、この仕事に就いた。 ▶ 我在沒有經驗的情況下，從事了這份工作。

0410 けいざい 【経済】	(名) 經濟 題 金融（金融）
	日本の経済について、ちょっとお聞きします。 ▶ 有關日本經濟，想請教您一下。

0411 けいさつ 【警察】	(名) 警察；警察局 題 警部（警部）
	警察に連絡することにしました。 ▶ 決定向警察報案。

0412 けが 【怪我】	(名・自サ) 受傷 題 負傷（受傷）
	たくさんの人がけがをしたようだ。 ▶ 好像很多人受傷了。

0413
けしき

（名）景色，風景
（類）風景（風景）

【景色】
どこか、景色のいいところへ行きたい。
▶ 想去風景好的地方。

0414
けん

（接尾）～間，～家

【軒】
村には、薬屋が3軒もあるのだ。
▶ 村裡竟有3家藥局。

0415
けん

（名）縣

【県】
神奈川県に行ったら、中華街を見ようと思う。
▶ 到了神奈川縣以後，我想去逛逛中華街。

0416
けんか

（名・自サ）吵架

【喧嘩】
喧嘩が始まる。
▶ 開始吵架。

0417
けんきゅう

（名・他サ）研究
（類）探究（探究）

【研究】
何を研究されていますか。
▶ 您在做什麼研究？

0418
ご

（接頭）貴（接在跟對方有關的事物、動作的漢字詞前）表示尊敬語、謙讓語　（類）お（＜表尊敬＞貴）

【御】
御近所にあいさつをしなくてもいいですか。
▶ 不跟（貴）鄰居打聲招呼好嗎？

0419
こうぎ

（名）上課
（類）講座（＜大學的＞講座）

【講義】
大学の先生に、法律について講義をしていただきました。
▶ 請大學老師幫我上法律。

0420 こうぎょう	名 工業
【工業】	工業と商業と、どちらのほうが盛んですか。 ▶ 工業與商業，哪一種比較興盛？

0421 こうじょう	名 工廠 類 工場（工廠）
【工場】	工場で働かせてください。 ▶ 請讓我在工廠工作。

0422 こころ	名 内心；心情 類 思い（思想）
【心】	彼の心の優しさに、感動しました。 ▶ 他善良的心地，叫人很感動。

0423 こしょう	名・自サ 故障 類 壊れる（壊掉）
【故障】	私のコンピューターは、故障しやすい。 ▶ 我的電腦老是故障。

0424 こたえ	名 回答；答覆；答案 類 返事（回答） 對 問い（問題）
【答え】	テストの答えは、もう書きました。 ▶ 考試的答案，已經寫好了。

0425 こと	名 事情 類 事柄（事物的內容）
【事】	おかしいことを言ったのに、だれも面白がらない。 ▶ 說了滑稽的事，卻沒人覺得有趣。

0426 ことり	名 小鳥
【小鳥】	小鳥には、何をやったらいいですか。 ▶ 餵什麼給小鳥吃好呢？

0427 ごみ	名 垃圾
	類 塵（小垃圾）

道にごみを捨てるな。
　▶ 別把垃圾丟在路邊！

0428 これから	連語 接下來，現在起
	類 今後（今後）

これから、母にあげるものを買いに行きます。
　▶ 現在要去買送母親的禮物。

0429 こわい	形 可怕，害怕
【怖い】	類 恐ろしい（可怕）

どんなに怖くても、絶対泣かない。
　▶ 不管怎麼害怕，也絕不哭。

0430 こわれる	自下一 壞掉，損壞；故障
【壊れる】	類 故障（故障）

台風で、窓が壊れました。
　▶ 窗戶因颱風，而壞掉了。

0431 コンサート	名 音樂會
【concert】	類 音楽会（音樂會）

コンサートでも行きませんか。
　▶ 要不要也去聽個音樂會？

0432 こんど	名 這次；下次；以後
【今度】	類 今回（這回）

今度、すてきな服を買ってあげましょう。
　▶ 下次買漂亮的衣服給你吧！

0433 こんや	名 今晚
【今夜】	類 今晚（今晚）

今夜までに連絡します。
　▶ 今晚以前會跟你聯絡。

0434
さいきん

【最近】

(名) 最近
(類) 近頃（這陣子）

彼女は最近、勉強もしないし、遊びにも行きません。
▶ 她最近既不唸書也不去玩。

0435
さいふ

【財布】

(名) 錢包
(類) 金入れ（錢包）

彼女の財布は重そうです。
▶ 她的錢包好像很重的樣子。

0436
さがす

【探す・捜す】

(他五) 尋找，找尋
(類) 求める（尋求）　(類) 警察官（警察官）

彼が財布をなくしたので、一緒に探してやりました。
▶ 他的錢包不見了，所以一起幫忙尋找。

0437
さがる

【下がる】

(自五) 下降

気温が下がる。
▶ 氣溫下降。

0438
さかん

【盛ん】

(形動) 繁盛，興盛
(類) 盛大（盛大）

この町は、工業も盛んだし商業も盛んだ。
▶ 這小鎮工業跟商業都很興盛。

0439
さびしい

【寂しい】

(形) 孤單；寂寞
(類) 侘しい（寂寞）　(對) 賑やか（熱鬧）

寂しいので、遊びに来てください。
▶ 因為我很寂寞，過來坐坐吧！

0440
さわぐ

【騒ぐ】

(自五) 吵鬧，喧囂
(類) 暴れる（胡鬧）　(對) 静まる（平息）

教室で騒いでいるのは、誰なの？
▶ 是誰在教室吵鬧？

0441 さわる	自五 碰觸，觸摸；接觸
【触る】	このボタンには、絶対触ってはいけない。 ▶ 絕對不可觸摸這個按鈕。

0442 サンダル	名 涼鞋
【sandal】	涼しいので、靴ではなくてサンダルにします。 ▶ 為了涼快，所以不穿鞋子改穿涼鞋。

0443 ざんねん	形動 遺憾，可惜 類 悔しい（令人懊悔）
【残念】	あなたが来ないので、みんな残念がっています。 ▶ 因為你沒來，大家都感到很遺憾。

0444 し	名 〜市
【市】	台北市では今日、気温が 35 度まで上がったということだ。 ▶ 聽說，台北市今天早上的氣溫上升到 35 度。

0445 じ	名 字 類 文字（文字）
【字】	田中さんは、字が上手です。 ▶ 田中小姐的字寫得很漂亮。

0446 しかた	名 方法，做法 類 方法（方法）
【仕方】	誰か、上手な洗濯の仕方を教えてください。 ▶ 有誰可以教我洗好衣服的方法？

0447 しけん	名 考試 類 テスト（test／考試）
【試験】	試験があるので、勉強します。 ▶ 因為有考試，我要唸書。

0448 じこ 【事故】	⑧ 意外，事故 ⑲ 出来事（事件）
	事故に遭ったが、全然けがをしなかった。 ▶ 遇到事故，卻毫髮無傷。

0449 じしん 【地震】	⑧ 地震 ⑲ 地動（地震）
	地震の時はエレベーターに乗るな。 ▶ 地震的時候不要搭電梯！

0450 じだい 【時代】	⑧ 時代；潮流；歴史 ⑲ 年代（年代）
	新しい時代が来たということを感じます。 ▶ 感覺到新時代已經來臨了。

0451 したく 【支度】	（名・自サ）準備 ⑲ 用意（準備）
	旅行の支度をしなければなりません。 ▶ 我得準備旅行事宜。

0452 しっぱい 【失敗】	（名・自サ）失敗 ⑲ 過ち（錯誤）
	方法がわからず、失敗しました。 ▶ 不知道方法以致失敗。

0453 しつれい 【失礼】	（名・形動・自サ）失禮，沒禮貌；失陪 ⑲ 無礼（沒禮貌）
	黙って帰るのは、失礼です。 ▶ 連個招呼也沒打就回去，是很沒禮貌的。

0454 じてん 【辞典】	⑧ 字典 ⑲ 辞書、字引き（字典）
	辞典をもらったので、英語を勉強しようと思う。 ▶ 別人送我字典，所以我想認真學英文。

0455 しなもの	名 物品，東西；貨品
	類 商品（商品）
【品物】	あのお店の品物は、とてもいい。
	▶ 那家店的貨品非常好。

0456 しま	名 島嶼
	類 列島（列島）
【島】	島に行くためには、船に乗らなければなりません。
	▶ 要去小島，就得搭船。

0457 じむしょ	名 辦公室
	類 オフィス（office／工作場所）
【事務所】	こちらが、会社の事務所でございます。
	▶ 這裡是公司的辦公室。

0458 しゃかい	名 社會
	類 コミュニティ（community／共同體）　對 個人（個人）
【社会】	社会が厳しくても、私はがんばります。
	▶ 即使社會嚴峻，我也會努力的。

0459 しゃちょう	名 社長
【社長】	社長に、難しい仕事をさせられた。
	▶ 社長讓我做很難的工作。

0460 じゆう	名・形動 自由，隨便
	類 自在（自在）　對 不自由（不自由）
【自由】	そうするかどうかは、あなたの自由です。
	▶ 要不要那樣做，隨你便。

0461 じゅうしょ	名 地址
	類 居所
【住所】	私の住所をあげますから、手紙をください。
	▶ 給你我的地址，請寫信給我。

0462 **じゅうどう** 【柔道】	⑧ 柔道 ⑨ 武道（武術） --- 柔道を習おうと思っている。 ▶ 我想學柔道。
0463 **じゅうぶん** 【十分・充分】	（副・形動）充分，足夠 ⑨ 満足（滿足）　對 不十分（不充足） --- 昨日は、十分お休みになれましたか。 ▶ 昨晚有好好休息了嗎？
0464 **しゅっせき** 【出席】	（名・自サ）出席 ⑨ 顔出し（露面）　對 欠席（缺席） --- そのパーティーに出席することは難しい。 ▶ 要出席那個派對是很困難的。
0465 **しゅっぱつ** 【出発】	（名・自サ）出發；起步 ⑨ スタート（start／出發）　對 到着（到達） --- なにがあっても、明日は出発します。 ▶ 無論如何，明天都要出發。
0466 **しゅみ** 【趣味】	⑧ 興趣 ⑨ 好奇心（好奇心） --- 君の趣味は何だい。 ▶ 你的嗜好是什麼？
0467 **じゅんび** 【準備】	（名・他サ）準備 ⑨ 用意 --- 早く明日の準備をしなさい。 ▶ 趕快準備明天的事！
0468 **しょうがっこう** 【小学校】	⑧ 小學 --- 来年から、小学校の先生になることになりました。 ▶ 明年起將成為小學老師。

0469
しょうせつ

【小説】

(名) 小説
(類) 作り話（虚構的故事）

先生がお書きになった小説を読みたいです。
▶ 我想看老師所寫的小說。

0470
しょうたい

【招待】

(名・他サ) 邀請
(類) 招く（招待）

みんなをうちに招待するつもりです。
▶ 我打算邀請大家來家裡作客。

0471
しょうらい

【将来】

(名) 將來
(類) 未来（未來） (對) 過去（過去）

将来は、立派な人におなりになるだろう。
▶ 將來您會成為了不起的人吧！

0472
しょくじ

【食事】

(名・自サ) 用餐，吃飯
(類) ご飯（用餐）

食事をするために、レストランへ行った。
▶ 為了吃飯，去了餐廳。

0473
しらせる

【知らせる】

(他下一) 通知，讓對方知道
(類) 伝える（傳達）

このニュースを彼に知らせてはいけない。
▶ 這個消息不可以讓他知道。

0474
しらべる

【調べる】

(他下一) 查閱，調查
(類) 調査（調查）

秘書に調べさせます。
▶ 我讓秘書去調查。

0475
じんこう

【人口】

(名) 人口
(類) 人数（人數）

私の町は人口が多すぎます。
▶ 我住的城市人口過多。

0476 しんせつ 【親切】	(名・形動) 親切，客氣 (類)丁寧（客氣） (對)冷淡（冷淡）
	みんなに親切にするように言われた。 ▶ 說要我對大家親切一點。

0477 しんぱい 【心配】	(名・自サ) 擔心；照顧 (類)不安（不放心） (對)安心（安心）
	息子が帰ってこないので、父親は心配しはじめた。 ▶ 由於兒子沒回來，父親開始擔心起來了。

0478 しんぶんしゃ 【新聞社】	(名) 報社
	右手の建物は、新聞社でございます。 ▶ 右邊的建築物是報社。

0479 すいどう 【水道】	(名) 自來水管
	水道の水が飲めるかどうか分かりません。 ▶ 我不知道自來水管的水是否可以飲用。

0480 スーパー 【supermarket 之略】	(名) 超級市場
	向かって左にスーパーがあります。 ▶ 馬路對面的左手邊有一家超市。

0481 すぎる 【過ぎる】	(自上一) 超過；過於；經過
	5時を過ぎたので、もう家に帰ります。 ▶ 已經超過五點了，我要回家了。

0482 すぎる 【過ぎる】	(接尾) 過於～ (類)過度（過度）
	そんなにいっぱいくださったら、多すぎます。 ▶ 您給我這麼大的量，真的太多了。

0483 すく	自五 飢餓
	類 空腹（空腹） 對 満腹（吃飽）

おなかもすいたし、のどもかわきました。
▶ 肚子也餓了，口也渴了。

0484 すくない 【少ない】	形 少
	類 少し（少量） 對 多い（多）

本当に面白い映画は、少ないのだ。
▶ 有趣的電影真的很少。

0485 すすむ 【進む】	自五 進展

このごろ、日本では市町村の合併を進めている。
▶ 近來，日本在進行市町村的行政區域整併。

0486 すっかり	副 完全，全部
	類 全て（一切）

部屋はすっかり片付けてしまいました。
▶ 房間全部整理好了。

0487 すてる 【捨てる】	他下一 丟掉，拋棄；放棄
	類 破棄（廢棄）

いらないものは、捨ててしまってください。
▶ 不要的東西，請全部丟掉！

0488 すばらしい	形 出色，很好
	類 立派（了不起）

すばらしい映画ですから、見てみてください。
▶ 因為是很棒的電影，不妨看看。

0489 すべる 【滑る】	自下一 滑（倒）；滑動；（手）滑

この道は、雨の日はすべるらしい。
▶ 這條路，下雨天好像很滑。

0490 すみ	㊂ 角落
	㊢ すみっこ（角落）
【隅】	部屋を隅から隅まで掃除してさしあげた。
	▶ 房間裡各個小角落都幫您打掃得一塵不染。

0491 すむ	㊙ （事情）完結，結束；過得去，沒問題；（問題）解決，（事情）了結
【済む】	用事が済んだら、すぐに帰ってもいいよ。
	▶ 要是事情辦完的話，馬上回去也沒關係喔！

0492 せい	㊗ ～製
【製】	先生がくださった時計は、スイス製だった。
	▶ 老師送我的手錶，是瑞士製的。

0493 せいかつ	㊂・㊙ 生活
	㊢ 暮らし（生活）
【生活】	どんなところでも生活できます。
	▶ 我不管在哪裡都可以生活。

0494 せかい	㊂ 世界；天地
	㊢ ワールド（world／世界）
【世界】	世界を知るために、たくさん旅行をした。
	▶ 為了認識世界，常去旅行。

0495 せつめい	㊂・㊓ 說明
	㊢ 解釈（解釋）
【説明】	後で説明するつもりです。
	▶ 我打算稍後再說明。

0496 せわ	㊂・㊓ 照顧，照料
	㊢ 付き添い（照料）
【世話】	子どもの世話をするために、仕事をやめた。
	▶ 為了照顧小孩，辭去了工作。

0497
ぜんぜん

【全然】

（副）（接否定）完全不～，一點也不～
（類）何にも（什麼也～）

ぜんぜんべんきょう
全然勉強したくないのです。
▶ 我一點也不想唸書。

0498
そうだん

【相談】

（名・自他サ）商量
（類）話し合う（談話）

そうだん
なんでも相談してください。
▶ 什麼都可以找我商量。

0499
そつぎょう

【卒業】

（名・他サ）畢業
（類）修了（學習完〈一定課程〉）

そつぎょう
いつか卒業できるでしょう。
▶ 總有一天會畢業的。

0500
そふ

【祖父】

（名）祖父，外祖父
（類）祖父さん（祖父）（對）祖母（祖母）

そ ふ　　　　　　　　　　かいしゃ　　はたら
祖父はずっとその会社で働いてきました。
▶ 祖父一直在那家公司工作到現在。

0501
そぼ

【祖母】

（名）奶奶，外婆
（類）祖母さん（祖母）（對）祖父（祖父）

そ ぼ　　　　　　　　　か し
祖母は、いつもお菓子をくれる。
▶ 奶奶常給我糖果。

0502
それで

（接續）後來，那麼
（類）其処で（<轉移話題>那麼）

それで、いつまでに終わりますか。
▶ 那麼，什麼時候結束呢？

0503
それに

（接續）而且，再者
（類）その上（而且）

えい が　　　　おもしろ　　　　　　　　　れき し　　　べんきょう
その映画は面白いし、それに歴史の勉強にもなる。
▶ 這電影不僅有趣，又能從中學到歷史。

0504 それほど	副 那麼地
	類 そんなに（那麼～）
	映画が、それほど面白くなくてもかまいません。
	▶ 電影不怎麼有趣也沒關係。

0505 そろそろ	副 快要；緩慢
	類 間もなく（不久）
	そろそろ2時でございます。
	▶ 快要兩點了。

0506 ぞんじあげる 【存じ上げる】	他下一 知道（自謙語）
	お名前は存じ上げております。
	▶ 久仰大名。

0507 たいいん 【退院】	名・自サ 出院
	對 入院（住院）
	彼が退院するのはいつだい。
	▶ 他什麼時候出院的？

0508 だいがくせい 【大学生】	名 大學生
	鈴木さんの息子は、大学生だと思う。
	▶ 我想鈴木先生的兒子，應該是大學生了。

0509 だいじ 【大事】	名・形動 保重，重要（「大事さ」為形容動詞的名詞形）
	類 大切（重要）
	健康の大事さを知りました。
	▶ 領悟到健康的重要性。

0510 たいふう 【台風】	名 颱風
	台風が来て、風が吹きはじめた。
	▶ 颱風來了，開始刮起風了。

0511
だから

(接續) 所以，因此

(類) ので（因此）

明日はテストです。だから、今準備しているところです。
▶ 明天考試。所以，現在正在準備。

0512
だす

(接尾) 開始～

うちに着くと、雨が降りだした。
▶ 一到家，便開始下起雨來了。

0513
たずねる

(他下一) 問，打聽；詢問

(類) 聞く（問）

【尋ねる】
彼に尋ねたけれど、分からなかったのです。
▶ 去請教過他了，但他不知道。

0514
たずねる

(他下一) 拜訪，訪問

(類) 訪れる（訪問）

【訪ねる】
最近は、先生を訪ねることが少なくなりました。
▶ 最近比較少去拜訪老師。

0515
ただしい

(形) 正確；端正

(類) 正当（正當）

【正しい】
私の意見が正しいかどうか、教えてください。
▶ 請告訴我，我的意見是否正確。

0516
たまに

(副) 偶爾

(類) 殆ど（幾乎）　(對) 度々（多次）

たまに祖父の家に行かなければならない。
▶ 偶爾得去祖父家才行。

0517
ため

(名) （表目的）為了；（表原因）因為

(類) ので（因為）

あなたのために買ってきたのに、食べないの？
▶ 這是特地為你買的，你不吃嗎？

0518 だめ	⑧ 不行；沒用；無用 類 無駄（むだ）（徒勞）
	そんなことをしたらだめです。 ▶ 不可以做那樣的事。
0519 たりる	自上一 足夠；可湊合 類 加える（くわ）（加上）　對 除く（のぞ）（除外）
【足りる】	1万円（まんえん）あれば、足（た）りるはずだ。 ▶ 如果有一萬日圓，應該是夠的。
0520 ちから	⑧ 力氣；能力
【力】	この会社（かいしゃ）では、力（ちから）を出（だ）しにくい。 ▶ 在這公司難以發揮實力。
0521 ちゅうい	名・自サ 注意，小心 類 用心（ようじん）（警惕）
【注意】	車（くるま）にご注意（ちゅうい）ください。 ▶ 請注意車輛！
0522 ちゅうがっこう	⑧ 中學 類 高校（こうこう）／高等学校（こうとうがっこう）
【中学校】	私（わたし）は、中学校（ちゅうがっこう）のときテニスの試合（しあい）に出（で）たことがあります。 ▶ 我在中學曾參加過網球比賽。
0523 ちり	⑧ 地理 類 地図（ちず）（地圖）
【地理】	私（わたし）は、日本（にほん）の地理（ちり）とか歴史（れきし）とかについてあまり知（し）りません。 ▶ 我對日本地理或歷史不甚了解。
0524 つかまえる	他下一 逮捕，抓；握住 類 捕らえる（と）（逮捕）
【捕まえる】	彼（かれ）が泥棒（どろぼう）ならば、捕（つか）まえなければならない。 ▶ 如果他是小偷，就非逮捕不可。

0525 つける	他下一 裝上，附上；塗上
【付ける】	ハンドバッグに光る飾りを付けた。 ▶ 在手提包上別上了閃閃發亮的綴飾。

0526 つける	他下一 打開（家電類）；點燃 類 点す（點燈）　對 消す（關掉）
【点ける】	クーラーをつけるより、窓を開けるほうがいいでしょう。 ▶ 與其開冷氣，不如打開窗戶來得好吧！

0527 つごう	名 情況，方便度 類 勝手（任意）
【都合】	都合がいいときに、来ていただきたいです。 ▶ 時間方便的時候，希望能來一下。

0528 つたえる	他下一 傳達，轉告；傳導 類 知らせる（通知）
【伝える】	私が忙しいということを、彼に伝えてください。 ▶ 請轉告他我很忙。

0529 つま	名 妻子，太太（自稱） 類 家内（內人）　對 夫（丈夫）
【妻】	私が会社をやめたいということを、妻は知りません。 ▶ 妻子不知道我想離職的事。

0530 つもり	名 打算；當作 類 覚悟（決心）
	父には、そう説明するつもりです。 ▶ 打算跟父親那樣說明。

0531 ていねい	名・形動 客氣；仔細 類 念入り（周到）
【丁寧】	先生の説明は、彼の説明より丁寧です。 ▶ 老師比他說明得更仔細。

0532 てきとう	名・自サ・形動 適當；適度；隨便 類 最適（最適合）
【適当】	適当にやっておくから、大丈夫。 ▶ 我會妥當處理的，沒關係！
0533 できる	自上一 完成；能夠 類 出来上がる（完成）
	1週間でできるはずだ。 ▶ 一星期應該就可以完成的。
0534 てしまう	補動 強調某一狀態或動作；懊悔 類 完了（完畢）
	先生に会わずに帰ってしまったの？ ▶ 沒見到老師就回來了嗎？
0535 てん	名 點；方面；（得）分 類 ポイント（point／點）
【点】	その点について、説明してあげよう。 ▶ 關於那一點，我來為你說明吧！
0536 てんいん	名 店員 類 売り子（店員） 對 店主（老闆）
【店員】	店員が誰もいないはずがない。 ▶ 不可能沒有店員在。
0537 でんとう	名 電燈 類 明かり（燈）
【電灯】	明るいから、電灯をつけなくてもかまわない。 ▶ 天還很亮，不開電燈也沒關係。
0538 どうぶつえん	名 動物園
【動物園】	動物園の動物に食べ物をやってはいけません。 ▶ 不可以給動物園裡的動物吃東西。

0539
とうろく
【登録】
（名・他サ）登記；（法）登記，註冊；記錄
類 記録（紀録）
伊藤さんのメールアドレスをアドレス帳に登録してください。
▶ 請將伊藤先生的電子郵件地址儲存到地址簿裡。

0540
とおく
【遠く】
（名）遠處；很遠
あまり遠くまで行ってはいけません。
▶ 不可以走到太遠的地方。

0541
とおる
【通る】
（自五）經過；通過；合格
類 通行（通行）
私は、あなたの家の前を通ることがあります。
▶ 我有時會經過你家前面。

0542
とき
【時】
（名）〜時，時候
類 頃（時候）
そんな時は、この薬を飲んでください。
▶ 那時請吃這服藥。

0543
とくに
【特に】
（副）特地，特別
類 特別（特別）
特に手伝ってくれなくてもかまわない。
▶ 不用特地來幫忙也沒關係。

0544
とくべつ
【特別】
（名・形動）特別，特殊
類 格別（特別） 對 一般（普通）
彼には特別の練習をやらせています。
▶ 讓他進行特殊的練習。

0545
とこや
【床屋】
（名）理髮店；理髮師
床屋で髪を切ってもらいました。
▶ 在理髮店剪了頭髮。

0546 とっきゅう	(名) 火速；特急列車
	(對) 普通（普通<列車>）
【特急】	特急で行こうと思う。 ▶ 我想搭特急列車前往。

特急<ruby>とっきゅう</ruby>で行<ruby>い</ruby>こうと思<ruby>おも</ruby>う。

0547 とどける	(他下一) 送達；送交
	(類) 送付（交付）
【届ける】	忘れ物を届けてくださって、ありがとう。 ▶ 謝謝您幫我把遺失物送回來。

忘<ruby>わす</ruby>れ物<ruby>もの</ruby>を届<ruby>とど</ruby>けてくださって、ありがとう。

0548 とまる	(自五) 停止
	(類) 休止（休止） (對) 進む（前進）
【止まる】	今、ちょうど機械が止まったところだ。 ▶ 現在機器剛停了下來。

今<ruby>いま</ruby>、ちょうど機械<ruby>きかい</ruby>が止<ruby>と</ruby>まったところだ。

0549 とまる	(自五) 住宿，過夜；（船）停泊
【泊まる】	お金持ちじゃないんだから、いいホテルに泊まるのはやめなきゃ。 ▶ 既然不是有錢人，就得打消住在高級旅館的主意才行。

お金持<ruby>かねも</ruby>ちじゃないんだから、いいホテルに泊<ruby>と</ruby>まるのはやめなきゃ。

0550 とめる	(他下一) 關掉，停止
	(類) 停止（停止） (對) 動かす（活動）
【止める】	その動き続けている機械を止めてください。 ▶ 請關掉那台不停轉動的機械。

その動<ruby>うご</ruby>き続<ruby>つづ</ruby>けている機械<ruby>きかい</ruby>を止<ruby>と</ruby>めてください。

0551 とりかえる	(他下一) 交換；更換
	(類) 入れ替える（更換）
【取り替える】	新しい商品と取り替えられます。 ▶ 可以更換新產品。

新<ruby>あたら</ruby>しい商品<ruby>しょうひん</ruby>と取<ruby>と</ruby>り替<ruby>か</ruby>えられます。

0552 どろぼう	(名) 偷竊；小偷，竊賊
	(類) 賊（賊）
【泥棒】	泥棒を怖がって、鍵をたくさんつけた。 ▶ 因害怕遭小偷，所以加裝了許多道鎖。

泥棒<ruby>どろぼう</ruby>を怖<ruby>こわ</ruby>がって、鍵<ruby>かぎ</ruby>をたくさんつけた。

0553 **どんどん**	(副) 連續不斷，接二連三；（炮鼓等連續不斷的聲音）咚咚；（進展）順利；（氣勢）旺盛
	水^{みず}がどんどん流^{なが}れる。 ▶ 水嘩啦嘩啦不斷地流。

0554 **なおす** 【直す】	(他五) 修理；改正；治療 (類) 修理（修理）
	自転車^{じてんしゃ}を直^{なお}してやるから、持^もってきなさい。 ▶ 我幫你修理腳踏車，去把它騎過來。

0555 **なおる** 【治る】	(自五) 變好；改正；治癒 (類) 全快^{ぜんかい}（病癒）
	風邪^{かぜ}が治^{なお}ったのに、今度^{こんど}はけがをしました。 ▶ 感冒才治好，這次卻換受傷了。

0556 **なかなか**	(副) （後接否定）總是無法 (類) どうしても（無論如何）
	なかなかさしあげる機会^{きかい}がありません。 ▶ 始終沒有送他的機會。

0557 **ながら**	(接助) 一邊～，同時～ (類) つつ（一面～一面～）
	子^こどもが、泣^なきながら走^{はし}ってきた。 ▶ 小孩邊哭邊跑過來。

0558 **なくなる** 【亡くなる】	(自五) 去世，死亡 (類) 死^しぬ（死亡）　(對) 生^うまれる（出生）
	おじいちゃんが亡^なくなって、みんな悲^{かな}しんでいる。 ▶ 爺爺過世了，大家都很哀傷。

0559 **なるべく**	(副) 盡量，盡可能 (類) 出来^{でき}るだけ（盡可能）
	なるべく明日^{あした}までにやってください。 ▶ 請盡量在明天以前完成。

0560 にがい	形 苦；痛苦
	類 つらい（痛苦的）
【苦い】	食べてみましたが、ちょっと苦いです。
	▶ 試吃了一下，覺得有點苦。

0561 について	連語 關於
	みんなは、あなたが旅行について話すことを期待しています。
	▶ 大家很期待聽你說有關旅行的事。

0562 にっき	名 日記
	類 日誌（日誌）
【日記】	日記は、もう書き終わった。
	▶ 日記已經寫好了。

0563 にゅういん	名・自サ 住院
	對 退院（出院）
【入院】	入院するときは手伝ってあげよう。
	▶ 住院時我來幫你吧！

0564 にゅうがく	名・自サ 入學
	類 進学（升學）
【入学】	入学するとき、何をくれますか。
	▶ 入學的時候，你要送我什麼？

0565 にんぎょう	名 娃娃，人偶
	類 ドール（doll／洋娃娃）
【人形】	人形の髪が伸びるはずがない。
	▶ 娃娃的頭髮不可能變長。

0566 ぬすむ	他五 偷盜，盜竊
	類 横取り（搶奪）
【盗む】	お金を盗まれました。
	▶ 我的錢被偷了。

0567 ぬれる	自下一 淋濕
	類 潤う（滋潤）　對 乾く（乾燥）
【濡れる】	雨のために、ぬれてしまいました。
	▶ 被雨淋濕了。

0568 ねっしん	名・形動 專注，熱衷
	類 夢中（著迷）　對 冷淡（冷淡）
【熱心】	毎日 10 時になると、熱心に勉強しはじめる。
	▶ 每天一到十點，便開始專心唸書。

0569 ねぼう	名・形動・自サ 睡懶覺，貪睡晚起的人
【寝坊】	寝坊して会社に遅れた。
	▶ 睡過頭，上班遲到。

0570 ねむい	形 睏
【眠い】	お酒を飲んだら、眠くなってきた。
	▶ 喝了酒，便開始想睡覺了。

0571 ねむる	自五 睡覺
	類 寝る（睡覺）
【眠る】	薬を使って、眠らせた。
	▶ 用藥讓他入睡。

0572 のこる	自五 剩餘，剩下
	類 余剰（剩下）
【残る】	みんなあまり食べなかったために、食べ物が残った。
	▶ 因為大家都不怎麼吃，所以食物剩了下來。

0573 は	名 葉子，樹葉
	類 葉っぱ（葉子）
【葉】	この葉は、あの葉より黄色いです。
	▶ 這樹葉，比那樹葉還要黃。

0574 **はいけん** 【拝見】	(名・他サ) 看，拜讀 (類) 見る（看） 写真を 拝見したところです。 ▶ 剛看完您的照片。
0575 **はく** 【履く】	(他五) 穿（鞋、襪） 靴を 履いたまま、入らないでください。 ▶ 請勿穿著鞋進入。
0576 **はこぶ** 【運ぶ】	(他五) 運送，搬運；進行 (類) 運搬（搬運） その商品は、店の人が運んでくれます。 ▶ 那個商品，店裡的人會幫我送過來。
0577 **はじめる** 【始める】	(他下一) 開始 (類) 開始（開始） (對) 終わる（結束） ベルが鳴るまで、テストを始めてはいけません。 ▶ 在鈴聲響起前，不能開始考試。
0578 **はず**	(形式名詞) 應該；會；確實 彼は、年末までに日本にくるはずです。 ▶ 他在年底前，應該會來日本。
0579 **はずかしい** 【恥ずかしい】	(形) 丟臉，害羞；難為情 (類) 面目ない（沒面子） 失敗しても、恥ずかしいと思うな。 ▶ 即使失敗了，也不用覺得丟臉。
0580 **パソコン** 【personal computer 之略】	(名) 個人電腦 パソコンは、ネットとワープロぐらいしか使えない。 ▶ 我頂多只會用電腦來上上網、打打字。

0581
はつおん
【発音】

名 發音
類 アクセント（accent／語調）

日本語の発音を直してもらっているところです。
▶ 正在請他幫我矯正日語的發音。

0582
はっきり

副 清楚
類 明らか（顯然）

君ははっきり言いすぎる。
▶ 你說得太露骨了。

0583
はらう
【払う】

他五 付錢；除去
類 支出（開支） 對 収入（收入）

来週までに、お金を払わなくてはいけない。
▶ 下星期前得付款。

0584
ばんぐみ
【番組】

名 節目
類 プログラム（program／節目<單>）

新しい番組が始まりました。
▶ 新節目已經開始了。

0585
はんたい
【反対】

名・自サ 相反；反對
類 異議（異議） 對 賛成（贊成）

あなたが社長に反対しちゃ、困りますよ。
▶ 你要是跟社長作對，我會很頭痛的喔！

0586
ひえる
【冷える】

自下一 變冷；變冷淡
類 冷める（<熱的>變涼） 對 暖まる（感到溫暖）

夜は冷えるのに、毛布がないのですか。
▶ 晚上會冷，沒有毛毯嗎？

0587
ひかる
【光る】

自五 發光，發亮；出眾

星が光る。
▶ 星光閃耀。

0588 ひきだし	名 抽屜
【引き出し】	引き出しの中には、鉛筆とかペンとかがあります。 ▶ 抽屜中有鉛筆跟筆等。

0589 ひさしぶり	名・副 許久，隔了好久 類 ひさびさ（許久）
【久しぶり】	久しぶりに、卒業した学校に行ってみた。 ▶ 隔了許久才回畢業的母校看看。

0590 びじゅつかん	名 美術館
【美術館】	美術館で絵はがきをもらいました。 ▶ 在美術館拿了明信片。

0591 びっくり	副・自サ 驚嚇，吃驚 類 驚く（驚嚇）
	びっくりさせないでください。 ▶ 請不要嚇我。

0592 ひつよう	名・形動 需要 類 必需（必需） 等 不要（不需要）
【必要】	必要だったら、さしあげますよ。 ▶ 如果需要就送您喔！

0593 ひどい	形 殘酷；過分；非常
	そんなひどいことを言うな。 ▶ 別說那麼過分的話！

0594 ビル	名 高樓，大廈 類 建築物（建築物）
【building 之略】	このビルは、あのビルより高いです。 ▶ 這棟大廈比那棟大廈高。

0595
ひるやすみ

【昼休み】

名 午休
類 休み（休息）

昼休みなのに、仕事をしなければなりませんでした。
▶ 午休卻得工作。

0596
ひろう

【拾う】

他五 撿拾；叫車
類 拾得（拾得）　對 落とす（掉下）

公園でごみを拾わせられた。
▶ 被叫去公園撿垃圾。

0597
ふえる

【増える】

自下一 増加
類 増す（増加）　對 減る（減少）

結婚しない人が増えだした。
▶ 不結婚的人變多了。

0598
ふかい

【深い】

形 深
類 奥深い（深邃）　對 浅い（淺）

このプールは深すぎて、危ない。
▶ 這個游泳池太過深了，很危險！

0599
ふくざつ

【複雑】

名・形動 複雑
類 ややこしい（複雑）　對 簡単（簡單）

日本語と英語と、どちらのほうが複雑だと思いますか。
▶ 日語和英語，你覺得哪個比較複雜？

0600
ふくしゅう

【復習】

名・他サ 複習
類 勉強（唸書）　對 予習

授業の後で、復習をしなくてはいけませんか。
▶ 下課後一定得複習嗎？

0601
ふね

【船・舟】

名 船；舟，小型船

飛行機は、船より速いです。
▶ 飛機比船還快。

0602 ふべん 【不便】	(形動) 不方便 (類) 不自由（不自由） (對) 便利（方便） この機械は、不便すぎます。 ▶ 這機械太不方便了。

0603 ふむ 【踏む】	(他五) 踩住，踩到 (類) 踏まえる（踩） 電車の中で、足を踏まれることはありますか。 ▶ 在電車裡有被踩過腳嗎？

0604 プレゼント 【present】	(名) 禮物 (類) 贈り物（禮物） 子どもたちは、プレゼントをもらって喜んでいる。 ▶ 孩子們收到禮物，感到欣喜萬分。

0605 ぶんがく 【文学】	(名) 文學 (類) 小説（小說） アメリカ文学は、日本文学ほど好きではありません。 ▶ 我對美國文學，沒有像日本文學那麼喜歡。

0606 へんじ 【返事】	(名・自サ) 回答，回覆 (類) 回答（回答） 早く、返事しろよ。 ▶ 快點回覆我啦！

0607 へんしん 【返信】	(名・自サ) 回信，回電 (類) 返書（回信） 私の代わりに、返信しておいてください。 ▶ 請代替我回信。

0608 ほう 【方】	(名) ～方，邊 (類) 方面（方面） フランス料理の方が好きかい。 ▶ 比較喜歡法國料理（那一邊）嗎？

0609
ほとんど

【殆ど】

（副）幾乎
（類）あまり（不太～）

みんな、ほとんど食べ終わりました。
▶ 大家幾乎用餐完畢了。

0610
ほめる

【褒める】

（他下一）誇獎
（類）称賛（稱讚）（對）叱る（斥責）

両親がほめてくれた。
▶ 父母誇獎了我。

0611
まいる

【参る】

（自五）來，去（"行く"、"来る"的謙讓語）
（類）行く（去）；来る（來）

ご都合がよろしかったら、2時にまいります。
▶ 如果您時間方便，我兩點過去。

0612
まじめ

【真面目】

（名・形動）認真
（類）本気（認真）（對）不真面目（不認真）

今後も、まじめに勉強していきます。
▶ 從今以後，會認真唸書。

0613
または

【又は】

（接續）或者
（類）あるいは（或者）

ボールペンまたは万年筆で記入してください。
▶ 請用原子筆或鋼筆謄寫。

0614
まにあう

【間に合う】

（自五）來得及，趕得上；夠用
（類）足りる（夠用）

タクシーに乗らなくちゃ、間に合わないですよ。
▶ 要是不搭計程車，就來不及了唷！

0615
まんなか

【真ん中】

（名）正中間
（類）中央（中央）（對）隅（角落）

真ん中にあるケーキをいただきたいです。
▶ 我想要中間的那塊蛋糕。

0616 みえる	(自下一) 看見；看得見；看起來
【見える】	ここから東京タワーが見えるはずがない。 ▶ 從這裡不可能看得到東京鐵塔。

0617 みなと	(名) 港口，碼頭 (類) 港湾（港灣）
【港】	港には、船がたくさんあるはずだ。 ▶ 港口應該有很多船。

0618 むかえる	(他下一) 迎接
【迎える】	客を迎える。 ▶ 迎接客人。

0619 むすめさん	(名) 您女兒，令嬡 (類) 息女（令嬡） (對) 息子さん（令郎）
【娘さん】	ブランコに乗っているのが娘さんですか。 ▶ 正在盪鞦韆的就是令嬡嗎？

0620 むり	(形動) 不合理；勉強；逞強；強求 (類) 不当（不正當） (對) 道理（道理）
【無理】	病気のときは、無理をするな。 ▶ 生病時不要太勉強。

0621 めしあがる	(他五) （敬）吃，喝 (類) 食べる（吃）
【召し上がる】	お菓子を召し上がりませんか。 ▶ 要不要吃一點點心呢？

0622 めずらしい	(形) 少見，稀奇 (類) 異例（沒有前例）
【珍しい】	彼がそう言うのは、珍しいですね。 ▶ 他會那樣說倒是很稀奇。

0623 もらう	他五 收到，拿到
	類 受ける（接受）　對 遣る（給予）

私は、もらわなくてもいいです。
▶ 不用給我也沒關係。

0624 やくそく 【約束】	名・他サ 約定，規定
	類 約する（約定）

約束したから、行かなければならない。
▶ 已經約定好了，所以非去不可。

0625 やくにたつ 【役に立つ】	慣 有幫助，有用
	類 役立つ（有用）

その辞書は役に立つかい。
▶ 那辭典有用嗎？

0626 やすい	接尾 容易～
	類 がち（往往）

風邪をひきやすいので、気をつけなくてはいけない。
▶ 容易感冒，所以得小心一點。

0627 やせる 【痩せる】	自下一 痩；貧瘠
	類 細る（變瘦）　對 太る（肥胖）

先生は、少し痩せられたようですね。
▶ 老師您好像瘦了耶！

0628 やっと	副 終於，好不容易
	類 何とか（設法）

やっと来てくださいましたね。
▶ 您終於來了啊！

0629 やめる	他下一 停止

たばこをやめる。
▶ 戒煙。

0630 やわらかい 【柔らかい】	㊡ 柔軟的 おばさんから柔らかくて暖かい毛布をいただいた。 ▶ 阿姨送了我一床既柔軟又溫暖的毛毯。
0631 ゆうはん 【夕飯】	㊂ 晚飯 ㊞ 晚飯（晚餐） ㊟ 朝飯（早餐） 叔母は、いつも夕飯を食べさせてくれる。 ▶ 阿姨總是做晚飯給我吃。
0632 ゆびわ 【指輪】	㊂ 戒指 ㊞ リング（ring／戒指） 記念の指輪がほしいかい。 ▶ 想要戒指做紀念嗎？
0633 ゆれる 【揺れる】	㊯㊦㊀ 搖動；動搖 車が揺れる。 ▶ 車子晃動。
0634 よう 【用】	㊂ 事情；工作 ㊞ 用事（事情） 用がなければ、来なくてもかまわない。 ▶ 如果沒事，不來也沒關係。
0635 ようい 【用意】	㊂·他サ 準備 ㊞ 支度（準備） 食事をご用意いたしましょうか。 ▶ 我來為您準備餐點吧？
0636 よごれる 【汚れる】	㊯㊦㊀ 弄髒，不乾淨 ㊞ 汚れる（骯髒） 汚れたシャツを洗ってもらいました。 ▶ 我請他幫我把髒的襯衫拿去送洗了。

0637
よてい
【予定】

(名・他サ) 預定

類 スケジュール（schedule／行程表）

木村さんから自転車をいただく予定です。
▶ 我預定要接收木村的腳踏車。

0638
よやく
【予約】

(名・他サ) 預約

類 アポ（appointment之略／預約）

レストランの予約をしなくてはいけない。
▶ 得預約餐廳。

0639
よろこぶ
【喜ぶ】

(自五) 高興

類 大喜び（非常歡喜）

弟と遊んでやったら、とても喜びました。
▶ 我陪弟弟玩，結果他非常高興。

0640
りよう
【利用】

(名・他サ) 利用

類 活用（活用）

図書館を利用したがらないのは、なぜですか。
▶ 你為什麼不想使用圖書館呢？

0641
りょかん
【旅館】

(名) 旅館

類 ホテル（hotel／飯店）

和式の旅館に泊まることがありますか。
▶ 你有時會住日式旅館嗎？

0642
るす
【留守】

(名・他サ) 不在家；看家

類 不在（不在家）

遊びに行ったのに、留守だった。
▶ 我去找他玩，他卻不在家。

0643
れきし
【歴史】

(名) 歴史

類 沿革（沿革）

日本の歴史についてお話いたします。
▶ 我要講的是日本歷史。

0644 レジ	名 收銀台
【register】	レジで勘定^{かんじょう}する。 ▶ 到收銀台結帳。

0645 れんらく	名・自他サ 聯繫，聯絡 類 通知^{つうち}（通知）
【連絡】	連絡^{れんらく}せずに、仕事^{しごと}を休^{やす}みました。 ▶ 沒有聯絡就請假了。

0646 わかれる	自下一 分別，分開 類 離別^{りべつ}（離別）　對 会^あう（見面）
【別れる】	若^{わか}い二人^{ふたり}は、両親^{りょうしん}に別^{わか}れさせられた。 ▶ 兩位年輕人，被父母給強行拆散了。

0647 わく	自五 煮沸，煮開；興奮 類 料理^{りょうり}（做菜）
【沸く】	お湯^ゆが沸^わいたから、ガスをとめてください。 ▶ 熱水開了，就請把瓦斯關掉。

0648 わけ	名 原因，理由；意思 類 旨^{むね}（要點）
【訳】	私^{わたし}がそうしたのには、訳^{わけ}があります。 ▶ 我那樣做，是有原因的。

0649 わらう	自五 笑；譏笑 類 嘲^{あざけ}る（嘲笑）　對 泣^なく（哭泣）
【笑う】	失敗^{しっぱい}して、みんなに笑^{わら}われました。 ▶ 因失敗而被大家譏笑。

0650 われる	自下一 破掉，破裂 類 砕^{くだ}ける（破碎）
【割れる】	鈴木^{すずき}さんにいただいたカップが、割^われてしまいました。 ▶ 鈴木送我的杯子破掉了。

0651
あいかわらず

副 照舊，仍舊，和往常一樣
類 変わりもなく

【相変わらず】
相変わらず、ゴルフばかりしているね。
▶ 你還是老樣子，常打高爾夫球！

0652
あいて

名 夥伴，共事者；對方，敵手；對象
對 自分　類 相棒（あいぼう）

【相手】
商売は、相手があってこそ成り立つものです。
▶ 所謂的生意，就是要有交易對象才得以成立。

0653
アイディア

名 主意，想法，構想；（哲）觀念
類 思い付き

【idea】
彼はアイディアが尽きることなく出てくる。
▶ 他的構想源源不絕地湧出。

0654
あきる

自上一 夠，滿足；厭煩，煩膩
類 満足；いやになる

【飽きる】
ごちそうを飽きるほど食べた。
▶ 美味的餐點都已經吃到生膩了。

0655
あさい

形 （水等）淺的；（顏色）淡的；（程度）膚淺的，少的，輕的；
（時間）短的　對 深い

【浅い】
子ども用のプールは浅いです。
▶ 孩童用的游泳池很淺。

0656
あずける

他下一 寄放，存放；委託，託付
類 託する

【預ける】
あんな銀行に、お金を預けるものか。
▶ 我絕不把錢存到那種銀行！

0657
あたえる

他下一 給與，供給；授與；使蒙受；分配
對 奪う（うばう）　類 授ける（さずける）

【与える】
子どもにたくさんお金を与えるものではない。
▶ 不該給小孩太多錢。

0658 あたり	(名・造語) 附近，一帶；之類，左右
	(類) 近く
【辺り】	この辺りからあの辺りにかけて、畑が多いです。
	▶ 從這邊到那邊，有許多田地。

0659 あたる	(自五・他五) 碰撞；擊中；合適；太陽照射；取暖，吹（風）；接觸；（大致）位於；當…時候；（粗暴）對待 (類) ぶつかる
【当たる】	この花は、屋内屋外を問わず、日の当たるところに置いてください。
	▶ 不論是屋內或屋外都可以，請把這花放在太陽照得到的地方。

0660 あつかましい	(形) 厚臉皮的，無恥
	(類) 図々しい（ずうずうしい）
【厚かましい】	あまり厚かましいことを言うべきではない。
	▶ 不該說些丟人現眼的話。

0661 あぶら	(名) 脂肪，油脂
【油】	油で揚げたものが好きなせいか、太り気味だ。
	▶ 可能是因為喜歡吃油炸物的關係，覺得好像變胖了。

0662 あんがい	(副・形動) 意想不到，出乎意外
	(類) 意外
【案外】	難しいと思ったら、案外易しかった。
	▶ 原以為很難，結果卻簡單得叫人意外。

0663 い	(接尾) 位；身分，地位
【位】	今度こそ、1位になってみせる。
	▶ 下回一定要拿第一名給大家看！

0664 いがい	(名・形動) 意外，想不到，出乎意料
	(類) 案外
【意外】	雨による被害は、意外に大きかった。
	▶ 大雨意外地造成嚴重的災情。

0665
いちれつ

【一列】

名 一列，一排

一列に並んでお待ちください。
▶ 請排成一列等候。

0666
いつのまにか

【何時の間にか】

副 不知不覺地，不知什麼時候

いつの間にか、お茶の葉を使い切りました。
▶ 茶葉不知道什麼時候就用光了。

0667
イメージ

【image】

名 影像，形象，印象

企業イメージが悪化して以来、わが社の売り上げはさんざんだ。
▶ 自從企業形象惡化之後，我們公司的營業額真是悽慘至極。

0668
いらいら

名·副·他サ 情緒急躁、不安；焦急，急躁

類 苛立つ（いらだつ）

何だか最近いらいらしてしょうがない。
▶ 不知道是怎麼搞的，最近老是焦躁不安的。

0669
いわう

【祝う】

他五 祝賀，慶祝；祝福；送賀禮；致賀詞

類 祝する（しゅくする）

みんなで彼の合格を祝おう。
▶ 大家一起來慶祝他上榜吧！

0670
インタビュー

【interview】

名·自サ 會面，接見；訪問，採訪

類 面会

インタビューを始めるか始めないかのうちに、首相は怒り始めた。
▶ 採訪才剛開始，首相就生起了氣來。

0671
うっかり

副·自サ 不注意，不留神；發呆，茫然

類 うかうか

うっかりしたものだから、約束を忘れてしまった。
▶ 因為一時不留意，而忘了約會。

| 0672 うまる | 自五 被埋上；填滿，堵住；彌補，補齊 |
| 【埋まる】 | こや　ゆき　う
小屋は雪に埋まっていた。
▶ 小屋被雪覆蓋住。 |

| 0673 うわさ | 名・自サ 議論，閒談；傳說，風聲
類 流言（りゅうげん） |
| 【噂】 | ほんにん　き　　　　　　　　　　うわさ　ほんとう
本人に聞かないことには、噂が本当かどうかわからない。
▶ 傳聞是真是假，不問當事人是不知道的。 |

| 0674 エネルギー | 名 能量，能源，精力，氣力
類 活力（かつりょく） |
| 【(德)energie】 | こくないぜんたい
国内全体にわたって、エネルギーが不足しています。
▶ 就全國整體來看，能源是不足的。 |

| 0675 える | 他下一 得，得到；領悟，理解；能夠
類 手に入れる |
| 【得る】 | しごと　　　　　　かね　　　　　　　え
仕事をすると、お金ばかりでなく、得られるものがたくさんある。
▶ 從工作中賺取到不單是金錢，還有很多其他的東西。 |

| 0676 えんそう | 名・他サ 演奏
類 奏楽（そうがく） |
| 【演奏】 | わたし　み　　　　かれ　えんそう
私から見ると、彼の演奏はまだまだだね。
▶ 就我來看，他的演奏還有待加強。 |

| 0677 おいこす | 他五 超過，趕過去
類 抜く（ぬく） |
| 【追い越す】 | お　こ
トラックなんか、追い越しちゃえ。
▶ 我們快追過那卡車吧！ |

| 0678 おうえん | 名・他サ 援助，支援；聲援，助威
類 声援 |
| 【応援】 | わたし　おうえん　　　　　　　　　　　　かぎ　　　　　　　ま
私が応援しているチームに限って、いつも負けるからいやになる。
▶ 獨獨我所支持的球隊總是吃敗仗，叫人真嘔。 |

0679 おうぼ 【応募】	(名・自サ) 報名參加；認購（公債，股票等），認捐；投稿應徵

かいいん ぼ しゅう　おう ぼ
会員募集に応募する。
▶ 參加會員招募。

0680 おもいきり 【思い切り】	(名・副) 斷念，死心；果斷，下決心；狠狠地，盡情地，徹底的

し けん　お　　　　　おも　き　あそ
試験が終わったら、思い切り遊びたい。
▶ 等到考試結束以後，我要痛痛快快玩個夠！

0681 おもいつく 【思い付く】	(自他五) （忽然）想起，想起來 (類) 考え付く（かんがえつく）

おも　つ　　　　　　　かいしゃ　ていあん
いいアイディアを思い付くたびに、会社に提案しています。
▶ 每當我想到好點子，就提案給公司。

0682 おん 【御】	(接頭) 表示敬意

けん　あつ　おんれいもう　あ
このたびの件、厚く御礼申し上げます。
▶ 這次的事承蒙鼎力相助，謹致上十二萬分謝意。

0683 おんど 【温度】	(名) （空氣等）溫度，熱度

ひょうこう　　　　　あ　　　　　おん ど　やく　ど さ
標高が 100m 上がると、温度は約 0.6 度下がる。
▶ 高度每攀升一百公尺，溫度大約下降零點六度。

0684 か 【科】	(名・漢造) （大專院校）科系；（區分種類）科

えいぶん か　　　　　えい ご　べんきょう
英文科だから、英語を勉強しないわけにはいかない。
▶ 既然念的是英文系，就非得研讀英文不可。

0685 か 【化】	(漢造) 化學的簡稱；變化

しょうせつ　えい が か
ベストセラー小説を映画化する。
▶ 把暢銷小說改拍成電影。

0686
か

【家】

漢造 家庭；家族；專家

ピカソのような芸術家になってみせる。
▶ 我一定會成為像畢卡索那樣的偉大藝術家給你們瞧！

0687
か

【下】

漢造 下面；屬下；低下；下，降

たとえ親でも、子供を完全に支配下に置くことはできない。
▶ 就算是父母，也沒有辦法完完全全掌控孩子。

0688
カード

【card】

名 卡片；撲克牌；圖表

カードを切る手つき、プロみたいだね。
▶ 他洗牌的俐落手勢，簡直像專業人士耶！

0689
かいけつ

【解決】

名・自他サ 解決，處理
對 決裂（けつれつ） 類 決着（けっちゃく）

問題が小さいうちに、解決しましょう。
▶ 趁問題還不大的時候解決掉吧！

0690
かえる

【変える】

他下一 改變；變更
類 改変（かいへん）

がんばれば、人生を変えることもできるのだ。
▶ 只要努力，人生也可以改變的。

0691
かかる

【罹る】

自五 生病；遭受災難

父は、重い病気にかかって以来気分が沈みがちのようだ。
▶ 家父自從罹患重病以後，心情似乎有些低落。

0692
かくにん

【確認】

名・他サ 證實，確認，判明
類 確かめる（たしかめる）

まだ事実を確認しきれていません。
▶ 事實還沒有被證實。

0693 かける	他下一 把動作加到某人身上（如給人添麻煩）
【掛ける】	弟はいつもみんなに迷惑をかけていた。 ▶ 弟弟老跟大家添麻煩。

0694 かさねる	他下一 重疊堆放；再加上，蓋上；反覆，重複，屢次
【重ねる】	本がたくさん重ねてある。 ▶ 書堆了一大疊。

0695 かしょ	名・接尾 （特定的）地方；（助數詞）處
【箇所】	一箇所間違えたせいで、100点じゃなかった。 ▶ 由於錯了一題，沒能拿到一百分。

0696 かず	名 數，數目；多數，種種
【数】	数から言えば、あっちが有利だ。 ▶ 以數量來說，那邊居於上風。

0697 かた	名 模子，形，模式；樣式 類 かっこう
【型】	車の型としては、ちょっと古いと思います。 ▶ 就車型來看，我認為有些老舊。

0698 かつやく	名・自サ 活躍
【活躍】	彼は、前回の試合において大いに活躍した。 ▶ 他在上次的比賽中大為活躍。

0699 かのう	名・形動 可能
【可能】	可能な範囲でけっこうですよ。 ▶ 只要在可能的範圍裡盡量做就行了喔。

0700 がまん 【我慢】	(名・他サ) 忍耐，克制，將就，原諒；（佛）饒恕 (類) 辛抱（しんぼう）
	いらないと言った以上は、ほしくても我慢します。 ▶ 既然都說不要了，就算想要我也會忍耐。

0701 かわる 【変わる】	(自五) 變化；與眾不同；改變時間地點，遷居，調任 (類) 変化する
	人の考え方は、変わるものだ。 ▶ 人的想法，是會變的。

0702 かん 【感】	(名・漢造) 感覺，感動；感
	一人暮らしをすることになって、解放感に包まれている。 ▶ 開始了一個人的生活，感到十分無拘無束。

0703 かん 【観】	(名・漢造) 觀感，印象，樣子；觀看；觀點
	この本を読んで、人生観が変わった。 ▶ 讀了這本書以後，改變了我的人生觀。

0704 かん 【刊】	(漢造) 刊，出版
	朝刊と夕刊の両方を取っている。 ▶ 同時訂閱早報和晚報。

0705 かん 【間】	(名・接尾) 間，機會，間隙
	5日間の九州旅行も終わって、明日からはまた仕事だ。 ▶ 五天四夜的九州之旅已經結束，從明天開始又要返回工作崗位了。

0706 かん 【巻】	(名・漢造) 卷，書冊；（書畫的）手卷；卷曲
	（本屋で）全3巻なのに、中がない。 ▶ （在書店裡）明明是一套三集，卻找不到中間那一集。

0707 かんきょう 【環境】	名 環境
	環境のせいか、彼の子どもたちはみなスポーツが好きだ。 ▶ 不知道是不是因為環境的關係，他的小孩都很喜歡運動。

0708 かんしん 【感心】	名・形動・自サ 欽佩；贊成；（貶）令人吃驚 類 驚く（おどろく）
	彼はよく働くので、感心させられる。 ▶ 他很努力工作，真是令人欽佩。

0709 き 【期】	漢造 時期；時機；季節；（預定的）時日
	幼児期には第一次反抗期がある。 ▶ 在幼兒期中會出現第一次的反抗期。

0710 きかえる・きがえる 【着替える】	他下一 換衣服
	着物を着替える。 ▶ 換衣服。

0711 きすう 【奇数】	名 （數）奇數 對 偶数（ぐうすう）
	奇数の月に、この書類を提出してください。 ▶ 請在每個奇數月交出這份文件。

0712 きゅうりょう 【給料】	名 工資，薪水
	たとえ景気が回復しても、うちの会社では給料が上がらないだろう。 ▶ 就算景氣恢復，我們公司大概也不會加薪吧！

0713 きゅうりょう 【丘陵】	名 丘陵
	多摩丘陵は開発が進んでいる。 ▶ 多摩丘陵地區正在進行土地開發。

0714 ぎょう 【行】	名･漢造 （字的）行；（佛）修行；行書
	ここで行を改めた方がいいんじゃない。 ▶ 這裡還是另起一行比較好吧？

0715 ぎょう 【業】	名･漢造 業，職業；事業；學業
	高校を卒業したら、家の業を継ぐことになっている。 ▶ 高中畢業以後，將會繼承家業。

0716 きょうし 【教師】	名 教師，老師 類 先生
	教師の立場から見ると、あの子はとてもいい生徒です。 ▶ 從老師的角度來看，那孩子真是個好學生。

0717 きょうつう 【共通】	名･形動･自サ 共同，通用 類 通用（つうよう）
	彼女とは共通の趣味はあるものの、話があまり合わない。 ▶ 雖跟她有同樣的嗜好，但還是話不投機半句多。

0718 きょうりょく 【協力】	名･自サ 協力，合作，共同努力，配合 類 協同（きょうどう）
	友達が協力してくれたおかげで、彼女とデートができた。 ▶ 由於朋友們從中幫忙撮合，所以才有辦法約她出來。

0719 きょり 【距離】	名 距離，間隔，差距 類 隔たり（へだたり）
	距離は遠いですが、車で行けばすぐです。 ▶ 雖然距離遠，但開車馬上就到了。

0720 きろく 【記録】	名･他サ 記録，記載，（體育比賽的）紀錄 類 記述（きじゅつ）
	記録からして、大した選手じゃないのはわかっていた。 ▶ 就紀錄來看，可知道他並不是很厲害的選手。

0721
きんえん

（名・自サ）禁止吸菸；禁菸，戒菸

【禁煙】
お父さん、禁煙してくれたらいいのになあ。
▶ 要是爸爸能把煙戒掉那該有多好啊！

0722
きんし

（名・他サ）禁止
（對）許可（きょか）　（類）差し止める（さしとめる）

【禁止】
病室では、喫煙のみならず、携帯電話の使用も禁止されている。
▶ 病房內不止抽煙，就連使用手機也是被禁止的。

0723
きんちょう

（名・自サ）緊張
（對）和らげる　（類）緊迫（きんぱく）

【緊張】
彼が緊張しているところに声をかけると、もっと緊張するよ。
▶ 在他緊張的時候跟他說話，他會更緊張的啦！

0724
く

（名）字，字句；俳句

【句】
句を詠むってそんなに難しく考えなくてもいいんだよ。
▶ 別把做俳句想成是那麼困難的事嘛！

0725
クーラー

（名）冷氣設備

【cooler】
クーラーのせいで、今月は電気代が高い。
▶ 由於開了冷氣，這個月的電費很貴。

0726
くさい

（形）臭

【臭い】
この臭いにおいは、ガスが漏れているに違いない。
▶ 這個臭味一定是瓦斯漏氣。

0727
くさる

（自五）腐臭，腐爛；金屬鏽，爛；墮落，腐敗；消沉，氣餒
（類）腐敗する（ふはいする）

【腐る】
金魚鉢の水が腐る。
▶ 金魚魚缸的水臭掉了。

0728 ぐっすり	副 熟睡，酣睡
	類 熟睡（じゅくすい）
	みんな、ゆうべはぐっすり寝たとか。 ▶ 聽說大家昨晚都睡得很好。

0729 くやしい	形 令人懊悔的
	類 残念（ざんねん）
【悔しい】	試合に負けたので、悔しくてたまらない。 ▶ 由於比賽輸了，所以懊悔得不得了。

0730 くるしい	形 艱苦；困難；難過；勉強
【苦しい】	家計が苦しい。 ▶ 家庭開支相當拮据。

0731 け	接尾 家，家族
【家】	このドラマは将軍家の一族の話です。 ▶ 這部連續劇講的是將軍世家的故事。

0732 けいい	名 尊敬對方的心情，敬意
【敬意】	彼の行動には、敬意を表さないわけにはいかない。 ▶ 對於他的舉動，我們非得表達敬意不可。

0733 けいえい	名・他サ 經營，管理
	類 営む（いとなむ）
【経営】	経営上はうまくいっているが、人間関係がよくない。 ▶ 經營上雖不錯，但人際關係卻不好。

0734 けいご	名 敬語
【敬語】	敬語を使いこなせるようになるまでには、もっともっと勉強しなければならない。 ▶ 我一定要更加努力用功，直到能夠把敬語運用自如為止。

0735
けいやく

【契約】

(名・自他サ) 契約，合同
(類) 約する（やくする）

君が反省しないかぎり、来年の契約はできない。
▶ 只要你不反省，就沒辦法簽下明年的契約。

0736
ゲーム

【game】

(名) 遊戲，娛樂；比賽

ゲームで負けた方が、勝った方におごらないといけない。
▶ 輸了比賽的人，一定要宴請贏家才行。

0737
けっか

【結果】

(名・自他サ) 結果，結局
(對) 原因 (類) 結末（けつまつ）

よい結果を出す。
▶ 得到很好的成果。

0738
けんこう

【健康】

(形動) 健康的，健全的
(類) 元気

たばこをたくさん吸っていたわりに、健康です。
▶ 雖然抽煙抽得兇，但身體卻很健康。

0739
けんさ

【検査】

(名・他サ) 檢查，檢驗
(類) 調べる（しらべる）

病気かどうかは、検査をしてみないと分からない。
▶ 不做檢查就無法判定是不是生了病。

0740
こ

【小】

(接頭) 小，少；左右；稍微

うちから駅までは、小1時間かかる。
▶ 從我家到車站，差不多要花五十幾分鐘。

0741
こい

【濃い】

(形) 色或味濃深；濃稠，密
(對) 薄い (類) 濃厚（のうこう）

濃い化粧をする。
▶ 化濃妝。

0742
こう

【港】

漢造 港口

<ruby>福岡<rt>ふくおか</rt></ruby><ruby>観光<rt>かんこう</rt></ruby>なら、<ruby>門司港<rt>もじこう</rt></ruby>に<ruby>行<rt>い</rt></ruby>かなくちゃ。
▶ 若是到福岡觀光，就一定要去門司港才行。

0743
ごう

【号】

名・漢造 (雜誌刊物等)期號；(學者等)別名

<ruby>一月号<rt>いちがつごう</rt></ruby>にしては、カレンダーとかの<ruby>付録<rt>ふろく</rt></ruby>が<ruby>少<rt>すく</rt></ruby>ないね。
▶ 以一月號刊來說，年曆之類的附錄好像太少了耶！

0744
ごうかく

【合格】

名・自サ 及格；合格

<ruby>試験<rt>しけん</rt></ruby>に<ruby>合格<rt>ごうかく</rt></ruby>するには、もっと<ruby>勉強<rt>べんきょう</rt></ruby>するほかはない。
▶ 想要通過考試，更加用功是不二法門。

0745
こうはい

【後輩】

名 晚輩，後生；後來的同事，學弟、妹

對 先輩 類 後進 (こうしん)

<ruby>明日<rt>あした</rt></ruby>は、<ruby>後輩<rt>こうはい</rt></ruby>もいっしょに<ruby>来<rt>く</rt></ruby>ることになっている。
▶ 預定明天學弟也會一起前來。

0746
こうふん

【興奮】

名・自サ 興奮，激昂；情緒不穩定

對 落ちづく 類 激情 (げきじょう)

<ruby>今日<rt>きょう</rt></ruby>の<ruby>相手<rt>あいて</rt></ruby>は<ruby>弱<rt>よわ</rt></ruby>いから、<ruby>昨日<rt>きのう</rt></ruby>の<ruby>試合<rt>しあい</rt></ruby>ほど<ruby>興奮<rt>こうふん</rt></ruby>しない。
▶ 今天對手實力較弱，所以賽事沒有昨天那麼叫人激動興奮。

0747
こえる

【越える・超える】

自下一 越過；度過；超出，超過

<ruby>命<rt>いのち</rt></ruby>がけで<ruby>国境<rt>こっきょう</rt></ruby>を<ruby>越<rt>こ</rt></ruby>えた。
▶ 冒著一死衝過了國界。

0748
こおり

【氷】

名 冰

<ruby>氷<rt>こおり</rt></ruby>が<ruby>溶<rt>と</rt></ruby>けて、<ruby>飲<rt>の</rt></ruby>み<ruby>物<rt>もの</rt></ruby>が<ruby>薄<rt>うす</rt></ruby>くなった。
▶ 冰塊融化，飲料變淡了。

0749 ごかい	名・他サ 誤解，誤會
	類 勘違い（かんちがい）
【誤解】	誤解を招くことなく、状況を説明しなければならない。
	▶ 為了不引起誤會，要先說明一下狀況才行。

0750 ごがく	名 外語的學習，外語，外語課
【語学】	10 ヵ国語もできるなんて、君は語学の天才だね。
	▶ 你居然會十國語言，真是個語言天才！

0751 こきょう	名 故鄉，家鄉，出生地
	類 郷里（きょうり）
【故郷】	誰だって、故郷が懐かしいに決まっている。
	▶ 不論是誰，都會覺得故鄉很令人懷念。

0752 こくせき	名 國籍
【国籍】	日本では、二重国籍は認められていない。
	▶ 日本尚未承認雙重國籍。

0753 こづつみ	名 小包裹；包裹
【小包】	郵便局で小包を出した。
	▶ 在郵局寄了小型包裹。

0754 ことわる	他五 謝絕；預先通知，事前請示
【断る】	借金を断られたばかりか、前に貸した分を返せと言われた。
	▶ 不但拒絕借錢，還說了「把之前借你的還回來！」

0755 コミュニケーション	名 通訊，報導，信息；（語言、思想、精神上的）交流，溝通
【communication】	仕事の際には、コミュニケーションを大切にしよう。
	▶ 工作時，要注重溝通唷！

0756 **こむ**	<div>自五・接尾 擁擠，混雜；費事，精緻，複雜；表進入的意思；表深入或持續到極限</div>
【込む・混む】	昼間は、朝晩ほど電車が混まない。 ▶ 在白天時段，電車車廂不像早晨和晚間那般擁擠。
0757 **さい**	漢造・接頭 最
【最】	学年で最優秀の成績を取った。 ▶ 奪得了全年級最優異的成績表現。
0758 **さけぶ**	自五 喊叫，呼叫，大聲叫；呼喊，呼籲 類 わめく
【叫ぶ】	少年は、急に思い出したかのように叫んだ。 ▶ 少年好像突然想起了什麼事一般地大叫了一聲。
0759 **さそう**	他五 約，邀請；勸誘，會同；誘惑，勾引；引誘，引起 類 促す（うながす）
【誘う】	特別好きでもない女性を食事に誘うなんて、誤解されるおそれがありますよ。 ▶ 邀約其實並不心儀的女生一同用餐，很可能會造成對方的誤會喔！
0760 **さめる**	<div>自下一 （從睡夢中）醒，醒過來；（從迷惑、錯誤、沉醉中）醒悟，清醒 類 目覚める</div>
【覚める】	びっくりして、目が覚めた。 ▶ 嚇了一跳，都醒過來了。
0761 **さん**	名・漢造 生產，分娩；（某地方）出生；財產
【産】	台湾産のマンゴーは、味がよいのに加えて値段も安い。 ▶ 產自台灣的芒果不但風味香甜，而且價格也便宜。
0762 **さんか**	名・自サ 參加，加入 類 加入
【参加】	半分しごとのパーティーだから、参加するよりほかない。 ▶ 那場派對算是和工作相關，所以不得不參加。

0763 さんかく 【三角】	名 三角形
	次に、ここを三角に折ります。 ▶ 接下來，把這裡折成三角形。

0764 さんせい 【賛成】	名・自サ 賛成，同意 對 反対　類 同意
	みなが賛成したとしても、私は反対します。 ▶ 無論大家贊成與否，我都反對。

0765 サンプル 【sample】	名・他サ 樣品，樣本
	サンプルを見てまねして作ったら、けっこう上手にできた。 ▶ 看著範本依樣畫葫蘆，沒想到試做出來的成果挺不錯的。

0766 じけん 【事件】	名 事件，案件 類 出来事
	連続して殺人事件が起きた。 ▶ 殺人事件接二連三地發生了。

0767 しつど 【湿度】	名 濕度
	湿度が高くなるにしたがって、いらいらしてくる。 ▶ 溼度越高，就越令人感到不耐煩。

0768 じばん 【地盤】	名 地基，地面；地盤，勢力範圍
	地盤がゆるいせいか、このごろ家が傾いてきた。 ▶ 可能是地基鬆塌的緣故，最近住屋變得歪斜了。

0769 じみ 【地味】	形動 素氣，樸素，不華美；保守 對 派手　類 素朴（そぼく）
	この服は地味ながら、とてもセンスがいい。 ▶ 儘管這件衣服樸素了點，但卻很有品味。

0770
しめい

（名）姓與名，姓名

【氏名】

ここに氏名、住所と、電話番号を書いてください。
▶ 請在這裡寫下姓名、住址和電話號碼。

0771
しゃ

（漢造）者，人；（特定的）事物，場所

【者】

失業者にとっては、牛肉はぜいたくです。
▶ 對失業的人來說，買牛肉太奢侈了。

0772
しゃっくり

（名・自サ）打嗝

しゃっくりってどうして出るの。
▶ 為什麼會打嗝呢？

0773
しゅう

（名・漢造）（詩歌等的）集；聚集

【集】

うちの文学全集やら美術全集やらは、本棚の飾りです。
▶ 什麼文學全集啦、美術全集啦，都只是我們家書架上的擺飾品。

0774
しゅう

（名）大陸，州

【州】

アメリカでは、州によって法律がだいぶ異なる。
▶ 在美國，各州的法規差異很大。

0775
じゅう

（名・漢造）（文）重大；穩重；重要

【重】

日本は、国際社会においてもっと重要な役割を担うべきだ。
▶ 日本在國際社會上應當肩負起更多重要的責任。

0776
しゅじゅつ

（名・他サ）手術

【手術】

病気がわかった上は、きちんと手術して治します。
▶ 既然知道生病了，就要好好進行手術治療。

0777
しゅるい

名 種類

類 ジャンル

【種類】

病気の種類に応じて、飲む薬が違うのは当然だ。
> ▶ 依不同的疾病類型，服用的藥物當然也有所不同。

0778
しょ

漢造 諸

【諸】

2週間に渡ってヨーロッパ諸国を旅行した。
> ▶ 在兩個星期內遊遍了歐洲各國。

0779
しょ

漢造 初，始；首次，最初

【初】

彼とは初対面だが、彼の奥さんのことは以前から知っている。
> ▶ 我和他雖是初次會面，但是和他太太倒是從前就認識了。

0780
しょ

漢造 處所，地點；特定地

【所】

薬の研究所に勤めています。
> ▶ 我在藥物研究所工作。

0781
じょ

漢造 幫助；協助

【助】

両親をはじめ、知人たちも資金を援助してくれた。
> ▶ 包括父母在內的親友們也給了我資助。

0782
じょう

接尾・漢造 （計算草蓆、席墊）塊，疊；重疊

【畳】

2階は6畳の和室が2部屋あります。
> ▶ 二樓有兩間六張榻榻米大的和室。

0783
しょうきょくてき

形動 消極的

【消極的】

消極的な態度をとられても、説得するしかない。
> ▶ 即便對方給予消極的反應，也非得盡力說服不可。

0784 じょうけん 【条件】	名 條件；條文，條款 類 制約（せいやく） 相談の上で、条件を決めましょう。 ▶ 協商之後，再來決定條件吧！
0785 しょうじき 【正直】	名・形動・副 正直，老實 彼は正直なので損をしがちだ。 ▶ 他太老實了，很容易吃虧。
0786 じょうじゅん 【上旬】	名 上旬 對 下旬　類 初旬 来月上旬に、日本へ行きます。 ▶ 下個月的上旬，我要去日本。
0787 しょうじょう 【症状】	名 症狀 どんな症状か医者に説明する。 ▶ 向醫師描述是什麼樣的症狀。
0788 しょうすう 【少数】	名 少數 賛成者は少数だったが、社長は押し通した。 ▶ 儘管贊成者只占少數，但是社長還是強行通過了。
0789 しょうひ 【消費】	名・他サ 消費，耗費 對 貯金（ちょきん）　類 消耗（しょうもう） ガソリンの消費量が、増加ぎみです。 ▶ 汽油的消耗量，有增加的趨勢。
0790 しょうひん 【商品】	名 商品，貨品 この店は、あちらの店ほど商品が揃っていない。 ▶ 這家店的商品品項，不如那邊那家來得齊全。

0791 じょうほう

【情報】

(名) 情報，信息

(類) インフォメーション

IT 業界について、何か新しい情報はありますか。
▶ 關於 IT 產業，你有什麼新的情報？

0792 しょうぼうしょ

【消防署】

(名) 消防局，消防署

自分で放火したくせに、知らん顔をして消防署に通報した。
▶ 分明是他自己放的火，居然佯裝與他無關似地向消防局報了案。

0793 しょうりゃく

【省略】

(名・副・他サ) 省略，從略

(類) 省く（はぶく）

来賓向けの挨拶は、省略した。
▶ 我們省掉了跟來賓的致詞。

0794 しょく

【色】

(漢造) 顏色；臉色，容貌；色情；景象

銀白色の月が空にかかっている。
▶ 銀白色的月亮高掛在天空中。

0795 しょくりょう

【食料】

(名) 食物；伙食費

食料はあと 3 日分しかない。
▶ 食物只剩下三天份的存量了。

0796 しんがくりつ

【進学率】

(名) 升學率

あの高校は進学率が高い。
▶ 那所高中升學率很高。

0797 しんごう

【信号】

(名・自サ) 信號，燈號；（鐵路、道路等的）號誌；暗號

信号が変わったからといって、すぐに飛び出しては危ないですよ。
▶ 即使號誌已經變成綠燈，馬上衝出去還是很危險喔！

0798 しんや 【深夜】	名 深夜 類 夜更け（よふけ） 深夜どころか、翌朝まで仕事をしました。 ▶ 豈止到深夜，我是工作到隔天早上。
0799 すいてき 【水滴】	名 （文）水滴；（注水研墨用的）硯水壺 お風呂に入っていたら、天井から水滴が落ちてきた。 ▶ 一進去浴室，水滴就從天花板滴下來。
0800 すうじ 【数字】	名 數字；各個數字 数字で示されて、状況がよく分かった。 ▶ 根據顯示的數據，已能充分掌握現狀了。
0801 すごい 【凄い】	形 可怕的，令人害怕的；意外的好，好的令人吃驚，了不起；（俗）非常，厲害　類 甚だしい（はなはだしい） すごい嵐になってしまいました。 ▶ 它轉變成猛烈的暴風雨了。
0802 すこしも 【少しも】	副 （下接否定）一點也不，絲毫也不 類 ちっとも お金なんか、少しも興味ないです。 ▶ 金錢這東西，我一點都不感興趣。
0803 すまない	連語 對不起，抱歉；（做寒暄語）對不起 すまないと言ってくれた。 ▶ 向我道了歉。
0804 せいかく 【性格】	名 （人的）性格，性情；（事物的）性質，特性 類 人柄（ひとがら） 兄弟といっても、弟と僕は全然性格が違う。 ▶ 儘管是親兄弟，但是弟弟和我的個性截然不同。

0805
せいこう

【成功】

名・自サ 成功，成就，勝利；功成名就，成功立業
對 失敗　類 達成（たっせい）

まるで成功したかのような大騒ぎだった。
▶ 簡直像是成功了一般狂歡大鬧。

0806
せいすう

【整数】

名 （數）整數

答えは整数のわけがない。
▶ 答案不可能是整數。

0807
せいちょう

【成長】

名・自サ （經濟、生產）成長，增長，發展；（人、動物）生長，發育　類 生い立ち（おいたち）

子どもの成長が、楽しみでなりません。
▶ 孩子們的成長，真叫人期待。

0808
せいのう

【性能】

名 性能，機能，效能

性能が悪いものだから、さっぱり売れない。
▶ 那東西由於性能不佳，完全賣不出去。

0809
せいひん

【製品】

名 製品，產品
類 商品

この材料では、製品の品質は保証しかねます。
▶ 如果是這種材料的話，恐難以保證產品的品質。

0810
せつやく

【節約】

名・他サ 節約，節省
對 浪費　類 倹約（けんやく）

節約しているのに、お金がなくなる一方だ。
▶ 我已經很省了，但是錢卻越來越少。

0811
せわ

【世話】

名・他サ 援助，幫助；介紹，推薦；照顧，照料；俗語，常言
類 面倒見（めんどうみ）

ありがたいことに、母が子どもたちの世話をしてくれます。
▶ 慶幸的是，媽媽會幫我照顧小孩。

0812 ぜん	漢造 前方，前面；（時間）早；預先；從前
【前】	ぜんしゅしょう こうえんかい い 前首相の講演会に行く。 ▶ 前往聆聽前首相的演講。

0813 ぜん	漢造 全部，完全；整個；完整無缺
【全】	ぜん せ かい かんきょう ほ ご と く 全世界で環境保護に取り組むべきだ。 ▶ 全世界都應該努力投入環境保護工作。

0814 せんざい	名 洗滌劑，洗衣粉（精） 類 洗浄剤（せんじょうざい）
【洗剤】	せんざい つか お 洗剤なんか使わなくても、きれいに落ちます。 ▶ 就算不用什麼洗衣精，也能將污垢去除得乾乾淨淨。

0815 センチ	名 厘米，公分
【centimeter】	みぎ お 1センチぐらい右にずれてるから、ちょっと押してくれる？ ▶ 大概往右偏了一公分，可以幫忙推一下嗎？

0816 せんでん	名・自他サ 宣傳，廣告；吹噓，鼓吹，誇大其詞 類 広告（こうこく）
【宣伝】	かいしゃ せんでん しょうひん か そちらの会社を宣伝するかわりに、うちの商品を買ってください。 ▶ 我幫貴公司宣傳，相對地，請購買我們的商品。

0817 そう	漢造 總括；總覽；總，全體；全部
【総】	そういん めい 総員50名だ。 ▶ 總共有五十人。

0818 そうぞう	名・他サ 想像 類 イマジネーション
【想像】	そうぞう はん じょうきょう わる 想像に反して、状況はそれほど悪くなかった。 ▶ 出乎意料之外，現狀並沒有那麼糟。

0819
そく

【足】

接尾・漢造（助數詞）雙；足；足夠；添

半日もデパートを見たけれど、靴下を二足だけしか買わなかった。
▶ 花了整整半天逛百貨公司，結果只買了兩雙襪子。

0820
そっくり

形動・副 一模一樣，極其相似；全部，完全，原封不動

類 似る（にる）

彼ら親子は、似ているというより、もうそっくりなんですよ。
▶ 他們母子，與其說是像，倒不如說是長得一模一樣了。

0821
ソファー・ソファ

【sofa】

名 沙發

立ち話してないで、ソファーに座ったら？
▶ 別站著說話，坐到沙發慢慢聊吧？

0822
そぼく

【素朴】

名・形動 樸素，純樸，質樸；（思想）純樸

素朴な考え方のようだが、意外と鋭いかもしれない。
▶ 看似單純的想法，說不定其實非常犀利。

0823
そんけい

【尊敬】

名・他サ 尊敬

あんな親、尊敬なんかするものか。
▶ 那樣的父母，誰會尊敬啊！

0824
だい

【代】

名・漢造 代，輩；一生，一世；代價

そのお店は、代がかわって今では息子さんがやっています。
▶ 那家店，現在已經由兒子接班了。

0825
だい

【第】

漢造 表順序；考試及格，錄取

「第九」、すなわちベートーベンの交響曲第9番は、「合唱付き」として知られている。
▶ 「第九」，亦即貝多芬的第九號交響曲，以《合唱》的別名著稱。

0826 だい 【題】	(名・自サ・漢造) 題目，標題；問題；題辭
	ようやく作品ができたが、どんな題をつけたらいいだろうか。 ▶ 作品總算完成了，但是該下什麼標題才好呢？

0827 だいひょう 【代表】	(名・他サ) 代表
	パーティーを始めるにあたって、皆を代表して乾杯の音頭をとった。 ▶ 派對要開始時，我帶頭向大家乾杯。

0828 ダイヤ（モンド） 【diamond】	(名) 鑽石
	婚約指輪はダイヤモンドで、給料3ヵ月分が目安です。 ▶ 訂婚戒指通常是鑽戒，並且價值大約三個月的薪水。

0829 たいりょう 【大量】	(名) 大量
	人気ドラマの舞台になったものだから、大量の観光客が押し寄せるようになった。 ▶ 這裡由於是高收視率連續劇的拍攝地，因而吸引了大批觀光客爭相前來此一遊。

0830 たおす 【倒す】	(他五) 倒，放倒，推倒，翻倒；推翻，打倒；毀壞，拆毀；打敗，擊敗；殺死，擊斃；賴帳，不還債 (類) 打倒する（だとうする）；転ばす（ころばす）
	木を倒す。 ▶ 砍倒樹木。

0831 たがい 【互い】	(名・形動) 互相，彼此；雙方；彼此相同 (類) 双方（そうほう）
	あの二人はけんかばかりしているが、互いに嫌っているわけではない。 ▶ 那兩個人雖然一天到晚吵架，但其實並不討厭對方。

0832 たかまる 【高まる】	(自五) 高漲，提高，增長；興奮 (對) 低まる（ひくまる） (類) 高くなる
	首相の辞任を求める声が日に日に高まっている。 ▶ 要求首相辭職下台的聲浪日漸高漲。

0833
たしか
【確か】

㊙（過去的事不太記得）大概，也許

このセーターは確か 1,000 円でした。
▶ 這件毛衣大概是花一千日圓吧！

0834
たすける
【助ける】

㊟下一 幫助，援助；救，救助；輔佐；救濟，資助

類 救助する（きゅうじょする）、手伝う（てつだう）

おぼれかかった人を助ける。
▶ 救起了差點溺水的人。

0835
たな
【棚】

㊚（放置東西的）隔板，架子，棚

あ、それはそこの棚に置いといて。
▶ 啊，那個東西幫我放到那個架子上。

0836
ためる
【貯める・溜める】

㊟下一 積，存，蓄；積壓，停滯

類 蓄える（たくわえる）

お金をためてからでないと、結婚なんてできない。
▶ 假如不先存錢，根本沒辦法結婚。

0837
たん
【短】

㊚·漢造 短；不足，缺點

飽きっぽい短所がある反面、いったん集中すると仕事が早い。
▶ 他雖然有缺乏耐性的壞處，相反地，一旦集中注意力，很快就能完成工作。

0838
だん
【弾】

漢造 砲彈

弾丸のような速さで部屋を飛び出した。
▶ 猶如子彈般飛速衝出了房間。

0839
だん
【団】

漢造 團，圓團；團體

記者団は、さらに大臣を追及した。
▶ 記者團又進一步追查了部長的責任。

0840 チーム【team】	名 組，團隊；（體育）隊 類 組（くみ）
	チームに入るに際して、自己紹介をしてください。 ▶ 在加入團隊時，請先自我介紹。

0841 ちきゅう【地球】	名 地球 類 世界
	地球環境の保護に貢献したい。 ▶ 我想對地球環境有貢獻。

0842 ちこく【遅刻】	名・自サ 遲到，晚到 類 遅れる
	電話がかかってきたせいで、会社に遅刻した。 ▶ 都是因為有人打電話來，所以上班遲到了。

0843 ちしき【知識】	名 知識 類 学識
	知識が増えるに従って、いろいろなことが理解できるようになりました。 ▶ 隨著知識的增長，能夠理解的事情也愈來愈多。

0844 チップ【chip】	名 （削木所留下的）片削；洋芋片
	ポテトチップを毎日食べたら、太るに決まってるよ。 ▶ 要是每天都吃洋芋片的話，一定會變胖的喔！

0845 ちゃいろい【茶色い】	形 茶色
	日本では茶色くて縦長の封筒が多く使われている。 ▶ 在日本，通常使用褐色的直式信封。

0846 ちゅうじゅん【中旬】	名 （一個月中的）中旬 類 中頃
	彼が帰ってくるのは6月の中旬にしても、7月までは忙しいだろう。 ▶ 就算他回來是6月中旬，但也應該會忙到7月吧！

0847 ちゅうもん	(名・他サ) 點餐，訂貨，訂購；希望，要求，願望
	(類) 頼む
【注文】	さんざん迷ったあげく、カレーライスを注文しました。
	▶ 再三地猶豫之後，最後竟點了個咖哩飯。

0848 ちょう	(名・漢造) （數）兆；徴兆
【兆】	1光年は約9兆4600億キロである。
	▶ 一光年大約是九兆四千六百億公里。

0849 ちょうかん	(名) 早報
【朝刊】	毎日、朝刊を読んでから会社に行く。
	▶ 每天都先看了早報以後再去公司。

0850 ちょうさ	(名・他サ) 調査
	(類) 調べる
【調査】	人口の変動について、調査することになっている。
	▶ 按規定要針對人口的變動進行調查。

0851 ちょうなん	(名) 長子，大兒子
【長男】	長男が生まれてからは、いっつも子供の写真を見てはでれでれしてるよ。
	▶ 自從大兒子出生以後，老是看孩子的相片看得入迷而傻笑呢！

0852 ちょくせつ	(名・副・自サ) 直接
	(對) 間接 (類) 直に
【直接】	関係者が直接話し合ったことから、事件の真相がはっきりした。
	▶ 經過相關人物面對面對盤後，案件得以真相大白。

0853 つう	(名・形動・接尾・漢造) 精通，内行，專家；通曉人情世故，通情達理；暢通；
	（助數詞）封，件，紙；穿過；往返；告知；貫徹始終 (類) 物知り
【通】	彼は日本通だ。
	▶ 他是個日本通。

0854 つうきん	(名・自サ) 通勤，上下班
	(類) 通う
【通勤】	会社まで、バスと電車で通勤するほかない。 ▶ 上班只能搭公車和電車。
0855 つきあたり	(名) （道路的）盡頭
【突き当たり】	うちはこの道の突き当たりです。 ▶ 我家就在這條路的盡頭。
0856 つぎつぎ	(副) 一個接一個，接二連三地，絡繹不絕的，紛紛；按著順序，依次 (類) 続いて
【次々】	そんなに次々問題が起こるわけはない。 ▶ 不可能會這麼接二連三地發生問題的。
0857 つける	(他下一・接尾) 掛上，裝上；穿上，配戴；寫上，記上；定（價），出（價）；抹上，塗上
【付ける・附ける・着ける】	値段をつけるそばから売れていく。 ▶ 才剛剛標上價格就賣掉了。
0858 つづく	(自五) 繼續，延續，連續；接連發生，接連不斷；隨後發生，接著；連著，通到，與…接連；接得上，夠用；後繼，跟上；次於，居次位 (對) 絶える（たえる）
【続く】	晴天が続く。 ▶ 持續著幾天的晴天。
0859 つまる	(自五) 擠滿，塞滿；堵塞，不通；窘困，窘迫；縮短，緊小；停頓，擱淺 (類) 通じなくなる（つうじなくなる）；縮まる（ちぢまる）
【詰まる】	食べ物がのどに詰まって、せきが出た。 ▶ 因食物卡在喉嚨裡而咳嗽。
0860 てい	(名・漢造) （位置）低；（價格等）低；變低
【低】	牛乳は低温で殺菌した方が、本来の風味が残るそうです。 ▶ 聽說牛奶以低溫殺菌的方式，最能保留原本的濃醇奶香。

0861
ていき
【定期】
(名) 定期，一定的期限

安全のため、欠かさず定期点検を行っています。
▶ 為求安全起見，從未遺漏施行定期檢查。

0862
てき
【的】
(接尾・形動) （前接名詞）關於，對於；表示狀態或性質

こうして、彼の悲劇的な生涯は幕を閉じた。
▶ 他宛如悲劇般的一生，就這樣落幕了。

0863
てきとう
【適当】
(名・形動・自サ) 適當；適度；隨便

(類) 相応（そうおう）；いい加減（いいかげん）

適当にやっておくから、大丈夫。
▶ 我會妥當處理的，沒關係！

0864
デザイン
【design】
(名・自他サ) 設計（圖）；（製作）圖案

(類) 設計（せっけい）

デザインのすばらしさはもとより、独創性も賞賛に値する。
▶ 這項設計當然是無懈可擊，其獨創風格更值得嘉許。

0865
てってい
【徹底】
(名・自サ) 徹底；傳遍，普遍，落實

命令を徹底すれば、効率は上がるはずだ。
▶ 只要能貫徹命令，應該會提升效率才對。

0866
てつや
【徹夜】
(名・自サ) 通宵，熬夜

(類) 夜通し（よどおし）

仕事を引き受けた以上、徹夜をしても完成します。
▶ 既然接下了工作，就算熬夜也要將它完成。

0867
とう
【頭】
(接尾) （牛、馬等）頭

日本では、過去に計 36 頭の狂牛病の牛が発見されました。
▶ 在日本，歷年來總計查出了三十六頭染上狂牛病的牛隻。

0868 どう	㊂ 同樣，同等；（和上面的）相同
【同】	同社の発表によれば、既に問い合わせが来ているそうです。 ▶ 根據該公司的公開聲明，似乎已經有人前來洽詢了。
0869 どうしても	㊐ （後接否定）怎麼也，無論怎樣也；務必，一定，無論如何也要　㊞ 絶対に（ぜったいに）、ぜひとも
	どうしても行きたいです。 ▶ 無論如何我都要去。
0870 とうよう	㊂ （地）亞洲；東洋，東方（亞洲東部和東南部的總稱） ㊙ 西洋（せいよう）
【東洋】	東洋文化には、西洋文化とは違う良さがある。 ▶ 東洋文化有著和西洋文化不一樣的優點。
0871 どうろ	㊂ 道路 ㊞ 道（みち）
【道路】	お盆や年末年始は、高速道路が混んで当たり前になっています。 ▶ 盂蘭盆節（相當於中元節）和年末年初時，高速公路壅塞是家常便飯的事。
0872 とおりこす	㊣ 通過，越過
【通り越す】	バス停を通り越して100メートルくらい先が私のうちです。 ▶ 經過公車站後再走一百公尺左右，就到我家了。
0873 どきどき	㊐・㊣ （心臟）撲通撲通地跳，七上八下
	あの人を見ると心臓がどきどきする。 ▶ 一看到那個人，心頭就小鹿亂撞。
0874 とく	㊂・㊕ 利益；便宜
【得】	まとめて買うと得だからって、これじゃ1年分だよ。 ▶ 雖說購買大份量的比較划算，但是這些足足可以用上一整年耶！

0875
とく
【特】

漢造 特，特別，與衆不同

お客さん、美人だから特別に3個100円でいいよ。
▶ 這位客人，您長得漂亮，特別算您三個一百日圓的優惠喔！

0876
どくしん
【独身】

名 單身

今は自由な独身生活を満喫したい。
▶ 現在只想盡情享受單身生活。

0877
とける
【溶ける】

自下一 溶解，融化
類 溶解（ようかい）

この物質は、水に溶けません。
▶ 這個物質不溶於水。

0878
とじょう
【途上】

名（文）路上；中途

その国は発展の途上にあるが、人々の胸は希望に満ちている。
▶ 該國雖然還屬於開發中的國家，但是人人的心中都充滿著希望。

0879
とつぜん
【突然】

副 突然

突然怒り出す。
▶ 突然生氣。

0880
トラック
【truck】

名 卡車

4トントラックなんて、運転できるわけがないよ。
▶ 高達四噸重的卡車，怎麼可能有辦法開嘛！

0881
どりょく
【努力】

名・自サ 努力
類 頑張る（がんばる）

努力が実った。
▶ 努力而取得成果。

0882 トレーニング	(名・他サ) 訓練，練習
	(類) 練習（れんしゅう）
【training】	もっと前からトレーニングしていればよかった。
	▶ 要是能再早一點開始訓練就好了。

0883 なぐる	(他五) 毆打，揍；草草了事
	(類) 打つ（うつ）
【殴る】	彼が人を殴るわけはない。
	▶ 他不可能會打人的。

0884 なにか	(連語・副) 什麼；總覺得
【何か】	お茶か何か飲みたくない？
	▶ 想不想喝茶還是其他飲料？

0885 なやむ	(自五) 煩惱，苦惱，憂愁；感到痛苦
	(類) 苦悩（くのう）、困る（こまる）
【悩む】	あんなひどい女のことで、悩むことはないですよ。
	▶ 用不著為了那種壞女人煩惱啊！

0886 ナンバー	(名) 數字，號碼；（汽車等的）牌照
【number】	車のナンバーなんて、覚えてないよ。
	▶ 什麼車牌號碼的，我哪記得啊！

0887 にんき	(名) 人緣，人望
【人気】	あのタレントは今、10代を中心に大変な人気がある。
	▶ 那位藝人現在頗受十至二十歲年齡層粉絲的喜愛。

0888 ぬう	(他五) 縫，縫補；刺繡；穿過，穿行；（醫）縫合（傷口）
	(類) 裁縫（さいほう）
【縫う】	母親は、子どものために思いをこめて服を縫った。
	▶ 母親滿懷愛心地為孩子縫衣服。

0889
ねあがり

（名・自サ）價格上漲，漲價
對 値下がり（ねさがり）　類 高くなる

【値上がり】
近頃、土地の値上がりが激しくなった。
▶ 最近地價猛漲。

0890
のうぎょう

（名）農耕；農業

【農業】
農業の機械化が進む。
▶ 農業機械化不斷進步。

0891
のうど

（名）濃度

【濃度】
放射線濃度が高い。
▶ 輻射線濃度高。

0892
のせる

（他下一）放在…上，放在高處；裝載，裝運；納入，使參加；欺騙；
刊登，刊載　類 積む（つむ）、上に置く

【載せる】
事件に関する記事を載せたところ、たいへんな反響がありました。
▶ 刊登了案件的相關報導，結果得到熱烈的回應。

0893
のぞく

（自五・他五）露出（物體的一部份）；窺視，探視；往下看；晃一眼；
窺探他人秘密　類 窺う（うかがう）

【覗く】
家の中をのぞいているのは誰だ。
▶ 是誰在那裡偷看屋內？

0894
のち

（名）後，之後；今後，未來；死後，身後

【後】
今日は晴れのち曇り、ところによりにわか雨だって。
▶ 聽說今天是晴時多雲，局部地區可能有陣雨。

0895
ノック

（名・他サ）敲打；（來訪者）敲門；打球

【knock】
今、ノックの音が聞こえなかった？
▶ 剛剛，有沒有聽到了敲門聲？

0896 のばす	他五 伸展，擴展，放長；延緩（日期），推遲；發展，發揮；擴大，增加；稀釋；打倒　類 伸長（しんちょう）
【伸ばす】	手を伸ばしたところ、木の枝に手が届きました。 ▶ 我一伸手，結果就碰到了樹枝。
0897 のびる	自上一 （長度等）變長，伸長；（皺摺等）伸展；擴展，到達；（勢力、才能等）擴大，增加，發展　類 生長（せいちょう）
【伸びる】	背が伸びる。 ▶ 長高了。
0898 のぼる	自五 上升
【昇る】	ここでは、朝、昇る太陽と、夕方、沈む太陽が両方見えます。 ▶ 在這裡，可以同時看到早晨東升的朝陽，以及傍晚西沉的落日。
0899 パーセント	名 百分率
【percent】	手数料が 3 パーセントかかりますが、よろしいですか。 ▶ 將會收取百分之三的手續費，您同意嗎？
0900 はいいろ	名 灰色
【灰色】	灰色の壁に囲まれて、気分まで落ち込む。 ▶ 被包圍在灰色的圍牆之中，連心情也跟著變得低落。
0901 はいゆう	名 （男）演員
【俳優】	俳優といっても、まだせりふのある役をやったことないんです。 ▶ 說是演員，到現在還沒接演過有台詞的角色。
0902 はく・ぱく	名・漢造 宿，過夜；停泊
【泊】	京都に 1 泊、大阪に 2 泊する。 ▶ 將在京都住一晚，大阪住兩晚。

0903
はげしい

【激しい】

⑱ 激烈，劇烈；（程度上）很高，厲害；熱烈

⑲ 甚だしい（はなはだしい）、ひどい

<ruby>競争<rt>きょうそう</rt></ruby>が<ruby>激<rt>はげ</rt></ruby>しい。
▶ 競爭激烈。

0904
はし

【端】

⑧ 開端，開始；邊緣；零頭，片段；開始，盡頭

⑭ 中　⑲ 縁（ふち）

<ruby>道<rt>みち</rt></ruby>の<ruby>端<rt>はし</rt></ruby>を<ruby>歩<rt>ある</rt></ruby>いてください。
▶ 請走路的兩旁。

0905
パスポート

【passport】

⑧ 護照；身分證

パスポートを<ruby>拝見<rt>はいけん</rt></ruby>してもよろしいですか。
▶ 可以借看一下您的護照嗎？

0906
はっきり

⑩·自サ 清楚；直接了當

⑲ 明らか（あきらか）

<ruby>君<rt>きみ</rt></ruby>ははっきり<ruby>言<rt>い</rt></ruby>いすぎる。
▶ 你說得太露骨了。

0907
バッグ

【bag】

⑧ 手提包

バッグに<ruby>財布<rt>さいふ</rt></ruby>を<ruby>入<rt>い</rt></ruby>れただけで<ruby>鍵<rt>かぎ</rt></ruby>を<ruby>忘<rt>わす</rt></ruby>れてきた。
▶ 只記得把錢包放進包包裡，卻忘了鑰匙。

0908
はつめい

【発明】

⑧·他サ 發明

⑲ 発案（はつあん）

<ruby>社長<rt>しゃちょう</rt></ruby>は、<ruby>新<rt>あたら</rt></ruby>しい<ruby>機械<rt>きかい</rt></ruby>を<ruby>発明<rt>はつめい</rt></ruby>するたびにお<ruby>金<rt>かね</rt></ruby>をもうけています。
▶ 每逢社長研發出新型機器，就會賺大錢。

0909
はで

【派手】

⑧·形動（服裝等）鮮艷的，華麗的；（為引人注目而動作）誇張，做作　⑭ 地味（じみ）　⑲ 艶やか（あでやか）

いくらパーティーでも、そんな<ruby>派手<rt>はで</rt></ruby>な<ruby>服<rt>ふく</rt></ruby>を<ruby>着<rt>き</rt></ruby>ることはないでしょう。
▶ 就算是派對，也不用穿得那麼華麗吧！

0910 はなしあう	自五 對話，談話；商量，協商，談判
【話し合う】	契約のことで具体的な内容を話し合う。 ▶ 商討合約的具體內容。

0911 はなれる	自下一 離開，分開；離去；距離，相隔；脫離（關係），背離 對 合う 類 別れる
【離れる】	故郷を離れるに先立ち、みんなに挨拶をしました。 ▶ 在離開家鄉之前，先和大家告別過了。

0912 ばらばら	副 分散貌；凌亂，支離破碎的 類 散り散り（ちりぢり）
	風で書類が飛んで、ばらばらになってしまった。 ▶ 文件被風吹得散落了一地。

0913 はんい	名 範圍，界線 類 区域（くいき）
【範囲】	消費者の要望にこたえて、販売地域の範囲を広げた。 ▶ 為了回應消費者的期待，拓展了銷售區域的範圍。

0914 ひ	名 非，不是
【非】	そんなかっこうで会社に来るなんて、非常識だよ。 ▶ 竟然穿著那身打扮來公司，實在太荒唐了！

0915 ひ	漢造 消費，花費；費用
【費】	生活費を切りつめる。 ▶ 削減生活費。

0916 ピクニック	名 郊遊，野餐
【picnic】	今度の休みに、天気が良かったらピクニックに行こうよ。 ▶ 下次的假日如果天氣好的話，我們去野餐嘛！

0917
ひっこし

【引っ越し】

(名) 搬家，遷居

もっと広いうちに引っ越しする。
▶ 要搬去更大的房子。

0918
ぴったり

(副・自サ) 緊緊地，嚴實地；恰好，正適合；說中，猜中

(類) ちょうど

そのドレス、あなたにぴったりですよ。
▶ 那件禮服，真適合你穿啊！

0919
ひふ

【皮膚】

(名) 皮膚

皮膚が乾燥する。
▶ 皮膚變得乾燥。

0920
ひみつ

【秘密】

(名・形動) 秘密，機密

親友に秘密を明かした。
▶ 向摯友坦承了祕密。

0921
ひも

【紐】

(名) （布、皮革等的）細繩，帶

靴ひもをしっかり結ぶ。
▶ 把鞋帶牢牢繫上。

0922
ひろがる

【広がる】

(自五) 開放，展開；（面積、規模、範圍）擴大，蔓延，傳播

(對) 挟まる（はさまる）　(類) 拡大（かくだい）

悪い噂は、広がる一方だなあ。
▶ 負面的傳聞，越傳越開了。

0923
ふ

【不】

(漢造) 不；壞；醜；笨

不老不死の薬なんて、あるわけがない。
▶ 什麼長生不老的藥，怎麼可能有那種東西！

0924 ぶ 【部】	名・漢造 部分；部門；冊
	君は営業部向きだよ。 ▶ 你很適合待在業務部門喔！

0925 ふあん 【不安】	名・形動 不安，不放心，擔心；不穩定 類 心配
	不安のあまり、友達に相談に行った。 ▶ 因為實在是放不下心，所以找朋友來聊聊。

0926 ふきゅう 【普及】	名・自サ 普及
	当時は、テレビが普及しかけた頃でした。 ▶ 當時正是電視開始普及的時候。

0927 ふく 【副】	名・漢造 副本，抄件；副；附帶
	息子を副社長にするなんて、まだ大学を出たばかりなのに。 ▶ 竟然想讓兒子當副社長，他才剛從大學畢業耶！

0928 ふくむ 【含む】	他五・自四 含（在嘴裡）；帶有，包含；瞭解，知道；含蓄；懷（恨）；鼓起；（花）含苞 類 包む（つつむ）
	税金を含むか含まないかにかかわらず、この値段はちょっと高すぎる。 ▶ 無論含稅與否，這價錢有點太貴了。

0929 ふける 【更ける】	自下一 （秋）深；（夜）闌
	夜が更けると、聞こえてくるのは虫の音ばかりだ。 ▶ 夜深了，傳入耳裡的只有蟲鳴。

0930 ふこう 【不幸】	名 不幸，倒楣；死亡，喪事
	不幸を嘆く。 ▶ 哀嘆不幸。

0931
ふごう
【符号】

名 符號，記號；（數）符號

移項するときは符号を変える。
▶ 移項時，移動到等號的另一邊的項目要改變數學符號。

0932
ふしぎ
【不思議】

名・形動 奇怪，難以想像，不可思議
類 神秘（しんぴ）

ひどい事故だったので、助かったのが不思議なくらいです。
▶ 因為是很嚴重的事故，所以能得救還真是令人覺得不可思議。

0933
ふたたび
【再び】

副 再一次，又，重新
類 また

この地を再び訪れることができるとは、夢にも思わなかった。
▶ 連作夢都沒有想到，居然能夠再次造訪這個地方！

0934
ぶっか
【物価】

名 物價
類 値段

物価が上がったせいか、生活が苦しいです。
▶ 或許是物價上漲的關係，生活很辛苦。

0935
ふまん
【不満】

名・形動 不滿足，不滿，不平
對 満足（まんぞく）　類 不平（ふへい）

不満げだね。文句があるなら言えよ。
▶ 看你一臉不滿的樣子，有意見就說啊！

0936
ふみきり
【踏切】

名 （鐵路的）平交道，道口；（轉）決心

踏切を渡るときは、必ずいったん停車しなくてはなりません。
▶ 開車穿越平交道的時候，一定要先停看聽才行。

0937
プラス
【plus】

名・他サ （數）加號，正號；正數；有好處，利益；加（法）；
陽性　對 マイナス　類 加算（かさん）

働きに応じて、報酬をプラスしてあげよう。
▶ 依工作情況，來增加報酬！

0938 プラスチック	⑧ （化）塑膠，塑料
【plastic;plastics】	プラスチックは、資源ごみになるものとならないものがあります。 ▶ 塑膠類製品有資源與非資源垃圾之分。

0939 ぶらぶら	⑪・⑪サ （懸空的東西）晃動，搖晃；蹓躂；沒工作；（病）拖長，纏綿
	息子は、手伝いもしないでぶらぶらしてばかりだ。 ▶ 我兒子連個忙也不幫，成天遊手好閒，蹓躂閒晃。

0940 ぶり	⑧語 樣子，狀態
【振り】	彼は、勉強振りの割には大した成績ではない。 ▶ 他看似用功，卻沒能拿到好成績。

0941 ブログ	⑧ 部落格
【blog】	もうずっと、ブログを更新していない。 ▶ 早在很久以前就一直都沒更新部落格了。

0942 ぶん	⑧・漢造 部分；份；本分；地位
【分】	新しいバイトを採用して、減った分を補おう。 ▶ 招募新進兼職人員，填補減少的人力。

0943 ぶんぼうぐ	⑧ 文具，文房四寶
【文房具】	文房具に関しては、こだわりがある。 ▶ 對於文具有其講究。

0944 へいきん	⑧・⑪サ・⑪サ 平均；（數）平均值；平衡，均衡 ⑪ 均等（きんとう）
【平均】	集めたデータをもとにして、平均を計算しました。 ▶ 把蒐集來的資料做為參考，計算出平均值。

0945 べつべつ	形動 各自，分別
	類 それぞれ
【別々】	支払いは別々にする。
	▶ 各付各的。

0946 ベテラン	名 老手，內行
	類 達人（たつじん）
【veteran】	たとえベテランでも、この機械を修理するのは難しいだろう。
	▶ 修理這台機器，即使是內行人也感到很棘手吧！

0947 へる	自五 減，減少；磨損；（肚子）餓
	對 増える（ふえる）　類 減じる（げんじる）
【減る】	収入は減ったけれど、前の仕事より楽しいです。
	▶ 雖然收入變少了，但是比前一個工作來得愉快。

0948 へる	自下一 （時間、空間、事物）經過、通過
【経る】	3年を経て二人は再会したが、もうお互いに違う生活があった。
	▶ 三年後，兩人雖然再度重逢，但是彼此都已展開了另一段人生。

0949 へん	名・漢造 漢字的左偏旁；偏，偏頗
【偏】	衣偏は、「衣」という字と形がだいぶ違います。
	▶ 「ネ」（衣字邊）和「衣」這個字在字形上有很大的差異。

0950 へんこう	名・他サ 變更，更改，改變
	類 変える
【変更】	予定を変更することなく、すべての作業を終えた。
	▶ 一路上沒有更動原定計畫，就做完了所有的工作。

0951 ぼう	漢造 防備，防止；堤防
【防】	病気はできるだけ予防することが大切だ。
	▶ 對抗疾病最重要的是盡量做好事先的預防。

0952 ぼうりょく 【暴力】	㊌ 暴力，武力 親に暴力をふるわれて育った子供は、自分も暴力をふるいがちだ。 ▶ 遭到父母家暴的兒童，自己也會產生暴力傾向。
0953 ホームページ 【homepage】	㊌ 網站，網站首頁 ブログと違って、ホームページを作るのは知識がいります。 ▶ 不同於書寫部落格，製作個人網頁需要具備相關的知識。
0954 ほんの	㊉ 不過，僅僅，一點點 ㊣ 少し ほんの少ししかない。 ▶ 只有一點點。
0955 マスター 【master】	㊌・他サ 老闆；精通 日本語をマスターしたい。 ▶ 我想精通日語。
0956 まちがい 【間違い】	㊌ 錯誤，過錯；不確實 生徒の間違いを直す。 ▶ 糾正學生的錯誤。
0957 まっくら 【真っ暗】	㊌・形動 漆黑；（前途）黯淡 12 月だから、外はもう真っ暗だ。 ▶ 由於現在是十二月，這時候外面已是一片漆黑了。
0958 まっしろい 【真っ白い】	㊌・形動 雪白，淨白，皓白 真っ白い雪がしんしんと降りつもる。 ▶ 白雪紛紛，一片茫茫。

0959 まもる	(他五) 保衛，守護；遵守，保守；保持（忠貞）；（文）凝視 (類) 保護（ほご）
【守る】	ひみつ まも 秘密を守る。 ▶ 保密。

0960 まよう	(自五) 迷，迷失；困惑；迷戀；（佛）執迷；（古）（毛線、線繩等）絮亂，錯亂 (對) 悟る（さとる）(類) 惑う（まどう）
【迷う】	やま なか みち まよ 山の中で道に迷う。 ▶ 在山上迷路。

0961 まる	(名・造語・接頭・接尾) 圓形，球狀；句點；完全
【丸】	に ほん まる ただ しるし 日本では、丸は正しいという印です。 ▶ 日本的「圓圈」是表示「正確」的記號。

0962 マンション	(名) 公寓大廈；（高級）公寓
【mansion】	おく こうきゅう す 1億もする高級マンションに住んでいる。 ▶ 目前住在價值高達一億的高級大廈裡。

0963 まんぞく	(名・自他サ・形動) 滿足，令人滿意的，心滿意足；滿足，符合要求；完全，圓滿 (對) 不滿 (類) 満悦（まんえつ）
【満足】	ちち き まんぞく ほほ え 父はそれを聞いて、満足げにほほ笑みました。 ▶ 父親聽到那件事，便滿足地微笑了一下。

0964 みかた	(名・自サ) 我方，自己的這一方；夥伴
【味方】	きみ み かた いつでも君の味方だ。 ▶ 我永遠都會和你站在一起！

0965 みらい	(名) 將來，未來；（佛）來世
【未来】	み らい よ そく 未来を予測する。 ▶ 預測未來。

0966 むす 【蒸す】	(他五・自五) 蒸，熱（涼的食品）；（天氣）悶熱 (類) 蒸かす（ふかす） 肉まんを蒸して食べました。 ▶ 我蒸了肉包來吃。
0967 むすう 【無数】	(名・形動) 無數 無数の星が空にきらめいていた。 ▶ 數不盡的星星在天空中閃爍不停。
0968 むらさき 【紫】	(名) 紫，紫色；醬油；紫丁香 紫のばらはとても高価です。 ▶ 紫色的玫瑰價格不斐。
0969 めい 【名】	(接尾) (計算人數) 名，人 三名一組になって作業をしてください。 ▶ 請每三人一組一起工作。
0970 めいれい 【命令】	(名・他サ) 命令，規定；（電腦）指令 (類) 指令（しれい） 上司の命令に背いて、悪事を告発した。 ▶ 違抗上司的命令，舉發了弊端。
0971 メッセージ 【message】	(名) 電報，消息，口信；致詞，祝詞；（美國總統）咨文 (類) 伝言（でんごん） 続きましては卒業生からのメッセージです。 ▶ 接著是畢業生致詞。
0972 メニュー 【menu】	(名) 菜單 レストランのメニューの写真は、どれもおいしそうに見える。 ▶ 餐廳菜單上的每一張照片，看起來都令人垂涎三尺。

0973 めんせつ	名・自サ （為考察人品、能力而舉行的）面試，接見，會面
	類　面会
【面接】	面接をしてみたところ、優秀な人材がたくさん集まりました。
	▶ 舉辦了面試，結果聚集了很多優秀的人才。

0974 めんどう	名・形動 麻煩，費事；繁瑣，棘手；照顧，照料
	類　厄介（やっかい）
【面倒】	手伝おうとすると、彼は面倒げに手を振って断った。
	▶ 本來要過去幫忙，他卻一副嫌礙事般地揮手說不用了。

0975 もうしこみしょ	名　報名表，申請書
【申込書】	申込書さえ出せば、誰でも参加できます。
	▶ 只要提交申請書，任何人都可以參加。

0976 もうしわけない	寒暄 實在抱歉，非常對不起，十分對不起
【申し訳ない】	申し訳ない気持ちでいっぱいだ。
	▶ 心中充滿歉意。

0977 もくてき	名　目的，目標
	類　目当て（めあて）
【目的】	情報を集めるのが彼の目的に決まっているよ。
	▶ 他的目的一定是蒐集情報啊！

0978 やちん	名　房租
【家賃】	とってもいい家だけれど、家賃が高くてとても住めない。
	▶ 雖然那間房子非常好，但是租金太高，實在住不起。

0979 やめる	他下一 辭職；休學
【辞める】	仕事を辞めて、これからどうするつもりだ。
	▶ 你把工作給辭了，接下來打算怎麼辦啊？

0980 やりなおす 【やり直す】	他五 重做 あなたとなんか、やり直せるわけないでしょ。 ▶ 我怎麼可能和你破鏡重圓呢？
0981 ゆうり 【有利】	形動 有利 有利な情報を入手した。 ▶ 得到了有利的情報。
0982 ゆか 【床】	名 地板 床を雑巾でぴかぴかに拭いた。 ▶ 用抹布把地板擦得亮晶晶的。
0983 よく 【翌】	漢造 次，翌，第二 翌日は祝日でした。 ▶ 當時，隔天是國定假日。
0984 ら 【等】	接尾 （表示複數）們；（同類型的人或物）等 君らいくつ？　たばこは 20 歳からだよ。 ▶ 你們現在幾歲？二十歲以後才能抽菸喔！
0985 ライト 【light】	名 燈，光 対向車のライトがまぶしい。 ▶ 對向來車的車燈很刺眼。
0986 らく 【楽】	名・形動・漢造 快樂，安樂，快活；輕鬆，簡單；富足，充裕 類 気楽（きらく） 生活が、以前に比べて楽になりました。 ▶ 生活比過去快活了許多。

0987 らくだい	(名・自サ) 不及格，落榜，沒考中；留級
	對 合格　類 不合格
【落第】	彼は落第したので、悲しげなようすだった。
	▶ 他因為落榜了，所以很難過的樣子。

0988 ラッシュアワー	(名) 尖峰時刻，擁擠時段
【rushhour】	ラッシュアワーに遇って、車がさっぱり進まない。
	▶ 遇上了塞車時段，車子完全不得動彈。

0989 ランチ	(名) 午餐
【lunch】	ランチタイムにはお得な定食がある。
	▶ 午餐時段有提供優惠的套餐。

0990 らんぼう	(名・形動・自サ) 粗暴，粗魯；蠻橫，不講理；胡來，胡亂，亂打人
	類 暴行（ぼうこう）
【乱暴】	彼の言い方は乱暴で、びっくりするほどだった。
	▶ 他說話的方式很粗魯，嚴重到令人吃驚的程度。

0991 りゅうがく	(名・自サ) 留學
【留学】	アメリカに留学した割には、英語大してできないね。
	▶ 雖說是去美國留學過的，結果英文也不怎麼樣嘛！

0992 りゅうこう	(名・自サ) 流行，時髦，時興；蔓延
	類 はやり
【流行】	去年はグレーが流行したかと思ったら、今年はピンクですか。
	▶ 還在想去年是流行灰色，今年是粉紅色啊？

0993 りょう	(接尾) 費用，代價
【料】	入場料が高かった割には、大したことのない展覧会だった。
	▶ 那場展覽的門票雖然相當昂貴，結果展出內容根本乏善可陳。

0994 りょう	(名・接尾・漢造) 領土；脖領；首領
【領】	プエルトリコは、1898年、スペイン領から米国領になった。 ▶ 1898年，波多黎各由西班牙的海外省成為美國的領土。

0995 りょうがえ	(名・他サ) 兌換，換錢，兌幣
【両替】	円をドルに両替する。 ▶ 日圓兌換美金。

0996 りょく	(漢造) 力量
【力】	彼は集中力があるから、きっと勝てる。 ▶ 他能夠全神貫注，所以一定會獲勝的。

0997 るすばん	(名) 看家，看家人
【留守番】	いい子でお留守番してね。おみやげ買ってくるから。 ▶ 要乖乖看家喔，我會買禮物回來的。

0998 れいぎ	(名) 禮儀，禮節，禮法，禮貌 (類) 礼節（れいせつ）
【礼儀】	彼は、まだ学生の割にはとても礼儀正しい青年でした。 ▶ 他雖然還只是個學生，卻已經是禮貌周到的年輕人了。

0999 レベル	(名) 水平，水準；水平線；水平儀 (類) 平均，水準（すいじゅん）
【level】	日本人の彼女ができてから、彼の日本語のレベルは驚くほど高まってきた。 ▶ 自從他交了日本女朋友以後，日語程度有了令人驚訝的飛躍進步。

1000 わりあて	(名) 分配，分擔
【割り当て】	仕事の割り当てをする。 ▶ 分派工作。

1001
あいにく

【生憎】

副・形動 不巧，偏偏

反 都合良く　類 折悪しく（おりあしく）

あいにく、今日は都合が悪いです。
▶ 真不湊巧，今天不大方便。

1002
あいまい

【曖昧】

形動 含糊，不明確，曖昧，模稜兩可；可疑，不正經

反 明確　類 はっきりしない

物事を曖昧にするべきではない。
▶ 事情不該交代得含糊不清。

1003
あきらめる

【諦める】

他下一 死心，放棄；想開

類 思い切る

彼は、諦めたかのように下を向いた。
▶ 他有如死心般地，低下了頭。

1004
アクセント

【accent】

名 重音；重點，強調之點；語調；（服裝或圖案設計上）突出點，著眼點　類 発音

アクセントからして、彼女は大阪人のようだ。
▶ 聽口音，她應該是大阪人。

1005
あくび

名・自サ 哈欠

仕事の最中なのに、あくびばかり出て困る。
▶ 工作中卻一直打哈欠，真是傷腦筋。

1006
あげる

【上げる】

他下一・自下一 舉起，抬起，揚起，懸掛；（從船上）卸貨；增加；升遷；送入；表示做完；表示自謙　反 下げる　類 高める

分からない人は、手を上げてください。
▶ 有不懂的人，麻煩請舉手。

1007
あこがれる

【憧れる】

自下一 嚮往，憧憬，愛慕；眷戀

類 慕う（したう）

田舎でののんびりした生活に憧れています。
▶ 很嚮往鄉下悠閒自在的生活。

1008 あたたかい	形 溫暖，暖和；熱情，熱心；和睦；充裕，手頭寬裕
	反 寒い　類 温暖
【暖かい・温かい】	温かい人かと思ったら、本当は冷たい人だった。
	▶ 原以為他人很親切，沒想到卻是一個冷漠的人。

1009 あつかましい	形 厚臉皮的，無恥
	類 図々しい（ずうずうしい）
【厚かましい】	あまり厚かましいことを言うべきではない。
	▶ 不該說些丟人現眼的話。

1010 あまやかす	他五 嬌生慣養，縱容放任；嬌養，嬌寵
【甘やかす】	子どもを甘やかしてはいけないにせよ、どうしたらいいかわからない。
	▶ 雖說不要寵小孩，但也不知道該如何是好。

1011 あやしい	形 奇怪的，可疑的；靠不住的，難以置信；奇異，特別；笨拙；關係曖昧的　類 疑わしい（うたがわしい）
【怪しい】	外を怪しい人が歩いているよ。
	▶ 有可疑的人物在外面徘徊呢！

1012 あやまり	名 錯誤
	類 違い
【誤り】	誤りを認めてこそ、立派な指導者と言える。
	▶ 唯有承認自己過失，才稱得上是偉大的領導者。

1013 あやまる	自五・他五 錯誤，弄錯；眈誤
【誤る】	誤って違う薬を飲んでしまった。
	▶ 不小心搞錯吃錯藥了。

1014 あらい	形 凶猛的；粗野的，粗暴的；濫用
	類 荒っぽい（あらっぽい）
【荒い】	彼は言葉が荒い反面、心は優しい。
	▶ 他雖然講話粗暴，但另一面，內心卻很善良。

1015
あらい

㊢ 大；粗糙

【粗い】

あいつは仕事が粗いなあ。もう少しどうにかならないものか。
▶ 那傢伙工作時總是粗枝大葉，不能想想辦法要他改進嗎？

1016
あらためて

㊰ 重新；再
㊣ 再び

【改めて】

改めてお知らせします。
▶ 另行通知。

1017
あるいは

（接・副）或者，或是，也許；有的，有時
㊣ 又は（または）

【或いは】

予報は曇りにせよ、あるいは雨が降るかもしれない。
▶ 就算氣象報告說是陰天，但也可能會下雨。

1018
あん

㊁ 計畫，提案，意見；預想，意料
㊣ 考え

【案】

その案には、賛成しかねます。
▶ 我難以贊同那份提案。

1019
あんき

（名・他サ）記住，背誦，熟記
㊣ 暗唱

【暗記】

こんな長い文章は、すぐには暗記できっこないです。
▶ 那麼冗長的文章，我不可能馬上記住的。

1020
いきおい

㊁ 勢，勢力；氣勢，氣焰
㊣ 気勢

【勢い】

その話を聞いたとたんに、彼はすごい勢いで部屋を出て行った。
▶ 他聽到那番話，就氣沖沖地離開了房間。

1021
いじ

（名・他サ）維持，維護
㊣ 保持

【維持】

政府が援助してくれないかぎり、この組織は維持できない。
▶ 只要政府不支援，這組織就不能維持下去。

1022 いじょう	(名・形動) 異常，反常，不尋常
	(反) 正常　(類) 格外（かくがい）
【異常】	システムはもちろん、プログラムも異常はありません。 ▶ 不用說是系統，程式上也沒任何異常。

1023 いずみ	(名) 泉，泉水；泉源；話題
	(類) 湧き水（わきみず）
【泉】	泉を中心にして、いくつかの家が建っている。 ▶ 圍繞著泉水，周圍有幾棟房子在蓋。

1024 いだい	(形動) 偉大的，魁梧的
	(類) 偉い
【偉大】	ベートーベンは偉大な作曲家だ。 ▶ 貝多芬是位偉大的作曲家。

1025 いだく	(他五) 抱；懷有，懷抱
	(類) 抱える（かかえる）
【抱く】	彼は彼女に対して、憎しみさえ抱いている。 ▶ 他對她甚至懷恨在心。

1026 いったん	(副) 一旦，既然；暫且，姑且
	(類) 一度
【一旦】	いったんうちに帰って、着替えてからまた出かけます。 ▶ 我先回家一趟，換過衣服之後再出門。

1027 いっち	(名・自サ) 一致，相符
	(反) 相違　(類) 合致（がっち）
【一致】	意見が一致した上は、早速プロジェクトに取りかかりましょう。 ▶ 既然看法一致了，就快點進行企畫吧！

1028 いてん	(名・自他サ) 轉移位置；搬家；（權力等）轉交，轉移
	(類) 引っ越す
【移転】	会社の移転でご多忙なところを、お邪魔してすみません。 ▶ 在貴社遷移而繁忙之時前來打擾您，真是不好意思。

1029
いど

㊂ 緯度

㊉ 経度

【緯度】

<ruby>緯<rt>い</rt></ruby><ruby>度<rt>ど</rt></ruby>が<ruby>高<rt>たか</rt></ruby>いわりに<ruby>暖<rt>あたた</rt></ruby>かいです。
▶ 雖然緯度很高，氣候卻很暖和。

1030
いはん

㊂·㊣サ 違反，違犯

㊉ 遵守 ㊝ 反する

【違反】

<ruby>ス<rt></rt></ruby>ピード<ruby>違<rt>い</rt></ruby><ruby>反<rt>はん</rt></ruby>をした<ruby>上<rt>うえ</rt></ruby>に、<ruby>駐<rt>ちゅう</rt></ruby><ruby>車<rt>しゃ</rt></ruby><ruby>違<rt>い</rt></ruby><ruby>反<rt>はん</rt></ruby>までしました。
▶ 不僅超速，甚至還違規停車。

1031
いまに

㊐ 就要，即將，馬上；至今，直到現在

㊝ そのうちに

【今に】

<ruby>彼<rt>かれ</rt></ruby>は、<ruby>現<rt>げん</rt></ruby><ruby>在<rt>ざい</rt></ruby>は<ruby>無<rt>む</rt></ruby><ruby>名<rt>めい</rt></ruby>にしろ、<ruby>今<rt>いま</rt></ruby>に<ruby>有<rt>ゆう</rt></ruby><ruby>名<rt>めい</rt></ruby>になるに<ruby>違<rt>ちが</rt></ruby>いない。
▶ 儘管他現在只是個無名小卒，但他一定很快會成名的。

1032
いらい

㊂ 以來，以後；今後，將來

㊉ 以降 ㊝ 以前

【以来】

<ruby>昨<rt>さく</rt></ruby><ruby>年<rt>ねん</rt></ruby><ruby>以<rt>い</rt></ruby><ruby>来<rt>らい</rt></ruby>、<ruby>交<rt>こう</rt></ruby><ruby>通<rt>つう</rt></ruby><ruby>事<rt>じ</rt></ruby><ruby>故<rt>こ</rt></ruby>による<ruby>死<rt>し</rt></ruby><ruby>者<rt>しゃ</rt></ruby>が<ruby>減<rt>へ</rt></ruby>っています。
▶ 從去年開始，車禍死亡的人口減少了。

1033
いらい

㊂·㊣他サ 委託，請求，依靠

㊝ 頼み

【依頼】

<ruby>仕<rt>し</rt></ruby><ruby>事<rt>ごと</rt></ruby>を<ruby>依<rt>い</rt></ruby><ruby>頼<rt>らい</rt></ruby>する<ruby>上<rt>うえ</rt></ruby>は、きちんと<ruby>報<rt>ほう</rt></ruby><ruby>酬<rt>しゅう</rt></ruby>を<ruby>払<rt>はら</rt></ruby>わなければなりません。
▶ 既然要委託他人做事，就得付出相對的酬勞。

1034
いりょう

㊂ 醫療

㊝ 治療

【医療】

<ruby>高<rt>たか</rt></ruby>い<ruby>医<rt>い</rt></ruby><ruby>療<rt>りょう</rt></ruby><ruby>水<rt>すい</rt></ruby><ruby>準<rt>じゅん</rt></ruby>のもとで、<ruby>国<rt>こく</rt></ruby><ruby>民<rt>みん</rt></ruby>は<ruby>健<rt>けん</rt></ruby><ruby>康<rt>こう</rt></ruby><ruby>的<rt>てき</rt></ruby>に<ruby>生<rt>せい</rt></ruby><ruby>活<rt>かつ</rt></ruby>しています。
▶ 在高醫療水準之下，國民過著健康的生活。

1035
いわい

㊂ 祝賀，慶祝；賀禮；慶祝活動

㊝ おめでた

【祝い】

<ruby>祝<rt>いわ</rt></ruby>いの<ruby>品<rt>しな</rt></ruby>として、ネクタイを<ruby>贈<rt>おく</rt></ruby>った。
▶ 我送了條領帶作為賀禮。

1036 いわゆる 【所謂】	(連体) 所謂，一般來說，大家所說的，常說的
	いわゆる健康食品が、私はあまり好きではない。 ▶ 我不大喜歡那些所謂的健康食品。

1037 いんさつ 【印刷】	(名・自他サ) 印刷 (類) プリント
	原稿ができたら、すぐ印刷に回すことになっています。 ▶ 稿一完成，就要馬上送去印刷。

1038 いんたい 【引退】	(名・自サ) 隱退，退職 (類) 辞める
	彼は、サッカー選手を引退するかしないかのうちに、タレントになった。 ▶ 他才從足球選手隱退，就當起了藝人。

1039 いんよう 【引用】	(名・自他サ) 引用
	引用による説明が、分かりやすかったです。 ▶ 引用典故來做說明，讓人淺顯易懂。

1040 うえき 【植木】	(名) 植種的樹；盆景
	植木の世話をしているところへ、友だちが遊びに来ました。 ▶ 當我在修剪盆栽時，朋友就跑來拜訪。

1041 うすめる 【薄める】	(他下一) 稀釋，弄淡
	コーヒーをお湯で薄めたから、おいしくないわけだ。 ▶ 原來這咖啡有用水稀釋過，怪不得不怎麼好喝。

1042 うたがう 【疑う】	(他五) 懷疑，疑惑，不相信，猜測 (反) 信じる (類) 訝る（いぶかる）
	彼のことは、友人でさえ疑っている。 ▶ 他的事情，就連朋友也都在懷疑。

1043
うちけす

（他五）否定，否認；熄滅，消除
㊣ 取り消す

【打ち消す】

一度言ってしまった言葉は、打ち消しようがない。
▶ 一旦說出的話，就沒辦法否認了。

1044
うちゅう

（名）宇宙；（哲）天地空間；天地古今

【宇宙】

宇宙飛行士の話を聞いたのをきっかけにして、宇宙に興味を持った。
▶ 自從聽了太空人的故事後，就對宇宙產生了興趣。

1045
うばう

（他五）剝奪；強烈吸引；除去
㊁ 与える ㊣ 奪い取る

【奪う】

戦争で、家族も財産もすべて奪われてしまった。
▶ 戰爭把我的家人和財產全都奪走了。

1046
うらなう

（他五）占卜，占卦，算命
㊣ 占卜（せんぼく）

【占う】

恋愛と仕事について占ってもらった。
▶ 我請他幫我算愛情和工作的運勢。

1047
うろうろ

（副・自サ）徘徊；不知所措，張慌失措
㊣ まごまご

彼は今ごろ、渋谷あたりをうろうろしているに相違ない。
▶ 現在，他人一定是在澀谷一帶徘徊。

1048
うんそう

（名・他サ）運送，運輸，搬運

【運送】

アメリカまでの運送費用を見積もってくださいませんか。
▶ 麻煩您幫我估算一下到美國的運費。

1049
エチケット

（名）禮節，禮儀，（社交）規矩
㊣ 礼儀

【etiquette】

エチケット違反をするものではない。
▶ 不該違反禮儀。

1050 **えらい** 【偉い】 形 偉大，卓越，	了不起；（地位）高，（身分）高貴；（出乎意料）嚴重　類 偉大 彼は学者として偉かった。 ▶ 以一個學者而言他是很偉大的。
1051 **えんき** 【延期】	名・他サ 延期 類 日延べ（ひのべ） スケジュールを発表した以上、延期するわけにはいかない。 ▶ 既然已經公布了時間表，就絕不能延期。
1052 **えんちょう** 【延長】	名・自他サ 延長，延伸，擴展；全長 類 延ばす 試合を延長するに当たって、10分休憩します。 ▶ 在延長比賽時，先休息10分鐘。
1053 **おうせい** 【旺盛】	形動 旺盛 秋だもの。食欲が旺盛で当然でしょ。 ▶ 畢竟現在是秋天嘛，食欲旺盛是理所當然的呀！
1054 **おうたい** 【応対】	名・他サ 應對，接待，應酬 類 接待（せったい） お客様の応対をしているところに、電話が鳴った。 ▶ 電話在我接待客人時響了起來。
1055 **おうだん** 【横断】	名・他サ 橫斷；橫渡，橫越 類 横切る 警官の注意もかまわず、赤信号で道を横断した。 ▶ 他不管警察的警告，照樣闖紅燈。
1056 **おうとつ** 【凹凸】	名 凹凸，高低不平 旧道だけあって、路面の凹凸が激しい。 ▶ 這條路由於已經使用多年，路面相當崎嶇不平。

1057
おうべい

（名）欧美
（類）西洋

【欧米】

A教授のもとに、たくさんの欧米の学生が集まっている。
▶ A教授的門下，聚集著許多來自歐美的學生。

1058
おおよそ

（副）大體，大概，一般；大約，差不多
（類）大方（おおかた）

おおよその事情はわかりました。
▶ 我已經瞭解大概的狀況了。

1059
おき

（名）（離岸較遠的）海面，海上；湖心；（日本中部方言）寬闊
的田地、原野 （類）海

【沖】

船が沖へ出るにつれて、波が高くなった。
▶ 船隻越出海，浪就打得越高。

1060
おぎなう

（他五）補償，彌補，貼補
（類）補足する

【補う】

ビタミン剤で栄養を補っています。
▶ 我吃維他命錠來補充營養。

1061
おさない

（形）幼小的，年幼的；孩子氣，幼稚的
（類）幼少（ようしょう）

【幼い】

幼い子どもから見れば、私もおじさんなんだろう。
▶ 從年幼的孩童的眼中來看，我也算是個叔叔吧！

1062
おさめる

（他下一）治理；鎮壓

【治める】

国を治める者は、内政だけでなく外交についても考えなければならない。
▶ 國家的領導人，不單要處理內政，也必須思考外交策略才行。

1063
おせん

（名・自他サ）污染
（類）汚れる

【汚染】

工場が操業をやめないかぎり、川の汚染は続くでしょう。
▶ 只要工廠不停止生產，河川的污染就會持續下去吧！

1064 おそろしい 【恐ろしい】	形 可怕；驚人，非常，厲害 類 怖い そんな恐ろしい目で見ないでください。 ▶ 不要用那種駭人的眼神看我。
1065 おだやか 【穏やか】	形動 平穏；溫和，安詳；穩妥，穩當 類 温和（おんわ） 予想に反して、上司の性格は穏やかだった。 ▶ 與我想像的不一樣，我的上司個性很溫和。
1066 おもいっきり 【思いっきり】	副 死心；下決心；狠狠地，徹底的 思いっきり悪口を言っただけでなく、ぼこぼこにぶん殴った。 ▶ 不但對他破口大罵，還把他狠狠揍了一頓。
1067 おもいやり 【思いやり】	名 同情心，體貼 優しくて思いやりのある人だから、結婚を決めました。 ▶ 因為他是個溫柔又體貼的人，所以決定和他結婚了。
1068 およぼす 【及ぼす】	他五 波及到，影響到，使遭到，帶來 類 与える この事件は、精神面において彼に影響を及ぼした。 ▶ 他因這個案件在精神上受到了影響。
1069 か 【課】	名・漢造 （教材的）課；課業；（公司等）科 第3課どころか、第5課まで予習は済んでいる。 ▶ 別說是第三課了，連第五課都早就預習完畢。
1070 かい 【界】	漢造 界限；各界；（地層的）界 自然界では、ただ強い者のみが生き残れる。 ▶ 在自然界中，唯有強者才得以生存。

1071
かいえん

（名・自他サ）開演

【開演】

このままじゃ、7時の開演に遅れかねない。
▶ 再這樣拖下去，很可能趕不及七點的開演。

1072
かいかく

（名・他サ）改革
類 変革（へんかく）

【改革】

大統領にかわって、私が改革を進めます。
▶ 由我代替總統進行改革。

1073
かいさつ

（名・自サ）（車站等）的驗票
類 改札口

【改札】

改札を出たとたんに、友達にばったり会った。
▶ 才剛出了剪票口，就碰到了朋友。

1074
かいし

（名・自他サ）開始
反 終了　類 始め

【開始】

試合が開始するかしないかのうちに、1点取られてしまった。
▶ 比賽才剛開始，就被得了一分。

1075
かいせい

（名・他サ）修正，改正
類 訂正

【改正】

法律の改正に際しては、十分話し合わなければならない。
▶ 於修正法條之際，需要充分的商討才行。

1076
かいぜん

（名・他サ）改善，改良，改進
反 改悪　類 改正

【改善】

彼の生活は、改善し得ると思います。
▶ 我認為他的生活，可以得到改善。

1077
かいぞう

（名・他サ）改造，改組，改建

【改造】

経営の観点からいうと、会社の組織を改造した方がいい。
▶ 就經營角度來看，最好重組一下公司的組織。

1078 **かいてき** 【快適】	(形動) 舒適，暢快，愉快 (類) 快い（こころよい） 快適とは言いかねる、狭いアパートです。 ▶ 它實在是一間稱不上舒適的狹隘公寓。
1079 **かいとう** 【回答】	(名・自サ) 回答，答覆 (類) 返事 補償金を受け取るかどうかは、会社の回答しだいだ。 ▶ 是否要接受賠償金，就要看公司的答覆了。
1080 **かいふく** 【回復】	(名・自他サ) 恢復，康復；挽回，收復 (類) 復旧（ふっきゅう） 少し回復したからといって、薬を飲むのをやめてはいけません。 ▶ 雖說身體狀況好轉些了，也不能因此不吃藥啊！
1081 **かいほう** 【開放】	(名・他サ) 打開，敞開；開放，公開 (反) 束縛（そくばく） 大学のプールは、学生ばかりでなく一般の人にも開放されている。 ▶ 大學內的泳池，不單是學生，也開放給一般人。
1082 **かくう** 【架空】	(名) 空中架設；虛構的，空想的 (類) 虚構（きょこう） 架空の話にしては、よくできているね。 ▶ 就虛構的故事來講，寫得還真不錯呀！
1083 **かくだい** 【拡大】	(名・自他サ) 擴大，放大 (反) 縮小 商売を拡大したとたんに、景気が悪くなった。 ▶ 才剛一擴大事業，景氣就惡化了。
1084 **かくべつ** 【格別】	(副) 特別，顯著，格外；姑且不論 (類) とりわけ 神戸のステーキは、格別においしい。 ▶ 神戶的牛排，格外的美味。

1085
かけまわる

【駆け回る】

（自五）到處亂跑

子供は風の子なだけあって、こんなに寒いのに元気に駆け回っているね。
▶ 難怪說小孩子天生不怕冷，即使在這麼寒冷的天氣裡，依然活蹦亂跳地到處跑呢！

1086
かしこい

【賢い】

（形）聰明的，周到，賢明的
（類）賢明

その子がどんなに賢いとしても、この問題は解けないだろう。
▶ 即使那孩子再怎麼聰明，也沒辦法解開這難題吧！

1087
かしつ

【過失】

（名）過錯，過失
（類）過ち（あやまち）

これはわが社の過失につき、全額負担します。
▶ 由於這是敝社的過失，所以由我們全額賠償。

1088
かじょう

【過剰】

（名・形動）過剩，過量

私の感覚からすれば、このホテルはサービス過剰です。
▶ 從我的感覺來看，這間飯店實在是服務過度了。

1089
カセットテープ

【cassette tape】

（名）錄音帶

カセットテープを聞いたかぎりでは、彼女の歌はなかなかだ。
▶ 以我從錄音帶裡聽到的，她的歌藝相當不錯。

1090
かたむく

【傾く】

（自五）傾斜；有…的傾向；（日月）偏西；衰弱，衰微
（類）傾斜（けいしゃ）

あのビルは、少し傾いているね。
▶ 那棟大廈，有點偏一邊呢！

1091
かたよる

【片寄る】

（自五）偏於，不公正，偏袒；失去平衡

ケーキが、箱の中で片寄ってしまった。
▶ 蛋糕偏到盒子的一邊去了。

1092 がっかり	副・自サ 失望，灰心喪氣；筋疲力盡
	何も言わないことからして、すごくがっかりしているみたいだ。 ▶ 從他不發一語的樣子看來，應該是相當地氣餒。

1093 かっき 【活気】	名 活力，生氣；興旺 類 元気
	うちの店は、表面上は活気があるが、実はもうかっていない。 ▶ 我們店表面上看起來很興旺，但其實並沒賺錢。

1094 かっこく 【各国】	名 各國
	各国の代表が集まっただけあって、会議は得るものがあった。 ▶ 正因為各國代表齊聚一堂，這場會議才得以達成了有效的結論。

1095 かって 【勝手】	形動 任意，任性，隨便 類 わがまま
	誰も見ていないからといって、勝手に持っていってはだめですよ。 ▶ 即使沒人在看，也不能隨便就拿走呀！

1096 かつどう 【活動】	名・自サ 活動，行動
	一緒に活動するにつれて、みんな仲良くなりました。 ▶ 隨著共同參與活動，大家都變成好朋友了。

1097 かっぱつ 【活発】	形動 動作或言談充滿活力；活潑，活躍
	彼女はとても活発でクラスの人気者です。 ▶ 她的個性非常活潑，是班上的開心果。

1098 かてい 【仮定】	名・自サ 假定，假設 類 仮想
	あなたが億万長者だと仮定してください。 ▶ 請假設你是億萬富翁。

1099 かなう	自五 適合，符合，合乎；能，能做到；（希望等）能實現，能如願以償
【叶う】	夢が叶おうが叶うまいが、夢があるだけすばらしい。 ▶ 無論夢想能否實現，心裡有夢就很美了。

1100 カバー	名・他サ 罩，套；補償，補充；覆蓋 類 覆い（おおい）
【cover】	枕カバーを洗濯した。 ▶ 我洗了枕頭套。

1101 かぶせる	他下一 蓋上；（用水）澆沖；戴上（帽子等）；推卸
【被せる】	機械の上に布をかぶせておいた。 ▶ 我在機器上面蓋了布。

1102 かもつ	名 貨物；貨車
【貨物】	コンテナで貨物を輸送した。 ▶ 我用貨櫃車來運貨。

1103 から	名 空的；空，假，虛 類 空っぽ
【空】	通帳はもとより、財布の中もまったく空です。 ▶ 別說是存摺，就連錢包裡也空空如也。

1104 からから	副・自サ 乾的、硬的東西相碰的聲音
	からから音がする。 ▶ 鏗鏗作響。

1105 がらがら	名・副・自サ・形動 手搖鈴玩具；硬物相撞聲；直爽；很空
	赤ちゃんをがらがらであやす。 ▶ 用手搖鈴玩具逗弄嬰兒開心。

1106 かわいがる	(他五) 喜愛，疼愛
	(反) いじめる
【可愛がる】	死んだ妹にかわって、叔母の私がこの子をかわいがります。
	▶ 由我這阿姨，代替往生的妹妹疼愛這個小孩。

1107 かんかく	(名・他サ) 感覺
【感覚】	彼は、音に対する感覚が優れている。
	▶ 他的音感很棒。

1108 かんさつ	(名・他サ) 觀察
【観察】	朝顔の観察は、とてもおもしろい。
	▶ 觀察牽牛花，非常有趣。

1109 かんしん	(名) 關心，感興趣
	(類) 興味
【関心】	あいつは女性に関心があるくせに、ないふりをしている。
	▶ 那傢伙明明對女性很感興趣，卻裝作一副不在乎的樣子。

1110 かんする	(自サ) 關於，與…有關
	(類) 関係する
【関する】	日本に関する研究をしていたわりに、日本についてよく知らない。
	▶ 雖然之前從事日本相關的研究，但卻對日本的事物一知半解。

1111 かんそう	(名・自他サ) 乾燥；枯燥無味
	(類) 乾く
【乾燥】	空気が乾燥しているといっても、砂漠ほどではない。
	▶ 雖說空氣乾燥，但也沒有沙漠那麼乾。

1112 かんそく	(名・他サ) 觀察（事物），（天體，天氣等）觀測
	(類) 観察
【観測】	毎日天体の観測をしています。
	▶ 我每天都在觀察星體的變動。

1113 かんちょう

【官庁】

- （名）政府機關
- （類）役所

官庁の仕事ぶりはまったくあきれるほど融通がきかない。
▶ 政府機關一點通融的餘地都沒有的工作態度，真讓人受不了。

1114 かんぱい

【乾杯】

- （名・自サ）乾杯

彼女の誕生日を祝って乾杯した。
▶ 祝她生日快樂，大家一起乾杯！

1115 かんり

【管理】

- （名・他サ）管理，管轄；經營，保管
- （類）取り締まる（とりしまる）

面倒を見るというより、管理されているような気がします。
▶ 我覺得與其說是在照顧我，倒像是被監控。

1116 かんりょう

【完了】

- （名・自他サ）完了，完畢；（語法）完了，完成
- （類）終わる

工事は、長時間の作業のすえ、完了しました。
▶ 工程在長時間的施工後，終於大工告成了。

1117 かんわ

【漢和】

- （名）漢和辭典的簡稱
- （類）和漢

図書館には、英和辞典もあれば漢和辞典もある。
▶ 圖書館裡，既有英日辭典，也有漢和辭典。

1118 き

【期】

- （名）時期；時機；季節；（預定的）時日

入学の時期といったら、桜だね。
▶ 一提到入學的時節，就讓人想起櫻花呀！

1119 きおん

【気温】

- （名）氣溫
- （類）温度

気温しだいで、作物の生長は全然違う。
▶ 因氣溫的不同，農作物的成長也就完全不一樣。

1120 きげん 【機嫌】	名 心情，情緒 類 気持ち <small>かれ きげん わる おく けんか</small> 彼の機嫌が悪いとしたら、きっと奥さんと喧嘩したんでしょう。 ▶ 如果他心情不好，就一定是因為和太太吵架了。
1121 きこう 【気候】	名 氣候 <small>さいきん きこう ふじゅん かぜ</small> 最近気候が不順なので、風邪ぎみです。 ▶ 最近由於氣候不佳，有點要感冒的樣子。
1122 きしょう 【起床】	名・自サ 起床 反 就寝（しゅうしん）　類 起きる <small>じ れっしゃ の じ きしょう</small> 6時の列車に乗るためには、5時に起床するしかありません。 ▶ 為了搭6點的列車，只好在5點起床。
1123 きそ 【基礎】	名 基石，基礎，根基；地基 類 基本 <small>えいご きそ べんきょう</small> 英語の基礎を勉強しても、すぐにしゃべれるわけではない。 ▶ 雖然有學過基礎英語，但也不可能馬上就能開口說的。
1124 きちょう 【貴重】	形動 貴重，寶貴，珍貴 類 大切 <small>きちょう じかん</small> 貴重なお時間をいただきまして、ありがとうございました。 ▶ 感謝您撥出寶貴的時間給我。
1125 きつい	形 嚴厲的，嚴苛的；剛強，要強；緊的，瘦小的；強烈的； 累人的，費力的　類 厳しい <small>ふと</small> 太ったら、スカートがきつくなりました。 ▶ 一旦胖起來，裙子就被撐得很緊。
1126 ぎっしり	副（裝或擠的）滿滿的 類 ぎっちり <small>ほんだな ほん つ</small> 本棚にぎっしり本が詰まっている。 ▶ 書櫃排滿了書本。

1127
きにいる

(連語) 稱心如意，喜歡，寵愛
(反) 気に食わない

【気に入る】
そのバッグが気に入りましたか。
▶ 您中意這皮包嗎？

1128
きにゅう

(名・他サ) 填寫，寫入，記上
(類) 書き入れる

【記入】
参加ご希望の場合は、ここに名前を記入してください。
▶ 要參加時，請在這裡寫下名字。

1129
きふ

(名・他サ) 捐贈，捐助，捐款
(類) 義捐

【寄付・寄附】
彼はけちだから、たぶん寄付はするまい。
▶ 因為他很小氣，所以大概不會捐款吧！

1130
きみょう

(形動) 奇怪，出奇，奇異，奇妙
(類) 不思議

【奇妙】
こんな奇妙な現象は、科学では説明できそうにない。
▶ 如此奇異的現象，在科學上似乎是無法說明的。

1131
ぎもん

(名) 疑問，疑惑
(類) 疑い

【疑問】
私からすれば、あなたのやり方には疑問があります。
▶ 就我看來，我對你的做法感到有些疑惑。

1132
きゅうしん

(名・他サ) 停診

【休診】
小さい診療所のことだから、日曜休診でもしかたがないよ。
▶ 畢竟只是間小診所，星期日休診也是迫於無奈的呀！

1133
きゅうそく

(名・自サ) 休息
(類) 休み

【休息】
作業の合間に休息する。
▶ 在工作的空檔休息。

1134 きよう 【器用】	(名・形動) 靈巧，精巧；手藝巧妙；精明
	類 上手
	彼は器用で、自分で何でも直してしまう。
	▶ 他的手真巧，任何東西都能自己修好。

1135 きょうじゅ 【教授】	(名・他サ) 教授；講授，教
	教授とは、先週話したきりだ。
	▶ 自從上週以來，就沒跟教授講過話了。

1136 きょうどう 【共同】	(名・自サ) 共同
	類 合同（ごうどう）
	この仕事は、両国の共同のプロジェクトにほかならない。
	▶ 這項作業，不外是兩國的共同的計畫。

1137 きょうふ 【恐怖】	(名・自サ) 恐怖，害怕
	類 恐れる
	先日、恐怖の体験をしました。
	▶ 前幾天我經歷了恐怖的體驗。

1138 きょうふう 【強風】	(名) 強風
	停電は強風のせいに相違ない。
	▶ 肯定是強風吹襲導致了停電。

1139 きょうりょく 【強力】	(名・形動) 力量大，強力，強大
	類 強力（ごうりき）
	そのとき、強力な味方が現れました。
	▶ 就在那時，強大的伙伴出現了！

1140 ぎょぎょう 【漁業】	(名) 漁業，水產業
	その村は、漁業によって生活しています。
	▶ 那村莊以漁業維生。

1141
きらきら

(副・自サ) 閃耀

彼女のきらきら輝く瞳ほど、僕の心をとろけさせるものはない。
▶ 再沒有比她那閃亮的雙眸，更令我心融化的東西了。

1142
ぎろん

【議論】

(名・他サ) 爭論，討論，辯論

類 論じる

全員が集まりしだい、議論を始めます。
▶ 等全部人員到齊之後，就開始討論。

1143
くいき

【区域】

名 區域

類 地域（ちいき）

困ったことに、この区域では携帯電話が使えない。
▶ 傷腦筋的是，這區域手機是無法使用的。

1144
ぐうすう

【偶数】

名 偶數，雙數

トウモロコシの粒の数は、必ず偶数だ。
▶ 每一穗玉米的玉米粒總數，必定是偶數。

1145
くしゃみ

【嚔】

名 噴嚏

静かにしていなければならないときに限って、くしゃみが止まらなくなる。
▶ 偏偏在需要保持安靜時，噴嚏就會打個不停。

1146
くじょう

【苦情】

名 不平，抱怨

類 愚痴（ぐち）

カラオケパーティーを始めるか始めないかのうちに、近所から苦情を言われた。
▶ 卡拉 OK 派對才剛開始，鄰居就跑來抱怨了。

1147
ぐずつく

【愚図つく】

(自五) 陰天；動作遲緩拖延

このところずっと天気がぐずついてかなわない。
▶ 這陣子的天氣總是灰濛濛的，真讓人受不了。

1148 **くずれる**	(自下一) 崩潰；散去；潰敗，粉碎 (類) 崩壊（ほうかい）
【崩れる】	雨が降り続けたので、山が崩れた。 ▶ 因持續下大雨而山崩了。
1149 **くち**	(名・接尾) 口，嘴；用嘴說話；口味；人口，人數；出入或存取物品的地方；口，放進口中或動口的次數；股，份　(類) 味覚
【口】	酒は辛口より甘口がよい。 ▶ 甜味酒比濃烈的酒好。
1150 **くどい**	(形) 冗長乏味的，（味道）過於膩的 (類) しつこい
	先生の話はくどいから、あまり聞きたくない。 ▶ 老師的話又臭又長，根本就不想聽。
1151 **くぼる**	(自五) 凹下，塌陷
【窪む】	年のせいか、このごろ夕方になると目がくぼんで、自分でもびっくりするほどです。 ▶ 也許是上了年紀的緣故，最近每到傍晚，眼窩就會凹陷下去，連我自己也嚇了一跳。
1152 **くれる**	(自下一) 天黑，日暮；過去；不知所措，束手無策
【暮れる】	日が暮れる。 ▶ 夕陽西下。
1153 **くわえる**	(他下一) 加，加上 (類) 足す、増す
【加える】	だしに醤油と砂糖を加えます。 ▶ 在湯汁裡加上醬油跟砂糖。
1154 **けいき**	(名) （事物的）活動狀態，活潑，精力旺盛；（經濟的）景氣 (類) 景況
【景気】	景気がよくなるにつれて、人々のやる気も出てきている。 ▶ 伴隨著景氣的回復，人們的幹勁也上來了。

1155 けいこう 【傾向】	名（事物的）傾向，趨勢
	類 成り行き（なりゆき）
	若者は、厳しい仕事を避ける傾向がある。
	▶ 最近的年輕人，有避免從事辛苦工作的傾向。

1156 けいしき 【形式】	名 形式，様式；方式
	反 実質（じっしつ）　類 パターン
	上司が形式にこだわっているところに、新しい考えを提案した。
	▶ 在上司拘泥於形式時，我提出了新方案。

1157 げいのう 【芸能】	名（戲劇，電影，音樂，舞蹈等的總稱）演藝，文藝，文娛
	芸能人になりたくてたまらない。
	▶ 想當藝人想得不得了。

1158 けいび 【警備】	名・他サ 警備，戒備
	厳しい警備もかまわず、泥棒はビルに忍び込んだ。
	▶ 儘管森嚴的警備，小偷還是偷偷地潛進了大廈。

1159 けっかん 【欠陥】	名 缺陷，致命的缺點
	類 欠点
	この商品は、使いにくいというより、ほとんど欠陥品です。
	▶ 這個商品，與其說是難用，倒不如說是個瑕疵品。

1160 けっさく 【傑作】	名 傑作
	類 大作
	これは、ピカソの晩年の傑作です。
	▶ 這是畢卡索晚年的傑作。

1161 けってん 【欠点】	名 缺點，欠缺，毛病
	反 美点（びてん）　類 弱点
	彼は、欠点はあるにせよ、人柄はとてもいい。
	▶ 就算他有缺點，但人品是很好的。

1162 けわしい	㊰ 陡峭，險峻；險惡，危險；（表情等）嚴肅，可怕，粗暴
	㊙ なだらか　㊨ 険峻
【険しい】	岩だらけの険しい山道を登った。 ▶ 我攀登了到處都是岩石的陡峭山路。

1163 げん	㊛・漢造 現，現在的
	㊨ 現在の
【現】	現市長も現市長なら、前市長も前市長だ。 ▶ 不管是現任市長，還是前任市長，都太不像樣了。

1164 けんきょ	㊢ 謙虛
	㊨ 謙遜（けんそん）
【謙虚】	いつも謙虚な気持ちでいることが大切です。 ▶ 隨時保持謙虛的態度是很重要的。

1165 けんしゅう	㊛・他サ 進修，培訓
	㊨ 就業
【研修】	みんなで研修に参加しようではないか。 ▶ 大家就一起參加研習吧！

1166 げんじゅう	㊢ 嚴重的，嚴格的，嚴厲的
	㊨ 厳しい
【厳重】	会議は、厳重な警戒のもとで行われた。 ▶ 會議在森嚴的戒備之下進行。

1167 けんせつ	㊛・他サ 建設
	㊨ 建造
【建設】	ビルの建設が進むにつれて、その形が明らかになってきた。 ▶ 隨著大廈建設的進行，它的雛形就慢慢出來了。

1168 こいしい	㊰ 思慕的，眷戀的，懷戀的
	㊨ 懐かしい
【恋しい】	故郷が恋しくてたまらない。 ▶ 想念家鄉想念得不得了。

1169 こう 【請う】	他五 請求，希望（「請う」的た形跟て形分別是「請うた」、「請うて」）
	どんなに許しを請うても、あの人の心は取り戻せそうにない。 ▶ 無論再怎麼請求原諒，看來都不可能再挽回那個人的心了。

1170 こうえん 【講演】	名・自サ 演說，講演 類 演説
	誰に講演を頼むか、私には決めかねる。 ▶ 我無法作主要拜託誰來演講。

1171 ごうか 【豪華】	形動 奢華的，豪華的 類 贅沢（ぜいたく）
	おばさんたちのことだから、豪華な食事をしているでしょう。 ▶ 因為是阿姨她們，所以我想一定是在吃豪華料理吧！

1172 こうがい 【公害】	名 （污水、噪音等造成的）公害
	病人が増えたことから、公害のひどさがわかる。 ▶ 從病人增加這一現象來看，可見公害的嚴重程度。

1173 こうかてき 【効果的】	形動 有效的
	どうにかもっと効果的にできないものだろうか。 ▶ 難道不能想想辦法加強效果嗎？

1174 こうきゅう 【高級】	名・形動 （級別）高，高級；（等級程度）高 類 上等
	お金がないときに限って、彼女が高級レストランに行きたがる。 ▶ 偏偏就在沒錢的時候，女友就想去高級餐廳。

1175 こうけん 【貢献】	名・自サ 貢獻 類 役立つ
	ちょっと手伝ったにすぎず、貢献というほどのものではありません。 ▶ 這只能算是幫點小忙而已，並沒什麼大不了的貢獻。

1176 こうそう	⑧ 高空，高氣層；高層
【高層】	こうそう 高層ビルに上って、街を眺めた。 ▶ 我爬上高層大廈眺望街道。

1177 こうぞう	⑧ 構造，結構 ⑪ 仕組み
【構造】	せんもんか たちば いえ こうぞう 専門家の立場からいうと、この家の構造はよくない。 ▶ 從專家角度來看，這房子的結構不太好。

1178 こうとう	(名・形動) 高等，上等，高級 ⑪ 高級
【高等】	こうとうがっこう しんがく りょうしん はな あ 高等学校への進学をめぐって、両親と話し合っている。 ▶ 我跟父母討論高中升學的事情。

1179 こうどう	(名・自サ) 行動，行為 ⑪ 行い（おこない）
【行動】	こうどう ちち いまごろ の や いつもの行動からして、父は今頃飲み屋にいるでしょう。 ▶ 就以往的行動模式來看，爸爸現在應該是在小酒店吧！

1180 ごうとう	⑧ 強盜；行搶 ⑪ 泥棒（どろぼう）
【強盜】	きのう ごうとう はい 昨日、強盜に入られました。 ▶ 昨天被強盜闖進來行搶了。

1181 コーチ	(名・他サ) 教練，技術指導；教練員 ⑪ 監督
【coach】	ま チームが負けたのは、コーチのせいだ。 ▶ 球隊之所以會輸掉，都是教練的錯。

1182 こくふく	(名・他サ) 克服 ⑪ 乗り越える
【克服】	びょうき こくふく はたら 病気を克服すれば、また働けないこともない。 ▶ 只要征服病魔，也不是說不能繼續工作。

1183 こげる	自下一 烤焦，燒焦，焦，糊；曬褪色
【焦げる】	変な匂いがしますが、何か焦げていませんか。 ▶ 這裡有怪味，是不是什麼東西燒焦了？

1184 こっせつ	名・自サ 骨折
【骨折】	骨折ではなく、ちょっと足をひねったにすぎません。 ▶ 不是骨折，只是稍微扭傷腳罷了！

1185 こっそり	副 悄悄地，偷偷地，暗暗地 類 こそこそ
	両親には黙って、こっそり家を出た。 ▶ 沒告知父母，就偷偷從家裡溜出來。

1186 ことなる	自五 不同，不一樣 反 同じ 類 違う
【異なる】	やり方は異なるにせよ、二人の方針は大体同じだ。 ▶ 即使做法不同，不過兩人的方針是大致相同的。

1187 ことわる	他五 預先通知，事前請示；謝絕
【断る】	借金を断られる。 ▶ 借錢被拒絕。

1188 ごらく	名 娛樂，文娛 類 楽しみ
【娯楽】	庶民からすれば、映画は重要な娯楽です。 ▶ 對一般老百姓來說，電影是很重要的娛樂。

1189 ころがる	自五 滾動，轉動；倒下，躺下；擺著，放著，有 類 転げる（ころげる）
【転がる】	山の上から、石が転がってきた。 ▶ 有石頭從山上滾了下來。

1190 ころぶ	自五 跌倒，倒下；滾轉；趨勢發展，事態變化 類 転倒する（てんとうする）
【転ぶ】	道で転んで、ひざ小僧を怪我した。 ▶ 在路上跌了一跤，膝蓋受了傷。
1191 こわがる	自五 害怕
【怖がる】	まだ小さいんだから、お化けを怖がるのももっともだ。 ▶ 畢竟年紀還小，會怕鬼也是在所難免的。
1192 コンクール	名 競賽會，競演會，會演 類 競技会（きょうぎかい）
【concours】	コンクールに出るからには、毎日練習しなければだめですよ。 ▶ 既然要參加比賽，就得每天練習唷！
1193 コンクリート	名・形動 混凝土；具體的 類 混凝土（こんくりいと）
【concrete】	コンクリートで作っただけのことはあって、頑丈な建物です。 ▶ 不愧是用水泥作成的，真是堅固的建築物啊！
1194 コンセント	名 電線插座
【consent】	コンセントがないから、カセットを聞きようがない。 ▶ 沒有插座，所以無法聽錄音帶。
1195 こんらん	名・自サ 混亂 類 紛乱（ふんらん）
【混乱】	この古代国家は、政治の混乱のすえに滅亡した。 ▶ 這一古國，由於政治的混亂，結果滅亡了。
1196 サービス	名・自他サ 售後服務；服務，接待，侍候；（商店）廉價出售，附帶贈品出售 類 奉仕（ほうし）
【service】	サービス次第では、そのホテルに泊まってもいいですよ。 ▶ 看看服務品質，好的話也可以住那個飯店喔！

1197
さいかい

【再開】

(名・自他サ) 重新進行

ようやく電車が運転を再開したかと思ったら、また地震で止まった。
▶ 才想著電車總算恢復行駛了，結果又因為地震而停下來了。

1198
さいさん

【再三】

(副) 屢次，再三
(類) しばしば

餃子の材料やら作り方やら、再三にわたって説明しました。
▶ 不論是餃子的材料還是作法，都一而再再而三反覆說明過了。

1199
さいそく

【催促】

(名・他サ) 催促，催討
(類) 督促（とくそく）

食事がなかなか来ないから、催促するしかない。
▶ 因為餐點遲遲不來，所以只好催它快來。

1200
さいのう

【才能】

(名) 才能，才幹
(類) 能力

才能があれば成功するというものではない。
▶ 並非有才能就能成功。

1201
さいばん

【裁判】

(名・他サ) 裁判，評斷，判斷；（法）審判，審理

彼は、長い裁判のすえに無罪になった。
▶ 他經過長期的訴訟，最後被判無罪。

1202
さいよう

【採用】

(名・他サ) 採用（意見），採取；錄用（人員）

採用試験では、筆記試験もさることながら、面接が重視される傾向にある。
▶ 錄取考試中的筆試當然重要，但更有重視面試的傾向。

1203
さいわい

【幸い】

(名・形動・副) 幸運，幸福；幸虧，好在；對…有幫助，對…有利，
起好影響　(類) 幸福

幸いなことに、死傷者は出なかった。
▶ 慶幸的是，沒有人傷亡。

1204 **サイン**	(名・自サ) 簽名，署名，簽字；記號，暗號，信號，作記號
	類 署名
【sign】	そんな書類に、サインするべきではない。 ▶ 不該簽下那種文件。

1205 **さからう**	(自五) 逆，反方向；違背，違抗，抗拒，違拗
	類 抵抗する（ていこうする）
【逆らう】	風に逆らって進む。 ▶ 逆風前進。

1206 **さぎょう**	(名・自サ) 工作，操作，作業，勞動
	類 仕事
【作業】	作業をやりかけたところなので、今は手が離せません。 ▶ 因為現在工作正做到一半，所以沒有辦法離開。

1207 **さく**	(他五) 撕開，切開；扯散；分出，擠出，勻出；破裂，分裂
【裂く】	小さな問題が、二人の仲を裂いてしまった。 ▶ 為了一個問題，使得兩人之間產生了裂痕。

1208 **さくせい**	(名・他サ) 製造
【作製】	専門業者だけのことはあって、A社が作成したカタログはとてもできがいい。 ▶ 真不愧是專業廠商，Ａ公司做出來的目錄實在漂亮極了。

1209 **さて**	(副・接・感) 一旦，果真；那麼，卻說，於是；（自言自語，表猶豫）到底，那可… 類 ところで
	さて、これからどこへ行きましょうか。 ▶ 那現在要到哪裡去？

1210 **さばく**	(名) 沙漠
【砂漠】	開発が進めば進むほど、砂漠が増える。 ▶ 愈開發沙漠就愈多。

1211
さびる

（自上一）生鏽，長鏽；（聲音）蒼老

【錆びる】

鉄棒が赤く錆びてしまった。
▶ 單槓生鏽變紅了。

1212
さまたげる

（他下一）阻礙，防礙，阻攔，阻撓
類 妨害する（ぼうがい）

【妨げる】

あなたが留学するのを妨げる理由はない。
▶ 我沒有理由阻止你去留學。

1213
さんこう

（名・他サ）參考，借鑑
類 参照（さんしょう）

【参考】

合格した人の意見を参考にすることですね。
▶ 要參考及格的人的意見。

1214
さんにゅう

（名・自サ）進入；進宮

【参入】

市場に参入したかと思ったら、早々に撤退した。
▶ 還以為他們也要進入市場，沒想到一下子就退出了。

1215
しかい

（名・自他サ）司儀，主持會議（的人）

【司会】

パーティーの司会は誰だっけ。
▶ 派對的司儀是哪位來著？

1216
しかたがない

（連語）沒有辦法；沒有用處，無濟於事，迫不得已；受不了，
…得不得了；不像話 類 しようがない

【仕方がない】

彼は怠け者で仕方がないやつだ。
▶ 他是個懶人真叫人束手無策。

1217
しきゅう

（名・副）火速，緊急；急速，加速
類 大急ぎ

【至急】

至急電話してください。
▶ 請趕快打通電話給我。

1218
しく

（自五・他五）撲上一層，（作接尾詞用）鋪滿，遍佈，落滿鋪墊，鋪設；布置，發佈　反 被せる　類 延べる

【敷く】

どうぞ座布団を敷いてください。
▶ 煩請鋪一下坐墊。

1219
しさつ

（名・他サ）視察，考察

【視察】

関係者の話を直接聞くため、社長は工場を視察した。
▶ 社長為直接聽取相關人員的說明，親自前往工廠視察。

1220
しじ

（名・他サ）指示，指點
類 命令

【指示】

隊長の指示を聞かないで、勝手に行動してはいけない。
▶ 不可以不聽從隊長的指示，隨意行動。

1221
しずむ

（自五）沉沒，沈入；西沈，下山；消沈，落魄，氣餒；沈淪
反 浮く　類 沈下する（ちんかする）

【沈む】

夕日が沈むのを、ずっと見ていた。
▶ 我一直看著夕陽西沈。

1222
しせい

（名）（身體）姿勢；態度
類 姿

【姿勢】

姿勢を正しくするのは、健康にいいですよ。
▶ 矯正姿勢，有益健康。

1223
じそく

（名）時速

【時速】

制限速度は、時速 100 キロである。
▶ 速度的限制是時速 100 公里。

1224
したじき

（名）墊子；樣本

【下敷き】

実体験を下敷きにして書かれただけあって、非常にリアリティーがある。
▶ 不愧是根據親身經歷所寫成的作品，具有極高的臨場感。

1225 じっけん

【実験】

(名・他サ) 實驗，實地試驗；經驗

(類) 施行（しこう）

どんな実験をするにせよ、安全に気をつけてください。
▶ 不管做哪種實驗，都請注意安全！

1226 しつぼう

【失望】

(名・他サ) 失望

(類) がっかり

この話を聞いたら、父は失望するに相違ない。
▶ 如果聽到這件事，父親一定會很失望的。

1227 しはい

【支配】

(名・他サ) 指使，支配；統治，控制，管轄；決定，左右

(類) 統治

こうして、王による支配が終わった。
▶ 就這樣，國王統治時期結束了。

1228 しばい

【芝居】

(名) 戲劇，話劇；假裝，花招；劇場

(類) 劇

その芝居は、面白くてたまらなかったよ。
▶ 那場演出實在是有趣極了。

1229 しばしば

(副) 常常，每每，屢次，再三

(類) 度々

孫たちが、しばしば遊びに来てくれます。
▶ 孫子們經常會來這裡玩。

1230 しばる

【縛る】

(他五) 綁，捆，縛；拘束，限制；逮捕

(類) 結ぶ

ひもをきつく縛ってあったものだから、靴がすぐ脱げない。
▶ 因為鞋帶綁太緊了，所以沒辦法馬上脫掉鞋子。

1231 しびれる

【痺れる】

(自下一) 麻木；（俗）因強烈刺激而興奮

(類) 麻痺する（まひする）

足が痺れたものだから、立てませんでした。
▶ 因為腳麻所以沒辦法站起來。

1232 じぶんかって	形動 任性，恣意妄為
【自分勝手】	あんな自分勝手な人は、もてっこない。 ▶ 像那種任性妄為的人，不可能受到歡迎的。

1233 しまう	自五・他五・補動 結束，完了，收拾；收拾起來；關閉；表不能恢復原狀 類 片付ける
【仕舞う】	通帳は金庫にしまっている。 ▶ 存摺收在金庫裡。

1234 しめきる	他五 （期限）屆滿，截止，結束
【締切る】	申し込みは５時で締め切られるとか。 ▶ 聽說報名是到五點。

1235 しめる	他下一 占有，佔據，佔領；（只用於特殊形）表得到（重要的位置） 類 占有する（せんゆうする）
【占める】	大きな公園が町の中心部を占めている。 ▶ 公園據於小鎮的中心。

1236 ジャーナリスト	名 記者
【journalist】	ジャーナリスト志望にもかかわらず、政治に関心が薄い。 ▶ 儘管他的志願是成為記者，卻對政治毫不關心。

1237 しゅうい	名 周圍，四周；周圍的人，環境 類 周辺
【周囲】	彼は、周囲の人々に愛されている。 ▶ 他被大家所喜愛。

1238 しゅうごう	名・自他サ 集合；群體，集群；（數）集合 反 解散 類 集う
【集合】	朝８時に集合してください。 ▶ 請在早上八點集合。

1239
しゅうぜん

【修繕】

(名・他サ) 修繕，修理

(類) 修理

古い家だが、修繕すれば住めないこともない。
▶ 雖說是老舊的房子，但修補後，也不是不能住的。

1240
じゅうだい

【重大】

(形動) 重要的，嚴重的，重大的

(類) 重要

最近は、重大な問題が増える一方だ。
▶ 近來，重大案件不斷地增加。

1241
じゅうりょう

【重量】

(名) 重量，分量；沈重，有份量

(類) 目方（めかた）

持って行く荷物には、重量制限があります。
▶ 攜帶過去的行李有重量限制。

1242
しゅくはく

【宿泊】

(名・自サ) 投宿，住宿

(類) 泊まる

京都で宿泊するとしたら、日本旅館に泊まりたいです。
▶ 如果要在京都投宿，我想住日式飯店。

1243
しゅしょう

【首相】

(名) 首相，内閣總理大臣

(類) 内閣総理大臣（ないかくそうりだいじん）

首相に対して、意見を提出した。
▶ 我向首相提出了意見。

1244
しゅちょう

【主張】

(名・他サ) 主張，主見，論點

あなたの主張は、理解しかねます。
▶ 我實在是難以理解你的主張。

1245
しゅっぱん

【出版】

(名・他サ) 出版

(類) 発行

本を出版するかわりに、インターネットで発表した。
▶ 取代出版書籍，我在網路上發表文章。

1246 しゅと 【首都】	⑧ 首都 ⑱ 首府（しゅふ）
	フランスの首都はパリですが、それともベルサイユですか。 ▶ 法國的首都是巴黎？還是凡爾賽呢？

1247 じゅみょう 【寿命】	⑧ 壽命；（物）耐用期限 ⑱ 命数（めいすう）
	平均寿命が大きく伸びた。 ▶ 平均壽命大幅地上升。

1248 じゅん 【準】	⑱ 準，次
	さすが全国大会で準優勝しただけのことはある。 ▶ 不愧是全國大會的亞軍，實力非凡。

1249 じゅんかん 【循環】	（名・自サ）循環
	運動をして、血液の循環をよくする。 ▶ 多運動來促進血液循環。

1250 じゅんすい 【純粋】	（名・形動）純粹的，道地；純真，純潔，無雜念的 ⑥ 不純
	これは、純粋な水ですか。 ▶ 這是純淨的水嗎？

1251 じゅんちょう 【順調】	（名・形動）順利，順暢；（天氣、病情等）良好 ⑥ 不順 ⑱ 快調（かいちょう）
	仕事が順調だったのは、1 年きりだった。 ▶ 只有一年工作上比較順利。

1252 しょう 【賞】	（名・漢造）獎賞，獎品，獎金；欣賞 ⑥ 罰 ⑱ 賞品
	コンクールというと、賞を取った時のことを思い出します。 ▶ 說到比賽，就會想起過去的得獎經驗。

1253
じょうき

【蒸気】

名 蒸汽

やかんから蒸気が出ている。
▶ 茶壺冒出了蒸氣。

1254
じょうきょう

【状況】

名 狀況，情況

類 シチュエーション

責任者として、状況を説明してください。
▶ 身為負責人，請您說明一下現今的狀況。

1255
しょうちょう

【象徴】

名・他サ 象徴

消費社会が豊かさの象徴と言わんばかりだが、果たしてそうであろうか。
▶ 說什麼高消費社會是富裕的象徵，但實際上果真是如此嗎？

1256
じょうとう

【上等】

名・形動 上等，優質；很好，令人滿意

反 下等（かとう）

デザインはともかくとして、生地は上等です。
▶ 姑且不論設計如何，這布料可是上等貨。

1257
しょうにん

【承認】

名・他サ 批准，認可，通過；同意；承認

類 認める

社長が承認した以上は、誰も反対できないよ。
▶ 既然社長已批准了，任誰也沒辦法反對啊！

1258
しょくば

【職場】

名 工作岡位，工作單位

働くからには、職場の雰囲気を大切にしようと思います。
▶ 既然要工作，我認為就得注重職場的氣氛。

1259
しょくよく

【食欲】

名 食慾

食欲がないときは、少しお酒を飲むといいです。
▶ 沒食慾時，喝點酒是不錯的。

1260 **しょこく** 【諸国】	名 各國 アフリカ諸国を歴訪する。 ▶ 遍訪非洲各國。
1261 **しょめい** 【署名】	名・自サ 署名，簽名；簽的名字 類 サイン 住所を書くとともに、ここに署名してください。 ▶ 在寫下地址的同時，請在這裡簽下大名。
1262 **しょり** 【処理】	名・他サ 處理，處置，辦理 類 処分 今ちょうどデータの処理をやりかけたところです。 ▶ 現在正好處理資料到一半。
1263 **じりき** 【自力】	名 憑自己的力量 こんなところに閉じ込められて、自力では逃げ出せそうにないな。 ▶ 被關在這樣的地方，看來是不可能憑著自己的力量逃脫出去的吧！
1264 **しりょう** 【資料】	名 資料，材料 類 データ 資料をもらわないことには、詳細がわからない。 ▶ 要是不拿資料的話，就沒辦法知道詳細的情況。
1265 **しんけん** 【真剣】	名・形動 真刀，真劍；認真，正經 類 本気 私は真剣です。 ▶ 我是認真的。
1266 **しんしん** 【心身】	名 身和心；精神和肉體 この薬は、心身の疲労に効きます。 ▶ 這藥對身心上的疲累都很有效。

1267

じんせい

【人生】

(名) 人的一生；生涯，人的生活

(類) 生涯（しょうがい）

病気になったのをきっかけに、人生を振り返った。
▶ 趁著生了一場大病為契機，回顧了自己過去的人生。

1268

しんぞう

【心臓】

(名) 心臟；厚臉皮，勇氣

びっくりして、心臓が止まりそうだった。
▶ 我嚇到心臟差點停了下來。

1269

しんだん

【診断】

(名・他サ)（醫）診斷；判斷

月曜から水曜にかけて、健康診断が行われます。
▶ 禮拜一到禮拜三要實施健康檢查。

1270

しんちょう

【慎重】

(名・形動) 慎重，穩重，小心謹慎

(反) 軽率（けいそつ）

社長を説得するにあたって、慎重に言葉を選んだ。
▶ 說服社長時，用字遣詞要非常的慎重。

1271

しんにゅう

【侵入】

(名・自サ) 浸入，侵略；（非法）闖入

犯人は、窓から侵入したに相違ありません。
▶ 犯人肯定是從窗戶闖入的。

1272

しんよう

【信用】

(名・他サ) 堅信，確信；信任，相信；信用，信譽；信用交易，非現款交易 (類) 信任

信用するかどうかはともかくとして、話だけは聞いてみよう。
▶ 不管你相不相信，至少先聽他怎麼說吧！

1273

じんるい

【人類】

(名) 人類

(類) 人間

人類の発展のために、研究を続けます。
▶ 為了人類今後的發展，我要繼續研究下去。

1274
しんわ
【神話】

(名) 神話

おもしろいことに、この話は日本の神話によく似ている。
▶ 有趣的是，這個故事和日本神話很像。

1275
ず
【図】

(名) 圖，圖表；地圖；設計圖；圖畫
(類) 図形（ずけい）

図を見ながら説明します。
▶ 邊看圖，邊解說。

1276
ずうずうしい
【図々しい】

(副) 厚顏，厚皮臉，無恥
(類) 厚かましい（あつかましい）

彼の図々しさにはあきれた。
▶ 對他的厚顏無恥，感到錯愕。

1277
すぐれる
【優れる】

(自下一) （才能、價值等）出色，優越，傑出，精湛；（身體、精神、天氣）好，爽朗，舒暢　(反) 劣る　(類) 優る

彼女は美人であるとともに、スタイルも優れている。
▶ 她人既美，身材又好。

1278
スタート
【start】

(名・自サ) 起動，出發，開端；開始（新事業等）
(類) 出発

1年のスタートにあたって、今年の抱負を述べてください。
▶ 在這一年之初，請說說你今年度的抱負。

1279
スタイル
【style】

(名) 文體；（服裝、美術、工藝、建築等）樣式；風格，姿態，體態　(類) 体つき

どうして、スタイルなんか気にするの。
▶ 為什麼要在意身材呢？

1280
スピーチ
【speech】

(名・自サ) （正式場合的）簡短演說，致詞，講話
(類) 演説（えんぜつ）

開会にあたって、スピーチをお願いします。
▶ 開會的時候，致詞就拜託你了。

1281
スマート

【smart】

(形動) 瀟灑，時髦，漂亮；苗條

前よりスマートになりましたね。
▶ 妳比之前更加苗條了耶！

1282
すむ

【澄む】

(自五) 清澈；澄清；晶瑩，光亮；（聲音）清脆悦耳；清靜，寧靜　(反) 汚れる　(類) 清澄（せいちょう）

川の水は澄んでいて、底までよく見える。
▶ 由於河水非常清澈，河底清晰可見。

1283
ずるい

(形) 狡猾，奸詐，耍滑頭，花言巧語
(類) 狡い（こすい）

勝負するに当たって、絶対ずるいことはしない。
▶ 決勝負時，千萬不可以耍詐。

1284
するどい

【鋭い】

(形) 尖的；（刀子）鋒利的；（視線）尖鋭的；激烈，強烈；（頭腦）敏鋭，聰明　(反) 鈍い（にぶい）　(類) 犀利（さいり）

彼の見方はとても鋭い。
▶ 他見解真是一針見血。

1285
せいせき

【成績】

(名) 成績，效果，成果
(類) 効果

私はともかく、他の学生はみんな成績がいいです。
▶ 先不提我，其他的學生大家成績都很好。

1286
せいそう

【清掃】

(名・他サ) 清掃，打掃
(類) 掃除

ビルの清掃のアルバイトをしている。
▶ 我是大樓清潔的工讀生。

1287
せいぶん

【成分】

(名) （物質）成分，元素；（句子）成分；（數）成分
(類) 要素（ようそ）

成分のわからない薬には、手を出しかねる。
▶ 我無法出手去碰成分不明的藥品。

1288 せきにんかん	名 責任感
【責任感】	頭がよいのみならず、責任感も強い。 ▶ 他不僅腦筋好，而且責任感也強。
1289 せつ	名・漢造 意見，論點，見解；學說；述說 類 学説
【説】	このことについては、いろいろな説がある。 ▶ 針對這件事，有很多不同的見解。
1290 せっする	自他サ 接觸；連接，靠近；接待，應酬；連結，接上；遇上， 碰上 類 応対する
【接する】	お年寄りには、優しく接するものだ。 ▶ 對上了年紀的人，應當要友善對待。
1291 せまる	自五・他五 強迫，逼迫；臨近，迫近；變狹窄，縮短；陷於困 境，窘困 類 押し付ける
【迫る】	彼女に結婚しろと迫られた。 ▶ 她強迫我要結婚。
1292 せめて	副 （雖然不夠滿意，但）那怕是，至少也，最少 類 少なくとも
	せめて今日だけは雨が降りませんように。 ▶ 希望至少今天不要下雨。
1293 せんたく	名・他サ 選擇，挑選 類 選び出す
【選択】	この中から一つ選択するとすれば、私は赤いのを選びます。 ▶ 如果要我從中選一，我會選紅色的。
1294 ぜんぱん	名 全面，全盤，通盤 類 総体
【全般】	全般に渡って、Ａ社の製品が優れている。 ▶ 從全體上來講，Ａ公司的產品比較優秀。

1295
せんれん

【洗練】

(名・他サ) 精錬，講究

ファッションにかけては原田さんだよ。いつも服装がとっても洗練されているもの。
▶ 關於流行時尚方面問原田小姐就對囉！因為她的服裝搭配總是非常簡單俐落呀！

1296
そういえば

【そう言えば】

(他五) 這麼說來，這樣一說

そう言えば、最近山田さんを見ませんね。
▶ 這樣說來，最近都沒見到山田小姐呢！

1297
そうご

【相互】

(名) 相互，彼此；輪流，輪班；交替，交互
(類) かわるがわる

交換留学が盛んになるに従って、相互の理解が深まった。
▶ 伴隨著交換留學的盛行，兩國對彼此的文化也更加了解。

1298
そうさ

【操作】

(名・他サ) 操作（機器等），駕駛；（設法）安排，（背後）操縱
(類) 操る（あやつる）

パソコンの操作にかけては、誰にも負けない。
▶ 就電腦操作這一點，我絕不輸給任何人。

1299
そうさく

【創作】

(名・他サ)（文學作品）創作；捏造（謊言）；創新，創造
(類) 作る

彼の創作には、驚くべきものがある。
▶ 他的創作，有令人嘆為觀止之處。

1300
ぞうすい

【増水】

(名・自サ) 氾濫，漲水

川が増水して、道まであふれかねない。
▶ 河川暴漲，很有可能會淹到路面上。

1301
そうぞう

【創造】

(名・他サ) 創造
(類) クリエート

芸術の創造には、何か刺激が必要だ。
▶ 從事藝術的創作，需要有些刺激才行。

1302 そうち 【装置】	(名・他サ) 装置，配備，安装；舞台装置 類 装備 半導体製造装置を開発した。 ▶ 研發了半導體的配備。
1303 そうとう 【相当】	(名・自サ・形動) 相當，適合，相稱；相當於，相等於；值得，應該； 過得去，相當好；很，頗 類 かなり この問題は、学生たちにとって相当難しかったようです。 ▶ 這個問題對學生們來說，似乎是很困難。
1304 ぞくぞく 【続々】	(副) 連續，紛紛，連續不斷地 類 次々に 新しいスターが、続々と出てくる。 ▶ 新人接二連三地出現。
1305 そしつ 【素質】	(名) 素質，本質，天分，天資 類 生まれつき 彼には、音楽の素質があるに違いない。 ▶ 他一定有音樂的天資。
1306 そそっかしい	(形) 冒失的，輕率的，毛手毛腳的，粗心大意的 類 軽率（けいそつ） そそっかしいことに、彼はまた財布を家に忘れてきた。 ▶ 冒失的是，他又將錢包忘在家裡了。
1307 そなえる 【備える】	(他下一) 準備，防備；配置，裝置；天生具備 類 支度する 災害に対して、備えなければならない。 ▶ 要預防災害。
1308 それなり	(名・副) 恰如其分；就那樣 良い物はそれなりに高いから、買えっこないよ。 ▶ 好東西必然價格高昂，根本買不起嘛！

1309
それる

【逸れる】

(自下一) 偏離正軌，歪向一旁；不合調，走調；走向一邊，轉過去　(類) 外れる（はずれる）

ピストルの弾は、標的から逸れました。
▶ 手槍的子彈，偏離了目標。

1310
そんざい

【存在】

(名・自サ) 存在，有；人物，存在的事物；存在的理由，存在的意義　(類) 存する

宇宙人は、存在すると思いますか。
▶ 你認為外星人有存在的可能嗎？

1311
そんぞく

【存続】

(名・他サ・自サ) 繼續存在，永存，長存

会社の存続を図る一方で、身売りも視野に入れている。
▶ 一方面尋求保住公司，於此同時，也不排除將公司賣掉。

1312
そんちょう

【尊重】

(名・他サ) 尊重，重視
(類) 尊ぶ（とうとぶ）

彼らの意見も、尊重しようじゃないか。
▶ 我們也要尊重他們的意見吧！

1313
そんとく

【損得】

(名) 損益，得失，利害
(類) 損益

損得抜きで商売しては、会社がつぶれかねない。
▶ 做生意如果不計利害得失，公司有可能被搞垮的。

1314
たいさく

【対策】

(名) 對策，應付方法
(類) 方策

犯罪の増加に伴って、対策をとる必要がある。
▶ 隨著犯罪的增加，有必要開始採取對策了。

1315
たいした

【大した】

(連體) 非常的，了不起的；（下接否定詞）沒什麼了不起，不怎麼樣　(類) 偉い

ジャズピアノにかけては、彼は大したものですよ。
▶ 他在爵士鋼琴這方面，還真是了不得啊！

1316
たいしょう
【対照】

(名・他サ) 對照，對比

類 見比べる（みくらべる）

日中対照の契約書を作成した。
▶ 擬好了一份中日對照的契約書。

1317
たいそう
【大層】

(形動・副) 很，非常，了不起；過份的，誇張的

類 大変

コーチによれば、選手たちは練習で大層がんばったということだ。
▶ 據教練所言，選手們已經非常努力練習了。

1318
たいりつ
【対立】

(名・他サ) 對立，對峙

反 協力　類 対抗

あの二人は仲が悪くて、何度対立したことか。
▶ 那兩人感情很差，不知道針鋒相對過幾次了。

1319
たつ
【絶つ・断つ】

(他五) 切，斷；絕，斷絕；斷絕，消滅；斷，切斷

類 切断する（せつだんする）

登山に行った男性が消息を絶っているということです。
▶ 聽說那位登山的男性已音信全無了。

1320
たっする
【達する】

(他サ・自サ) 到達；精通，通過；完成，達成；實現；下達（指示、通知等）　類 及ぶ

売上げが1億円に達した。
▶ 營業額高達了一億日圓。

1321
たっぷり

(副・自サ) 足夠，充份，多；寬綽，綽綽有餘；（接名詞後）充滿（某表情、語氣等）　類 十分

食事をたっぷり食べても、必ず太るというわけではない。
▶ 吃很多，不代表一定會胖。

1322
だとう
【妥当】

(名・形動・自サ) 妥當，穩當，妥善

類 適当

選択肢の中で、最も妥当なのはどれか。
▶ 下列選項中哪一個是最恰當的呢？

1323 たにん 【他人】	名 別人，他人；（無血緣的）陌生人，外人；局外人 反 自己　類 余人（よじん）
	他人のことなど、考えている暇はない。 ▶ 我沒那閒暇時間去管別人的事。

1324 たのもしい 【頼もしい】	形 靠得住的；前途有為的，有出息的 類 立派
	息子さんは、しっかりしていて頼もしいですね。 ▶ 貴公子真是穩重可靠啊！

1325 たびたび 【度々】	副 屢次，常常，再三 反 偶に　類 しばしば
	彼には、電車の中で度々会います。 ▶ 我常常在電車裡碰到他。

1326 ためす 【試す】	他五 試，試驗，試試 類 試みる
	体力の限界を試す。 ▶ 考驗體能的極限。

1327 たんご 【単語】	名 單詞
	英語を勉強するにつれて、単語が増えてきた。 ▶ 隨著英語的學習愈久，單字的量也愈多了。

1328 たんとう 【担当】	名・他サ 擔任，擔當，擔負 類 受け持ち
	この件は、来週から私が担当することになっている。 ▶ 這個案子，預定下週起由我來負責。

1329 たんなる 【単なる】	連體 僅僅，只不過 類 ただの
	私など、単なるアルバイトに過ぎません。 ▶ 像我只不過就是個打工的而已。

1330 ちぢむ	(自五) 縮，縮小，抽縮；起皺紋，出摺；畏縮，退縮，惶恐；縮回去，縮進去 (反) 伸びる (類) 短縮
【縮む】	これは洗っても縮まない。 ▶ 這個洗了也不會縮水的。
1331 ちのう	(名) 智能，智力，智慧
【知能】	知能指数を測るテストを受けた。 ▶ 我接受了測量智力程度的測驗。
1332 ちゃくちゃく	(副) 逐步地，一步步地 (類) どんどん
【着々】	準備は着々と進められました。 ▶ 準備工作逐步進行得相當順利。
1333 チャンス	(名) 機會，時機，良機 (類) 好機（こうき）
【chance】	チャンスが来た以上、挑戦してみたほうがいい。 ▶ 既然機會送上門來，就該挑戰看看才是。
1334 ちゅう	(名・漢造) 註解，注釋；注入；注目；註釋 (類) 注釈（ちゅうしゃく）
【注】	難しい言葉に、注をつけた。 ▶ 我在較難的單字上加上了註解。
1335 ちゅうしゃ	(名・自サ) 停車
【駐車】	家の前に駐車するよりほかない。 ▶ 只好把車停在家的前面了。
1336 ちゅうしょう	(名・他サ) 抽象 (反) 具体 (類) 概念
【抽象】	彼は抽象的な話が得意で、哲学科出身だけのことはある。 ▶ 他擅長述說抽象的事物，不愧是哲學系的。

1337 ちゅうしょく	名 午飯，午餐，中飯，中餐 類 昼飯（ちゅうしょく）
【昼食】	みんなと昼食を食べられるのは、うれしい。 ▶ 能和大家一同共用午餐，令人非常的高興。

1338 ちょうか	名・自サ 超過
【超過】	時間を超過すると、お金を取られる。 ▶ 一超過時間，就要罰錢。

1339 ちょうせい	名・他サ 調整，調節 類 調える
【調整】	パソコンの調整にかけては、自信があります。 ▶ 我對修理電腦這方面相當有自信。

1340 ちょうせつ	名・他サ 調節，調整
【調節】	時計の電池を換えたついでに、ねじも調節しましょう。 ▶ 換了時鐘的電池之後，也順便調一下螺絲吧！

1341 ちょうたん	名 長和短；長度；優缺點，長處和短處；多和不足 類 良し悪し（よしあし）
【長短】	日本語では音節の長短に気をつける必要があります。 ▶ 日語中音節的長短需要在學習中多加注意。

1342 ちょうてん	名 （數）頂點；頂峰，最高處；極點，絕頂 類 最高
【頂点】	技術面からいうと、彼は世界の頂点に立っています。 ▶ 從技術面來看，他正處在世界的最高峰。

1343 ちょくつう	名・自サ 直達（中途不停）；直通
【直通】	ホテルの部屋から日本へ直通電話がかけられる。 ▶ 從飯店的房間可以直撥電話到日本。

1344 ちょしゃ	⑧ 作者 ⑲ 作家
【著者】	本の著者として、内容について話してください。 ▶ 請以本書作者的身份，談一下這本書的內容。

1345 ちょぞう	(名・他サ) 儲藏
【貯蔵】	地下室に貯蔵しているからこそ、長年風味が保てるんです。 ▶ 正因為儲放在地下室裡，才能保有長年不變的風味。

1346 ちらかる	(自五) 凌亂，亂七八糟，到處都是 ⑰ 集まる ⑲ 散る
【散らかる】	部屋が散らかっていたので、片付けざるをえなかった。 ▶ 因為房間內很凌亂，所以不得不整理。

1347 つうか	(名・自サ) 通過，經過；(電車等) 駛過；(議案、考試等) 通過，過關，合格 ⑲ 通り過ぎる
【通過】	特急電車が通過します。 ▶ 特快車即將過站。

1348 つうようする	(名・自サ) 通用，通行；兼用，兩用；(在一定期間內) 通用，有效；通常使用
【通用する】	プロの世界では、私の力など通用しない。 ▶ 在專業的領域裡，像我這種能力是派不上用場的。

1349 つとめる	(他下一) 努力，為…奮鬥，盡力；勉強忍住 ⑰ 怠る（おこたる） ⑲ 励む（はげむ）
【努める】	お客様に満足してしただけるよう努める。 ▶ 竭盡所能讓顧客感到滿意。

1350 つとめる	(他下一) 任職，工作；擔任 (職務)；扮演 (角色) ⑲ 奉公（ほうこう）
【務める】	生徒会の会長を務める。 ▶ 擔任學生會的會長。

1351
つな
【綱】

㊄ 粗繩，繩索，纜繩；命脈，依靠，保障

㊟ ロープ

船に綱をつけてみんなで引っ張った。
▶ 將繩子套到船上大家一起拉。

1352
つねに
【常に】

㊙ 時常，經常，總是

㊟ 何時も

社長が常にオフィスにいるとは、言いきれない。
▶ 無法斷定社長平時都會在辦公室裡。

1353
つぶ
【粒】

(名・接尾) （穀物的）穀粒；粒，丸，珠；（數小而圓的東西）粒，滴，丸 ㊟ 小粒（こつぶ）

大粒の雨が降ってきた。
▶ 下起了大滴的雨。

1354
つぶれる
【潰れる】

(自下一) 壓壞，壓碎；坍塌，倒塌；倒產，破產；磨損，磨鈍；（耳）聾，（眼）瞎 ㊟ 破産

あの会社が、潰れるわけがない。
▶ 那間公司，不可能會倒閉的。

1355
つまずく
【躓く】

(自五) 跌倒，絆倒；（中途遇障礙而）失敗，受挫

㊟ 転ぶ

石につまずいて転んだ。
▶ 絆到石頭而跌了一跤。

1356
つよみ
【強み】

㊄ 強，強度；優點，長處

精神力こそ彼の強みにほかならない。
▶ 他唯一的強項就是意志力了。

1357
つらい
【辛い】

(形・接尾) 痛苦的，難受的，吃不消；刻薄的，殘酷的；難…，不便… ㊝ 楽しい ㊟ 苦しい

勉強が辛くてたまらない。
▶ 書念得痛苦不堪。

1358 てきする 【適する】	自サ（天氣、飲食、水土等）適宜，適合；適當，適宜於（某情況）；具有做某事的資格與能力　類 適当
	自分に適した仕事を見つけたい。 ▶ 我想找適合自己的工作。

1359 てきよう 【適用】	名・他サ 適用，應用 類 応用
	全国に適用するのに先立ち、まず東京で試行してみた。 ▶ 在運用於全國各地前，先在東京用看看。

1360 てっきょう 【鉄橋】	名 鐵橋，鐵路橋 類 橋
	列車は鉄橋を渡っていった。 ▶ 列車通過了鐵橋。

1361 てっこう 【鉄鋼】	名 鋼鐵
	八幡製鉄所を抜きにして、日本の近代鉄鋼業は語れない。 ▶ 提起日本現代的鋼鐵業，就絕不能漏掉八幡製鐵所。

1362 てんかい 【展開】	名・他サ・自サ 開展，打開；展現；進展；（隊形）散開 類 展示（てんじ）
	話は、予想どおりに展開した。 ▶ 事情就如預期一般地發展下去。

1363 てんてん 【点々】	副 點點，分散在；（液體）點點地，滴滴地往下落 類 各地
	広い草原に、羊が点々と散らばっている。 ▶ 廣大的草原上，羊兒們零星散佈各地。

1364 どういつ 【同一】	名・形動 同樣，相同；相等，同等 類 同様
	これとそれは、全く同一の商品です。 ▶ 這個和那個是完全一樣的商品。

1365
どうせ
副 (表示沒有選擇餘地) 反正，總歸就是，無論如何
類 やっても

どうせ私は下っ端ですよ。
▶ 反正我只不過是個小員工而已。

1366
とうちゃく
名・自サ 到達，抵達
類 着く

【到着】
スターが到着するかしないかのうちに、ファンが大騒ぎを始めた。
▶ 明星才一到場，粉絲們便喧嘩了起來。

1367
どうよう
形動 同樣的，一樣的
類 同類

【同様】
女性社員も、男性社員と同様に扱うべきだ。
▶ 女職員應受和男職員一樣的平等待遇。

1368
とくしょく
名 特色，特徵，特點，特長
類 特徵

【特色】
美しいかどうかはともかくとして、特色のある作品です。
▶ 姑且先不論美或不美，這是個有特色的作品。

1369
とくてい
名・他サ 特定；明確指定，特別指定
類 特色

【特定】
殺人の状況を見ると、犯人を特定するのは難しそうだ。
▶ 從兇殺的現場來看，要鎖定犯人似乎很困難。

1370
とざん
名・自サ 登山；到山上寺廟修行
類 ハイキング

【登山】
おじいちゃんは、元気なうちに登山に行きたいそうです。
▶ 爺爺說想趁著身體還健康時去爬爬山。

1371
どっと
副 (許多人) 一齊 (突然發聲)，哄堂；(人、物) 湧來，雲集；(突然) 病重，病倒

それを聞いて、みんなどっと笑った。
▶ 聽了那句話後，大家哄堂大笑。

1372 ととのう	自五 齊備，完整；整齊端正，協調；（協議等）達成，談妥 反 乱れる 類 片付く
【整う】	じゅんび ととの 準備が整いさえすれば、すぐに出発できる。 ▶ 只要全都準備好了，就可以馬上出發。
1373 ながめる	他下一 眺望；凝視，注意看；（商）觀望 類 見渡す
【眺める】	まど うつく けしき なが 窓から、美しい景色を眺めていた。 ▶ 我從窗戶眺望美麗的景色。
1374 なみ	名 波浪，波濤；波瀾，風波；聲波；電波；潮流，浪潮；起 伏，波動 類 波浪（はろう）
【波】	なみ たか たか サーフィンのときは、波は高ければ高いほどいい。 ▶ 衝浪時，浪越高越好。
1375 ならう	自五 仿效，學
【倣う】	もうぼさんせん れい なら ひ こ かえる こ かえる 孟母三遷の例に倣って引っ越したものの、やっぱり蛙の子は蛙だ。 ▶ 儘管模仿孟母三遷搬了家，畢竟烏鴉窩裡出不了鳳凰。
1376 なわ	名 繩子，繩索 類 綱
【縄】	ぎょそん ふゆ あいだ なわ つく 漁村では、冬の間みんなで縄を作ります。 ▶ 在漁村裡，冬季大家會一起製繩。
1377 にくむ	他五 憎恨，厭惡；嫉妒 反 愛する 類 嫉む（ねたむ）
【憎む】	いま かれ にく 今でも彼を憎んでいますか。 ▶ 你現在還恨他嗎？
1378 にっか	名 （規定好）每天要做的事情，每天習慣的活動；日課 類 勤め
【日課】	さんぽ にっか 散歩が日課になりつつある。 ▶ 散步快要變成我每天例行的功課了。

1379 にらむ	他五 瞪著眼看，怒目而視；盯著，注視，仔細觀察；估計，揣測，意料；盯上　類 瞪目（どうもく）
【睨む】	隣のおじさんは、私が通るたびににらむ。 ▶ 我每次經過隔壁的伯伯就會瞪我一眼。
1380 ねがう	他五 請求，請願，懇求；願望，希望；祈禱，許願 類 念願（ねんがん）
【願う】	二人の幸せを願わないではいられません。 ▶ 不得不為他兩人的幸福祈禱呀！
1381 ねらう	他五 看準，把…當做目標；把…弄到手；伺機而動 類 目指す
【狙う】	狙った以上、彼女を絶対ガールフレンドにします。 ▶ 既然看中了她，就絕對要讓她成為自己的女友。
1382 ねんれい	名 年齡，歲數 類 年歲
【年齡】	先生の年齡からして、たぶんこの歌手を知らないでしょう。 ▶ 從老師的歲數來推斷，他大概不知道這位歌手吧！
1383 のろのろ	副・自サ 遲緩，慢吞吞地 類 遲鈍（ちどん）
	のろのろやっていると、間に合わないおそれがありますよ。 ▶ 你這樣慢吞吞的話，會趕不上的唷！
1384 ば	名 場所，地方；座位；（戲劇）場次；場合 類 所
【場】	その場では、お金を払わなかった。 ▶ 在當時我沒有付錢。
1385 はいたつ	名・他サ 送，投遞 類 配る
【配達】	1日2回郵便が配達される。 ▶ 一天投遞兩次郵件。

1386 **はかる** 【計る・測る】	(他五) 計，秤，測量；計量；推測，揣測；徵詢，諮詢 (類) 数える 何分ぐらいかかるか、時間を計った。 ▶ 我量了大概要花多少時間。
1387 **ばくはつ** 【爆発】	(名・自サ) 爆炸，爆發 (類) 炸裂（さくれつ） 長い間の我慢のあげく、とうとう気持ちが爆発してしまった。 ▶ 長久忍下來的怨氣，終於爆發了。
1388 **バケツ** 【bucket】	(名) 木桶 (類) 桶（おけ） 掃除をするので、バケツに水を汲んできてください。 ▶ 要打掃了，請你用水桶裝水過來。
1389 **ばつ** 【罰】	(名・漢造) 懲罰，處罰 (反) 賞　(類) 罰（ばち） 遅刻した罰として、反省文を書かされました。 ▶ 當作遲到的處罰，寫了反省書。
1390 **はっき** 【発揮】	(名・他サ) 發揮，施展 今年は、自分の能力を発揮することなく終わってしまった。 ▶ 今年都沒好好發揮實力就結束了。
1391 **はっこう** 【発行】	(名・自サ)（圖書、報紙、紙幣等）發行；發放，發售 新しい雑誌を発行したところ、とてもよく売れました。 ▶ 發行新雜誌，結果銷路很好。
1392 **はっしゃ** 【発射】	(名・他サ) 發射（火箭、子彈等） (類) 撃つ（うつ） ロケットを発射した。 ▶ 火箭發射了。

1393
はつでん

【発電】

(名・他サ) 發電

この国では、風力による発電が行われています。
▶ 這個國家，以風力來發電。

1394
はつばい

【発売】

(名・他サ) 賣，出售
(類) 売り出す

新商品発売の際には、大いに宣伝しましょう。
▶ 銷售新商品時，我們來大力宣傳吧！

1395
はっぴょう

【発表】

(名・他サ) 發表，宣布，聲明；揭曉
(類) 公表

こんなに面白い意見は、発表せずにはいられません。
▶ 這麼有趣的意見，實在無法不提出來。

1396
はなはだしい

【甚だしい】

(形) （不好的狀態）非常，很，甚
(類) 激しい

あなたは甚だしい勘違いをしています。
▶ 你誤會得非常深。

1397
はなばなしい

【華々しい】

(形) 華麗，豪華；輝煌；壯烈
(類) 立派

華々しい結婚式を挙げた。
▶ 舉辦豪華的婚禮。

1398
はなやか

【華やか】

(形動) 華麗；輝煌；活躍；引人注目
(類) 派手やか

華やかな都会での生活に憧れる。
▶ 嚮往繁華的都市生活。

1399
はねる

【跳ねる】

(自下一) 跳，蹦起；飛濺；散開，散場；爆，裂開
(類) 跳ぶ

子犬は、飛んだり跳ねたりして喜んでいる。
▶ 小狗高興得又蹦又跳的。

1400 はりきる	（自五）拉緊；緊張，幹勁十足，精神百倍
	類 頑張る
【張り切る】	主役をやるからには、はりきっていきます。
	▶ 既然要當主角，就要打起精神好好做。

1401 はんい	反 範圍，界線
	類 区域（くいき）
【範囲】	消費者の要望にこたえて、販売地域の範囲を広げた。
	▶ 為了回應消費者的期待，拓展了銷售區域的範圍。

1402 はんえい	（名・自サ・他サ）（光）反射；反映
	類 反影
【反映】	この事件は、当時の状況を反映しているに相違ありません。
	▶ 這個事件，肯定是反映了當下的情勢。

1403 はんざい	名 犯罪
	類 犯行
【犯罪】	犯罪を通して、社会の傾向を研究する。
	▶ 透過犯罪來研究社會的動向。

1404 ハンサム	（名・形動）帥，英俊，美男子
	類 美男（びなん）
【handsome】	ハンサムでさえあれば、どんな男性でもいいそうです。
	▶ 聽說她只要對方英俊，怎樣的男人都行。

1405 はんだん	（名・他サ）判斷；推斷，推測；占卜
	類 判じる（はんじる）
【判断】	上司の判断が間違っていると知りつつ、意見を言わなかった。
	▶ 明明知道上司的判斷是錯的，但還是沒講出自己的意見。

1406 はんばい	（名・他サ）販賣，出售
	類 売り出す
【販売】	商品の販売にかけては、彼の右に出る者はいない。
	▶ 在銷售商品上，沒有人可以跟他比。

1407
ひ
【非】

(名・漢造) 非，不是

私から見れば、あの態度は非を認めているのではなくて、ただの開き直りです。
▶ 照我看來，他那種態度並沒有承認錯誤，根本是死鴨子嘴硬罷了。

1408
ひかく
【比較】

(名・他サ) 比，比較
(類) 比べる

周囲と比較してみて、自分の実力がわかった。
▶ 和周遭的人比較過之後，認清了自己的實力在哪裡。

1409
ひきかえす
【引き返す】

(自五) 返回，折回
(類) 戻る

橋が壊れていたので、引き返さざるをえなかった。
▶ 因為橋壞了，所以不得不掉頭回去。

1410
ひげき
【悲劇】

(名) 悲劇
(反) 喜劇　(類) 悲しい

このような悲劇が二度と起こらないようにしよう。
▶ 讓我們努力不要讓這樣的悲劇再度發生。

1411
ひっぱる
【引っ張る】

(他五) (用力) 拉；拉上，拉緊；強拉走；引誘；拖長；拖延；拉 (電線等)；(棒球向左面或右面) 打球　(類) 引く

人の耳を引っ張る。
▶ 拉人的耳朵。

1412
ひとまず
【一先ず】

(副) (不管怎樣) 暫且，姑且
(類) とりあえず

細かいことはぬきにして、一先ず大体の計画を立てましょう。
▶ 先跳過細部，暫且先做一個大概的計畫吧！

1413
ひにく
【皮肉】

(名・形動) 皮和肉；挖苦，諷刺，冷嘲熱諷；令人啼笑皆非
(類) 風刺 (ふうし)

あいつは、会うたびに皮肉を言う。
▶ 每次見到他，他就會說些諷刺的話。

1414 ひはん	(名・他サ) 批評，批判，評論 ㉝ 批評
【批判】	そんなことを言うと、批判されるおそれがある。 ▶ 你說那種話，有可能會被批評的。

1415 ひよう	(名) 費用，開銷 ㉝ 経費
【費用】	たとえ費用が高くてもかまいません。 ▶ 即使費用在怎麼貴也沒關係。

1416 ひょうか	(名・他サ) 定價，估價；評價 ㉝ 批評
【評価】	部長の評価なんて、気にすることはありません。 ▶ 你用不著去在意部長給的評價。

1417 ひょうげん	(名・他サ) 表現，表達，表示 ㉂ 理解 ㉝ 描写
【表現】	意味は表現できたとしても、雰囲気はうまく表現できません。 ▶ 就算有辦法將意思表達出來，氣氛還是無法傳達的很好。

1418 ひょうしき	(名) 標誌，標記，記號，信號 ㉝ 目印
【標識】	この標識は、どんな意味ですか。 ▶ 這個標誌代表著什麼意思？

1419 ひょうじゅん	(名) 標準，水準，基準 ㉝ 目安（めやす）
【標準】	日本の標準的な教育について教えてください。 ▶ 請告訴我標準的日本教育是怎樣的教育。

1420 ひん	(名・漢造)（東西的）品味，風度；辨別好壞；品質；種類 ㉝ 人柄
【品】	彼の話し方は品がなくて、あきれるくらいでした。 ▶ 他講話沒風度到令人錯愕的程度。

1421
ブーム

（名）熱潮

【boom】

そのブームは、歌手の○○が「マイブーム」と紹介したのがきっかけで起こったんです。
▶ 那股熱潮，一開始是由名為○○的歌手介紹了「他現在最熱衷的嗜好」所引爆的。

1422
ふく

（他五・自五）（風）刮，吹；（用嘴）吹；吹（笛等）；吹牛，說大話　（類）動く

【吹く】

強い風が吹いてきましたね。
▶ 吹起了強風呢！

1423
ふくすう

（名）複數
（反）単数

【複数】

犯人は、複数いるのではないでしょうか。
▶ 是不是有多個犯人呢？

1424
ふそく

（名・形動・自サ）不足，不夠，短缺；缺乏，不充分；不滿意，不平
（反）過剰（かじょう）（類）足りない（たりない）

【不足】

栄養が不足がちだから、もっと食べなさい。
▶ 營養有不足的傾向，所以要多吃一點。

1425
ふとう

（形動）不正當，非法，無理
（類）不適当

【不当】

不当解雇は到底受け入れられない。
▶ 我絕對無法接受不當的解雇處分。

1426
ふへい

（名・形動）不平，不滿意，牢騷
（類）不満

【不平】

不平や不満があるなら、はっきり言うことだ。
▶ 如有不滿，就要說清楚。

1427
ぶらさげる

（他下一）佩帶，懸掛；手提，拎
（類）下げる

【ぶら下げる】

腰に何をぶら下げているの。
▶ 你腰那裡佩帶著什麼東西啊？

1428 ぶんかい

【分解】

(名・他サ・自サ) 拆開，拆卸；(化) 分解；解剖；分析 (事物)

類 分離（ぶんり）

時計を分解したところ、元に戻らなくなってしまいました。
▶ 分解了時鐘，結果沒辦法裝回去。

1429 ぶんせき

【分析】

(名・他サ) (化) 分解，化驗；分析，解剖

反 総合

データを分析したら、失業が増えるおそれがあることがわかった。
▶ 分析過資料後，發現失業率有可能會上升。

1430 へいこう

【平行】

(名・自サ) (數) 平行；並行

類 並列

この道は、大通りに平行に走っている。
▶ 這條路和主幹道是平行的。

1431 へだてる

【隔てる】

(他下一) 隔開，分開；(時間) 相隔；遮擋；離間；不同，有
差別 類 挟む

道を隔てて向こう側は隣の国です。
▶ 以這條道路為分界，另一邊是鄰國。

1432 ペラペラ

(副・自サ) 說話流利貌 (特指外語)；單薄不結實貌；連續翻紙
頁貌

英語がペラペラな上に、中国語もできる。
▶ 他不但英文頂呱呱，還會說中文。

1433 へる

【経る】

(自下一) (時間、空間、事物) 經過、通過

苦しい修業時代を経てきただけあって、ちょっとやそっとではへこたれない。
▶ 畢竟他熬過了艱苦研習的歲月，區區一點小挫折不至於使他氣餒。

1434 へんしゅう

【編集】

(名・他サ) 編集；(電腦) 編輯

類 まとめる

今ちょうど、新しい本を編集している最中です。
▶ 現在正好在編輯新書。

1435
ぼう
【棒】

(名・漢造) 棒，棍子；（音樂）指揮；（畫的）直線，粗線
(類) 桿（かん）

疲れて、足が棒のようになりました。
▶ 太過疲累，兩腳都僵硬掉了。

1436
ぼうえき
【貿易】

(名) 貿易
(類) 通商

貿易の仕事は、おもしろいはずだ。
▶ 貿易工作應該很有趣的！

1437
ほうしん
【方針】

(類) 方針

泥棒は、あっちの方向に走っていきました。
▶ 小偷往那個方向跑去。

1438
ほうせき
【宝石】

(名) 寶石
(類) ジュエリー

きれいな宝石なので、買わずにはいられなかった。
▶ 因為是美麗的寶石，所以不由自主地就買了下去。

1439
ほうそう
【放送】

(名・他サ) 廣播；（用擴音器）傳播，散佈（小道消息、流言蜚語等）

放送の最中ですから、静かにしてください。
▶ 現在是廣播中，請安靜。

1440
ぼうだい
【膨大】

(名・形動) 龐大的，臃腫的，膨脹
(類) 膨らむ

こんなに膨大な本は、読みきれない。
▶ 這麼龐大的書看也看不完。

1441
ぼうはん
【防犯】

(名) 防止犯罪

防犯のため、パトロールを強化した。
▶ 為了防止犯罪，加強了巡邏隊。

1442 ほうりつ 【法律】	ⓝ 法律 ⓣ 法令 法律は、厳守しなくてはいけません。 ▶ 一定要遵守法律。
1443 ぼしゅう 【募集】	ⓝ・他サ 募集，征募 ⓣ 募る（つのる） 工場において、工員を募集しています。 ▶ 工廠在招募員工。
1444 ほしょう 【保証】	ⓝ・他サ 保証，擔保 ⓣ 請け合う（うけあう） 保証期間が切れないうちに、修理しましょう。 ▶ 在保固期間還沒到期前，快拿去修理吧！
1445 ほぼ	ⓐ 大約，大致，大概 私と彼女は、ほぼ同じ頃に生まれました。 ▶ 我和她幾乎是在同時出生的。
1446 ほる 【掘る】	他五 掘，挖，刨；挖出，掘出 ⓣ 掘り出す（ほりだす） 土を掘ったら、昔の遺跡が出てきた。 ▶ 挖土的時候，出現了古代的遺跡。
1447 ぼんやり	ⓝ・副・自サ 模糊，不清楚；迷糊，傻楞楞；心不在焉；笨蛋，呆子 ⓡ はっきり ⓣ うつらうつら ぼんやりしていたにせよ、ミスが多すぎますよ。 ▶ 就算你當時是在發呆，也錯得太離譜了吧！
1448 まかなう 【賄う】	他五 供給飯食；供給，供應；維持 ⓣ 処理 1,000円で月末までの食事をまかなわなければならない。 ▶ 到月底伙食費只能靠1000日圓來維持。

1449 まごまご	(名・自サ) 不知如何是好，惶張失措，手忙腳亂；閒蕩，遊蕩，懶散 (類) 間誤つく（まごつく）
	渋谷に行くたびに、道がわからなくてまごまごしてしまう。 ▶ 每次去澀谷，都會迷路而不知如何是好。

1450 ます 【増す】	(自五・他五) （數量）增加，增長，增多；（程度）增進，增高；勝過，變的更甚 (反) 減る (類) 増える
	あの歌手の人気は、勢いを増している。 ▶ 那位歌手的支持度節節上升。

1451 まずしい 【貧しい】	(形) （生活）貧窮的，窮困的；（經驗、才能的）貧乏，淺薄 (反) 富んだ (類) 貧乏
	貧しい人々を助けようじゃないか。 ▶ 我們一起來救助貧困人家吧！

1452 まねく 【招く】	(他五) （搖手、點頭）招呼；招待，宴請；招聘，聘請；招惹，招致 (類) 迎える
	大使館のパーティーに招かれた。 ▶ 我受邀到大使館的派對。

1453 まもなく 【間も無く】	(副) 馬上，一會兒，不久
	まもなく映画が始まります。 ▶ 電影馬上就要開始了。

1454 まれ 【稀】	(形動) 稀少，稀奇，希罕
	まれに、副作用が起こることがあります。 ▶ 鮮有引發副作用的案例。

1455 まん（が）いち 【万（が）一】	(名・副) 萬一 (類) 若し（もし）
	万一のときのために、貯金をしている。 ▶ 為了以防萬一，我都有在存錢。

1456 み 【未】	漢造 末，沒；（地支的第八位）末
	婚活パーティーですから、未婚の方に限って参加できます。 ▶ 這是相親聯誼派對，所以僅限單身人士才能參加。

1457 みおくる 【見送る】	他五 目送；送別；（把人）送到（某的地方）；觀望，擱置，暫緩考慮；送葬 類 送別
	門の前で客を見送った。 ▶ 在門前送客。

1458 みかた 【味方】	名・自サ 我方，自己的這一方；夥伴
	味方に引き込む。 ▶ 拉入自己一夥。

1459 みだし 【見出し】	名 （報紙等的）標題；目錄，索引；選拔，拔擢；（字典的）詞目，條目 類 タイトル
	この記事の見出しは何にしようか。 ▶ 這篇報導的標題命名為什麼好？

1460 みっともない 【見っとも無い】	形 難看的，不像樣的，不體面的，不成體統；醜 類 見苦しい（みぐるしい）
	泥だらけでみっともないから、着替えたらどうですか。 ▶ 滿身泥巴真不像樣，你換個衣服如何啊？

1461 みとめる 【認める】	他下一 看出，看到；認識，賞識，器重；承認；斷定，認為；許可，同意 類 承認する
	これだけ証拠があっては、罪を認めざるをえません。 ▶ 有這麼多的證據，不認罪也不行。

1462 みほん 【見本】	名 樣品，貨樣；榜樣，典型 類 サンプル
	商品の見本を持ってきました。 ▶ 我帶來了商品的樣品。

1463
む
【無】

(名・接頭・漢造) 無，沒有；徒勞，白費；無…，不…；欠缺

(反) 有

無から会社を興した。
▶ 從零做起事業。

1464
むし
【無視】

(名・他サ) 忽視，無視，不顧

(類) 見過ごす（みすごす）

彼が私を無視するわけがない。
▶ 他不可能會不理我的。

1465
むれ
【群れ】

(名) 群，伙，幫；伙伴

(類) 群がり

象の群れを見つけた。
▶ 我看見了象群。

1466
めいかく
【明確】

(名・形動) 明確，準確

(類) 確か

明確な予定は、まだ発表しがたい。
▶ 還沒辦法公佈明確的行程。

1467
めざす
【目指す】

(他五) 指向，以…為努力目標，瞄準

(類) 狙う

もしも試験に落ちたら、弁護士を目指すどころではなくなる。
▶ 要是落榜了，就不是在那裡妄想當律師的時候了。

1468
めっきり

(副) 變化明顯，顯著的，突然，劇烈

(類) 著しい（いちじるしい）

最近めっきり体力がなくなりました。
▶ 最近體力明顯地降下。

1469
もくひょう
【目標】

(名) 目標，指標

(類) 目当て（めあて）

目標ができたからには、計画を立ててがんばるつもりです。
▶ 既然有了目標，就打算立下計畫好好加油。

1470 もぐる 【潜る】	(自五) 潜入（水中）；鑽進，藏入，躲入；潛伏活動，違法從事活動　(類) 潜伏する（せんぷくする） 海に潜ることにかけては、彼はなかなかすごいですよ。 ▶ 在潛海這方面，他相當厲害唷！
1471 もとめる 【求める】	(他下一) 想要，渴望，需要；謀求，探求；征求，要求；購買　(類) 要求する 私たちは株主として、経営者に誠実な答えを求めます。 ▶ 作為股東的我們，要求經營者要給真誠的答覆。
1472 もよう 【模様】	(名) 花紋，圖案；情形，狀況；徵兆，趨勢　(類) 綾（あや） 模様のあるのやら、ないのやら、いろいろな服があります。 ▶ 有花樣的啦、沒花樣的啦，這裡有各式各樣的衣服。
1473 やかましい 【喧しい】	(形) （聲音）吵鬧的，喧擾的；囉唆的，嘮叨的；難以取悅；嚴格的，嚴厲的　(類) うるさい 隣のテレビがやかましかったものだから、抗議に行った。 ▶ 因為隔壁的電視聲太吵了，所以跑去抗議。
1474 やくめ 【役目】	(名) 責任，任務，使命，職務　(類) 役割 責任感の強い彼のことだから、役目をしっかり果たすだろう。 ▶ 因為是責任感很強的他，所以一定能完成使命的！
1475 やとう 【雇う】	(他五) 雇用　(類) 雇用する 大きなプロジェクトに先立ち、アルバイトをたくさん雇いました。 ▶ 進行盛大的企劃前，事先雇用了很多打工的人。
1476 やぶれる 【敗れる】	(自下一) 失敗，敗北 惜しくも敗れたにせよ、ファンからは温かい拍手が送られた。 ▶ 即使很可惜地打輸了，球迷們依然報以溫暖的掌聲。

1477
ゆうしょう

【優勝】

(名・自サ) 優勝，取得冠軍

類 勝利

しっかり練習しないかぎり、優勝はできません。
▶ 要是沒紮實地做練習，就沒辦法得冠軍。

1478
ゆうりょう

【有料】

名 收費

反 無料

ここの駐車場は、どうも有料っぽいね。
▶ 這裡的停車場，好像是要收費的耶！

1479
ゆくえ

【行方】

名 去向，目的地；下落，行蹤；前途，將來

類 行く先

犯人のみならず、犯人の家族の行方もわからない。
▶ 不單只是犯人，就連犯人的家人也去向不明。

1480
ゆだん

【油断】

(名・自サ) 缺乏警惕，疏忽大意

類 不覚

仕事がうまくいっているときは、誰でも油断しがちです。
▶ 當工作進行順利時，任誰都容易大意。

1481
ようがん

【溶岩】

名 (地) 溶岩

火山が噴火して、溶岩が流れてきた。
▶ 火山爆發，有熔岩流出。

1482
ようきゅう

【要求】

(名・他サ) 要求，需求

類 請求

社員の要求を受け入れざるをえない。
▶ 不得不接受員工的要求。

1483
ようせき

【容積】

名 容積，容量，體積

類 容量

このバケツの容積は 10 リットルあります。
▶ 這個鐵桶有 10 公升的容量。

1484 ようそ	㊂ 要素，因素；（理、化）要素，因子 ㊣ 成分
【要素】	_{かいしゃ}_{つく} 会社を作るには、いくつかの_{ようそ}要素が_{ひつよう}必要だ。 ▶ 要創立公司，有幾個必要要素。

1485 ようと	㊂ 用途，用處 ㊣ 使い道
【用途】	_{せいひん} この製品は、_{ようと}用途が_{ひろ}広いばかりでなく、_{ねだん}値段も_{やす}安いです。 ▶ 這個產品，不僅用途廣闊，價錢也很便宜。

1486 ようやく	㊐ 好不容易，勉勉強強，終於；漸漸 ㊣ やっと
【漸く】	あちこちの_{みせ}店を_{さが}探したあげく、ようやくほしいものを_み見つけた。 ▶ 四處找了很多店家，最後終於找到要的東西。

1487 りえき	㊂ 利益，好處；利潤，盈利 ㊆ 損失　㊣ 利潤（りじゅん）
【利益】	たとえ_{りえき}利益が_あ上がらなくても、_{わたし}私は_{しごと}仕事をやめません。 ▶ 就算紅利不增，我也不會辭掉工作。

1488 りょうきん	㊂ 費用，使用費，手續費 ㊣ 料
【料金】	_{りょうきん}料金を_{はら}払ってからでないと、_{かいじょう}会場に_{はい}入ることができない。 ▶ 如尚未付款，就不能進會場。

1489 れいとう	（名・他サ）冷凍 ㊣ 凍る（こおる）
【冷凍】	うちで_た食べてみたかぎりでは、_{れいとうしょくひん}冷凍食品は_{わり}割においしいです。 ▶ 就在我們家試吃的結果來看，冷凍食品其實挺好吃的。

1490 レジャー	㊂ 空閒，閒暇，休閒時間；休閒時間的娛樂 ㊣ 余暇（よか）
【leisure】	レジャーに_で出かける_{ひと}人で、_{うみ}海も_{やま}山もたいへんな_{ひとで}人出です。 ▶ 無論海邊或是山上，都湧入了非常多的出遊人潮。

1491 れんごう	名・他サ・自サ 聯合，團結；（心）聯想
	類 協同（きょうどう）
【連合】	いくつかの会社で連合して対策を練った。
	▶ 幾家公司聯合起來一起想了對策。

1492 れんぞく	名・他サ・自サ 連續，接連
	類 引き続く（ひきつづく）
【連続】	わが社は創立以来、3年連続黒字である。
	▶ 打從本公司創社以來，就連續了三年的盈餘。

1493 ろうどう	名・自サ 勞動，體力勞動，工作；（經）勞動力
	類 労務（ろうむ）
【労働】	労働したせいか、体が痛い。
	▶ 不知道是不是工作勞動的關係，身體很酸痛。

1494 わ	名 圈，環，箍；環節；車輪
	類 円形（えんけい）
【輪】	輪になってお酒を飲んだ。
	▶ 大家圍成一圈喝起了酒來。

1495 わかわかしい	形 年輕有朝氣的，年輕輕的，富有朝氣的
	類 若い
【若々しい】	華子さんは、あんなに若々しかったっけ。
	▶ 華子小姐有那麼年輕嗎？

1496 わく	自五 湧出；產生（某種感情）；大量湧現
【湧く】	服がぬれるのもかまわず、わいている清水を飲んだ。
	▶ 不顧身上的衣服還是濕的，連忙喝下煮滾的泉水。

1497 わざと	副 故意，有意，存心；特意地，有意識地
	類 故意に
	彼女は、わざと意地悪をしているにきまっている。
	▶ 她一定是故意刁難人的。

1498 **わずか** 【僅か】	副・形動（数量、程度、價值、時間等）很少，僅僅；一點也（後加否定） 類 微か（かすか） 貯金_{ちょきん}があるといっても、わずか 20 万円_{まんえん}にすぎない。 ▶ 雖說有存款，但也只不過是僅僅的 20 萬日幣而已。
1499 **わりびき** 【割引】	名・他サ（價錢）打折扣，減價；（對說話內容）打折；票據兌現 反 割増し 類 値引き 割引_{わりびき}をするのは、３日_{みっか}きりです。 ▶ 折扣只有三天而已。
1500 **われわれ** 【我々】	代（人稱代名詞）我們；（謙卑說法的）我；每個人 類 われら われわれは、コンピューターに関_{かん}してはあまり詳_{くわ}しくない。 ▶ 我們對電腦不大了解。

MEMO

1501 あいそう・あいそ	㊂（接待客人的態度、表情等）親切；接待，款待；（在飲食店）算帳，客人付的錢　㊞愛嬌
【愛想】	うちの女将はいつも愛想よく客を迎えた。 ▶ 我們家的老闆娘在顧客上門時，總是笑臉迎人。
1502 あいつぐ	㊣（文）接二連三，連續不斷 ㊟絶える　㊞続く
【相次ぐ・相継ぐ】	今年は相次ぐ災難に見舞われた。 ▶ 今年遭逢接二連三的天災人禍。
1503 アクセル	㊂（汽車的）加速器
【accelerator 之略】	下り坂でもアクセルを踏み続けた。 ▶ 即使在下坡時也沒有放開油門。
1504 あくどい	㊩（顔色）太濃艷；（味道）太膩；（行為）太過份讓人討厭，惡毒　㊞しつこい
	あの会社はあくどい商法を行っているようだ。 ▶ 那家公司似乎以惡質推銷手法營業。
1505 あざやか	㊧顔色或形象鮮明美麗，鮮豔；技術或動作精彩的樣子，出色　㊞明らか
【鮮やか】	あの子の美しい姿はみんなに鮮やかな印象を与えた。 ▶ 那個女孩的美麗身影，讓大家留下了鮮明的印象。
1506 あしからず	㊄㊘㊙不要見怪；原諒 ㊞宜しく
【悪しからず】	少々お時間をいただきますが、どうぞあしからずご了承ください。 ▶ 會耽誤您一些時間，關於此點敬請見諒。
1507 あつくるしい	㊩悶熱的
【暑苦しい】	なんて暑苦しい部屋だ。言ってるそばから汗がだらだら流れるよ。 ▶ 這房間怎麼那麼悶熱啊！話都還沒說完，已經流得滿身大汗了耶！

1508 あべこべ	(名・形動)（順序、位置、關係等）顛倒，相反
	(類) 逆さ、反対
	うちの子は靴を左右あべこべにはいていた。
	▶ 我家的小孩把兩隻鞋子左右穿反了。

1509 あやぶむ 【危ぶむ】	(他五) 操心，擔心；認為靠不住，有風險
	(對) 安心 (類) 心配
	オリンピックの開催を危ぶむ声があったのも事実です。
	▶ 有人認為舉辦奧林匹克是有風險的，這也是事實。

1510 あやまち 【過ち】	(名) 錯誤，失敗；過錯，過失
	(類) 失敗
	彼はまた大きな過ちを犯した。
	▶ 他再度犯下了極大的失誤。

1511 あらかじめ 【予め】	(副) 預先，先
	(類) 前もって
	あらかじめアポを取った方がいい。
	▶ 最好事先約定會面時間比較妥當。

1512 あんじる 【案じる】	(他上一) 掛念，擔心；（文）思索
	(對) 安心 (類) 心配
	娘はいつも父の健康を案じている。
	▶ 女兒心中總是掛念著父親的身體健康。

1513 あんせい 【安静】	(名) 安靜；靜養
	医者から「安静にしてください」と言われました。
	▶ 被醫師叮囑了「請好好靜養」。

1514 あんぴ 【安否】	(名) 平安與否；起居
	旅行先で地震に遭った家族の安否を気遣う。
	▶ 很擔心在旅途中遇上地震的家人是否平安無事。

1515
いいかげん
〔連語・形動・副〕適當；不認真；敷衍，馬虎；牽強，靠不住；相當，十分

【いい加減】
物事をいい加減にするなというのが父親の口癖だった。
▶ 老爸的口頭禪是：「不准做事馬馬虎虎！」

1516
いかにも
〔副〕的的確確，完全；實在；果然，的確

いかにもありそうな話だから、うそとは言えない。
▶ 整段描述聽起來頗為言之有理，所以沒有理由指稱那是謊言。

1517
いかれる
〔自下一〕（俗）破舊，（機能）衰退口語非正式語

このポンコツときたら、とうとうエンジンがいかれちゃったよ。
▶ 說起這部破車子，引擎終於鬧脾氣罷工了。

1518
いきぐるしい
〔形〕呼吸困難；苦悶，令人窒息

【息苦しい】
堅苦しい集まりで、息苦しく感じる。
▶ 在正經八百的聚會中感覺喘不過氣來。

1519
いきちがい・
ゆきちがい
〔名〕走岔開；（聯繫）弄錯，感情失和，不睦
〔類〕擦れ違い

【行き違い】
妹を迎えに行ったけれども、行き違いになった。
▶ 原本是去接妹妹回來，結果兩人不巧錯過了。

1520
いこう
〔名・自サ〕轉變，移位，過渡
〔類〕移る

【移行】
「知恵蔵」は、休刊すると共に電子版に移行した。
▶ 《智慧庫房》在停止發行實體刊物的同時，改為發行電子版了。

1521
いこう
〔名〕打算，意圖，意向

【意向】
先方の意向によって、計画は修正を余儀なくされた。
▶ 根據對方的意願，而不得不修正了計畫。

1522 **いざ**	感 （文）喂，來吧，好啦（表示催促、勸誘他人）；一旦（表示自己決心做某件事） 類 さあ
	いざとなれば私は仕事をやめてもかまわない。 ▶ 逼不得已時，就算辭職我也無所謂。
1523 **いさぎよい** 【潔い】	形 勇敢，果斷，乾脆，毫不留戀，痛痛快快
	潔く罪を認めれば、情状酌量が認められるかもしれないぞ。 ▶ 若是能夠坦白認罪，說不定還可以得到從輕量刑喔！
1524 **いし** 【意思】	名 意思，想法，打算 類 根性
	結婚については、本人の意思にまかせるつもりです。 ▶ 關於結婚的安排，我打算一切交由當事人的想法做決定。
1525 **いじ** 【意地】	名 （不好的）心術，用心；固執，倔強，意氣用事；志氣，逞強心
	おとなしいあの子でも意地を張ることもある。 ▶ 就連那個乖巧的孩子，有時也會堅持己見。
1526 **いそん・いぞん** 【依存】	名・自サ 依存，依靠，賴以生存
	この国の経済は農作物の輸出に依存している。 ▶ 這個國家的經濟倚賴農作物的出口。
1527 **いちがいに** 【一概に】	副 一概，一律，沒有例外地（常和否定詞相應） 類 一般に
	この学校の学生の生活態度が悪いとは、一概には言えない。 ▶ 不可一概而論地說：「這所學校的學生平常態度惡劣。」
1528 **いっかつ** 【一括】	名・他サ 總括起來，全部 類 取りまとめる
	お支払い方法については、一括または分割払い、リボ払いがご利用いただけます。 ▶ 支付方式包含：一次付清、分期付款、以及定額付款等三種。

1529
いっきに
【一気に】

副 一口氣地
類 一度に

さて今回は、リスニング力を一気に高める勉強法をご紹介しましょう。
▶ 這次就讓我們來介紹能在短時間內快速增進聽力的學習方法吧！

1530
いっきょに
【一挙に】

副 一下子；一次
類 一躍

有名なシェフたちが、門外不出のノウハウをテレビで一挙に公開します。
▶ 著名的主廚們在電視節目中一口氣完全公開各自秘藏的訣竅。

1531
いっこく
【一刻】

名·形動 一刻；片刻；頑固；愛生氣

一刻も早く会いたい。
▶ 迫不及待想早點相見。

1532
いつざい
【逸材】

名 卓越的才能；卓越的人才

どんな逸材であれ、こうスキャンダルまみれではファンも見放すだろう。
▶ 即便是難得一見的奇才，鬧出這麼多醜聞，想必連歌迷也不會喜歡他了吧！

1533
いっしん
【一新】

名·自他サ 刷新，革新

模様替えをして、気分を一新する。
▶ 改變屋裡的擺設，讓心情變得煥然一新。

1534
いっしんに
【一心に】

副 專心，一心一意
類 一途

子供の病気が治るように、一心に神に祈ります。
▶ 一心一意向老天爺祈求讓孩子的病能夠早日痊癒。

1535
いりょく
【威力】

名 威力，威勢
類 勢い

その核兵器は、広島や長崎で使われた原爆の数百倍の威力を持っているという。
▶ 那種核子武器具有的威力，據說比在廣島和長崎投下的原子彈還要強大數百倍。

1536 いろん	㊂ 異議，不同意見
	㊣ 異議
【異論】	この説に異論を唱えたのがある新進の天文学者でした。
	▶ 對這種學說提出異議的是某一位新銳天文學家。

1537 いんかん	㊂ 印，圖章；印鑑
	㊣ はんこ
【印鑑】	銀行口座を開くには印鑑が必要です。
	▶ 銀行開戶需要印章。

1538 いんき	㊂・形動 鬱悶，不開心；陰暗，陰森；陰鬱之氣
	㊦ 陽気 ㊣ 暗い
【陰気】	陰気な顔をしていると、変なものが寄ってくるよ。
	▶ 如果老是愁眉苦臉的話，會惹上背運的晦氣喔！

1539 うちあげる	他下一（往高處）打上去，發射
【打ち上げる】	夏祭りでは、1万発の花火が打ち上げられる予定だ。
	▶ 在夏日祭典中，預計將會施放一萬發煙火。

1540 うちけし	㊂ 消除，否認，否定；（語法）否定
	㊣ 否定
【打ち消し】	政府はスキャンダルの打ち消しに躍起になっている。
	▶ 政府為了否認醜聞，而變得很急躁。

1541 うっとうしい	㊕ 天氣，心情等陰鬱不明朗；煩厭的，不痛快的
【鬱陶しい】	梅雨で、毎日うっとうしい天気が続いた。
	▶ 梅雨綿綿，連日來的天氣教人鬱悶煩躁。

1542 うつびょう	㊂ 憂鬱症
【鬱病】	鬱病を治す。
	▶ 治療憂鬱症。

1543
うつろ

名・形動 空，空心，空洞；空虛，發呆
類 からっぽ

飲み過ぎたのか、彼女はうつろな目をしている。
▶ 可能是因為飲酒過度，她兩眼發呆。

1544
うつわ

【器】

名 容器，器具；才能，人才；器量
類 入れ物

太郎は君より器が大きい。
▶ 太郎的器量比你的大得多。

1545
うながす

【促す】

他五 促使，促進
類 勧める

父に促されて私は部屋を出た。
▶ 在家父催促下，我走出了房間。

1546
うめたてる

【埋め立てる】

他下一 填拓（海，河），填海（河）造地

夢の島は、もともとごみの埋め立て地です。
▶ 夢之島原本是一片垃圾掩埋場。

1547
うるおう

【潤う】

自五 潤濕；手頭寬裕；受惠，沾光
類 濡れる

久々の雨に草木も潤った。
▶ 久違的雨讓樹木花草欣逢甘霖。

1548
うんざり

名・自サ 厭膩，厭煩，（興趣）索性
類 飽きる

彼のひとりよがりの考えにはうんざりする。
▶ 實在受夠了他那種自以為是的想法。

1549
えぐる

他五 挖；深挖，追究；（喻）挖苦，刺痛；絞割

どんな罵声よりも、母の静かな一言が私の心をえぐった。
▶ 比起嚴厲的斥罵，母親平靜的一句話更是深深地刺進了我的心口。

1550 エコ	名·形動 環保
【ecology之略】	これがあれば、楽しくエコな生活ができますよ。 ▶ 只要有這個，就能過著愉快而環保的生活唷！

1551 えもの	名 獵物；掠奪物，戦利品 類 戦利品
【獲物】	ライオンは獲物を追いかけるとき、驚くべきスピードを出します。 ▶ 獅子在追捕獵物時，會使出驚人的速度。

1552 えんかつ	名·形動 圓滑；順利 類 円満
【円滑】	最近仕事は円滑に進んでいる。 ▶ 最近工作進展順利。

1553 えんじる	他上一 扮演，演；做出 類 出演
【演じる】	彼はハムレットを演じた。 ▶ 他扮演了哈姆雷特。

1554 おいこむ	他五 趕進；逼到，迫陷入；緊要，最後關頭加把勁；緊排，縮排（文字）；讓（病毒等）内攻 類 追い詰める
【追い込む】	牛を囲いに追い込んだ。 ▶ 將牛隻趕進柵欄裡。

1555 おおはば	名·形動 寬幅（的布）；大幅度，廣泛 對 小幅 類 かなり
【大幅】	料金の大幅な引き上げのため、国民は不安に陥った。 ▶ 由於費用大幅上漲，造成民眾惶惶不安。

1556 おおむね	名·副 大概，大致，大部分
【概ね】	おおむねのところは分かった。 ▶ 我已經明白大致的狀況了。

1557 **おしむ**	他五 吝惜，捨不得；惋惜，可惜
【惜しむ】	彼との別れを惜しんで、たくさんの人が集まった。 ▶ 由於捨不得跟他離別，聚集了許多人（來跟他送行）。

1558 **おせっかい**	名·形動 愛管閒事，多事
	おせっかいを焼くのもほどほどにしたら。 ▶ 我看你還是少管閒事吧？

1559 **おそう**	他五 襲擊，侵襲；繼承，沿襲；衝到，闖到
【襲う】	恐ろしい伝染病が町を襲った。 ▶ 可怕的傳染病侵襲了全村。

1560 **おびる**	他上一 帶，佩帶；承擔，負擔；帶有，帶著
【帯びる】	夢のような計画だったが、ついに現実味を帯びてきた。 ▶ 如夢般的計畫，終於有實現之可能了。

1561 **おもいきる**	他五 斷念，死心
【思い切る】	いい加減思い切ればいいものを、いつまでもうじうじして。 ▶ 早該死心的事，卻一直猶疑不決。

1562 **おもてむき**	名·副 表面（上），外表（上）
【表向き】	表向きは知らんぷりをしているが、陰では気をもんでいる。 ▶ 表面上佯裝不知，背地裡卻牽腸掛肚的。

1563 **およぶ**	自五 到，到達；趕上，及
【及ぶ】	家の建て替え費用は1億円にも及んだ。 ▶ 重建自宅的費用高達一億日圓。

1564
おんわ
（名・形動）（氣候等）溫和，溫暖；（性情、意見等）柔和，溫和
類 暖かい

【温和】
気候の温和な瀬戸内といえども、冬はそれなりに寒い。
▶ 即便是在氣候溫和的瀬戸內海一帶，到了冬天還是相當寒冷。

1565
がいかん
（名）外觀，外表，外型
類 見かけ

【外観】
あの建物は、外観は飛び抜けて美しいが、設備は今一つだ。
▶ 雖然那棟建築物的外觀極具特色且美輪美奐，內部設施卻尚待加強。

1566
かいご
（名・他サ）照顧病人或老人
類 看護

【介護】
彼女はただ両親の介護のためのみに地元に帰った。
▶ 她獨為了照顧病弱的雙親而回到了老家。

1567
かいこむ
（他五）（大量）買進，購買

【買い込む】
お正月を前に、食糧を買い込む。
▶ 為了即將到來的新年買了好多食物。

1568
かいしゅう
（名・他サ）修理，修復；修訂

【改修】
私の家は築 35 年を超えているので改修が必要です。
▶ 我家的屋齡已經超過三十五年，因此必須改建。

1569
かいたく
（名・他サ）開墾，開荒；開闢
類 開墾（かいこん）

【開拓】
顧客の新規開拓なくして、業績は上げられない。
▶ 不開發新客戶，就無法提升業績。

1570
かいてい
（名・他サ）重新規定
類 改める

【改定】
従来にもまして、法律の改定が求められています。
▶ 修訂法律的迫切性較以往為高。

1571
がいとう
（名）街頭，大街上
（類）街

【街頭】
街頭での演説を皮切りにして、人気が一気に高まった。
▶ 自從在街頭演說之後，支持度就迅速攀升。

1572
かかえこむ
（他五）雙手抱；負擔，承擔（難題等）

【抱え込む】
悩みがあるなら一人で抱え込まないで。
▶ 假如有什麼煩惱，不要一個人悶著不說。

1573
かくさん
（名・自サ）擴散；（理）漫射

【拡散】
細菌が周囲に拡散しないように、消毒しなければならない。
▶ 一定要消毒傷口，否則細菌將蔓延至周圍組織。

1574
かくしん
（名・他サ）確信，堅信，有把握
（對）疑う　（類）信じる

【確信】
彼女は無実だと確信しています。
▶ 我們確信她是無辜的。

1575
かくとく
（名・他サ）獲得，取得，爭得
（類）入手

【獲得】
ただ伊藤さんのみ5ポイント獲得し、予選を突破した。
▶ 只有伊藤先生拿到5分，初選闖關成功了。

1576
かくほ
（名・他サ）牢牢保住，確保
（類）保つ

【確保】
生活していくに足る収入源を確保しなければならない。
▶ 必須確保維持生活機能的收入來源。

1577
かくりつ
（名・自他サ）確立，確定

【確立】
子供のうちに正しい生活習慣を確立したほうがいい。
▶ 從小就應該養成良好的生活習慣。

1578
かこう

【加工】

名·他サ 加工

この色は天然ではなく加工されたものです。
▶ 這種顏色是經由加工而成的，並非原有的色彩。

1579
かじょうがき

【箇条書き】

名 逐條地寫，引舉，列舉

何か要求があれば、箇条書きにして提出してください。
▶ 如有任何需求，請分項詳列後提交。

1580
かする

他五 掠過，擦過；揩油，剝削；（書法中）寫出飛白；（容器中東西過少）見底

ちょっとかすっただけなので、たいした怪我ではない。
▶ 只不過稍微擦傷罷了，不是什麼嚴重的傷勢。

1581
かそ

【過疎】

名 （人口）過稀，過少
對 過密　類 疎ら（まばら）

少子化の影響を受け、過疎化の進む地域では小学校の閉鎖を余儀なくさせられた。
▶ 受到少子化影響，人口劇減的地區不得不關閉小學了。

1582
かたむける

【傾ける】

他下一 使～傾斜，使～歪偏；飲（酒）等；傾注；傾，敗（家），使（國家）滅亡　類 傾げる（かしげる）

有権者あっての政治家ですから、有権者の声に耳を傾けるべきだ。
▶ 有投票者才能產生政治家，所以應當聆聽投票人的心聲才是。

1583
かっきてき

【画期的】

形動 劃時代的，創新的

彼のアイディアは非常に画期的だ。
▶ 他的點子非常創新！

1584
がっち

【合致】

名·自サ 一致，符合，吻合
類 一致

顧客のニーズに合致したサービスでなければ意味がない。
▶ 如果不是符合顧客需求的服務，就沒有任何意義。

1585
かつて

圖 曾經，以前；（後接否定語）至今（未曾），從來（沒有）

麵 昔

彼に反抗した者はいまだかつて誰一人としていない。
▶ 從來沒有任何一個人反抗過他。

1586
かみつ

名・形動 過密，過於集中

對 過疎（かそ）

【過密】

人口の過密が問題の地域もあれば、過疎化が問題の地域もある。
▶ 某些區域的問題是人口過於稠密，但某些區域的問題卻是人口過於稀少。

1587
かみて

名・形動 （從觀衆席來看）舞台的右側；上方；上游

【上手】

主役が上手から登場すると、盛大な拍手が沸き起こった。
▶ 主角一從舞台的右邊出場，立刻響起了如雷的掌聲。

1588
かんがい

名 感慨

【感慨】

これまでのことを思い返すと、感慨に堪えない。
▶ 回想起一路走來的點點滴滴，不由得感慨萬千。

1589
がんこ

名・形動 頑固，固執；久治不癒的病，痼疾

麵 強情

【頑固】

頑固なのも個性のうちだが、やはり度を越えたのはよくない。
▶ 雖然頑固也屬於人格特質之一，若是到了冥頑不靈的程度也不好。

1590
かんし

名・他サ 監視；監視人

麵 見張る

【監視】

どれほど監視しようが、どこかに抜け道はある。
▶ 無論怎麼監視，總還會疏漏的地方。

1591
かんしょう

名・自サ 干預，參與，干涉；（理）（音波，光波的）干擾

麵 口出し

【干渉】

ことここに至って、度重なる内政干渉に反発の声が高まっている。
▶ 事態演變到這個地步，過度干涉內政引發愈來愈強烈的批判聲浪。

1592 がんじょう 【頑丈】	形動 （構造）堅固；（身體）健壯 類 丈夫
	このパソコンは衝撃や水濡れに強い頑丈さが売りです。 ▶ 這台個人電腦的賣點是耐撞力高與防水性強。
1593 かんじん 【肝心・肝腎】	名・形動 肝臟與心臟；首要，重要，要緊；感激 類 大切
	どういうわけか肝心な時に限って風邪をひきがちです。 ▶ 不知道什麼緣故，每逢緊要關頭必定會感冒。
1594 かんぺき 【完璧】	名・形動 完善無缺，完美 類 パーフェクト
	書類はミスなく完璧に仕上げてください。 ▶ 請將文件製作得盡善盡美，不得有任何錯漏。
1595 かんよう 【寛容】	名・形動・他サ 容許，寬容，容忍 類 寛大
	たとえ聖職者であれ、寛容ではいられないこともある。 ▶ 即便身為神職人員，有時還是會遇到無法寬容以待的情形。
1596 がんらい 【元来】	副 本來，原本 類 そもそも
	元来、文章とは読者に伝わるように書いてしかるべきだ。 ▶ 所謂的文章，原本就應當以能夠讓讀者了解的方式書寫。
1597 かんれい 【慣例】	名 慣例，老規矩，老習慣 類 習わし
	本件は会社の慣例に従って処理します。 ▶ 本案將遵循公司過去的慣例處理。
1598 かんわ 【緩和】	名・自他サ 緩和，放寬 對 締める 類 緩める
	規制を緩和しようと、緩和しまいと、大した違いはない。 ▶ 放不放寬制度，其實都沒有什麼差別。

1599 きあい	名 運氣，運氣時的聲音，吶喊；（聚精會神時的）氣勢；呼吸；情緒，性情
【気合い】	気合いを入れて、がんばろう。 ▶ 鼓足幹勁加油吧！

1600 きかく	名 規格，標準，規範 類 標準
【規格】	部品の規格いかんでは、海外から新機器を導入する必要がある。 ▶ 根據零件的規格，有必要從海外引進新的機器。

1601 きかく	名・他サ 規劃，計畫 類 企て
【企画】	あなたの協力なくしては、企画は完成できなかっただろう。 ▶ 沒有你的協助，應該無法完成企劃案吧！

1602 きけん	名・他サ 棄權
【棄権】	マラソンがスタートするや否や、棄権せざるを得なかった。 ▶ 馬拉松才剛起跑，立刻被迫棄權了。

1603 きさい	名・他サ 刊載，寫上，刊登 類 載せる
【記載】	賞味期限は包装右上に記載してあります。 ▶ 食用期限標註於外包裝的右上角。

1604 きさく	形動 坦率，直爽，隨和
【気さく】	容姿もさることながら、気さくな人柄で人気がある。 ▶ 不但姿容姣好，個性又隨和，很受大家的歡迎。

1605 ぎせい	名 犧牲；（為某事業付出的）代價
【犠牲】	時には犠牲を払ってでも手に入れたいものもある。 ▶ 某些事物讓人有時不惜犧牲亦勢在必得。

1606 きはん	⑧ 規範，模範
	⑨ 手本
【規範】	大学は研究者に対して行動規範を定めています。
	▶ 大學校方對於研究人員的行為舉止，訂有相關規範。

1607 きふく	⑧・自サ 起伏，凹凸；榮枯，盛衰，波瀾，起落
	⑪ 平ら ⑨ でこぼこ
【起伏】	感情の起伏は自分でどうしようもできないものでもない。
	▶ 感情起伏並非無法自我掌控。

1608 きやく	⑧ 規則，規章，章程
	⑨ 規則
【規約】	弊社サービスの利用規約を2014年1月1日をもって改訂いたします。
	▶ 敝社的服務使用條件從 2014 年 1 月 1 日起重新修訂。

1609 きゃくほん	⑧ （戲劇、電影、廣播等）劇本；腳本
	⑨ 台本
【脚本】	脚本あっての芝居ですから、役者は物語の意味をしっかりとらえるべきだ。
	▶ 戲劇建立在腳本之上，演員必須要確實掌握故事的本意才是。

1610 キャリア	⑧ 履歷，經歷；生涯，職業；（高級公務員考試及格的）公務員 ⑨ 経歴
【career】	これはひとりキャリアだけでなく、人生にかかわる問題です。
	▶ 這不僅是段歷程，更攸關往後的人生。

1611 きゅうえん	⑧・他サ 救援；救濟
	⑨ 救う
【救援】	被害の状況が明らかになるや否や、たくさんの救援隊が相次いで現場に駆けつけた。
	▶ 一得知災情，許多救援團隊就接續地趕到了現場。

1612 きゅうくつ	⑧・形動 （房屋等）窄小，狹窄，（衣服等）緊；感覺拘束，不自由；死板 ⑪ 広い ⑨ 狭い
【窮屈】	ちょっと窮屈ですが、しばらく我慢してください。
	▶ 或許有點狹窄擁擠，請稍微忍耐一下。

1613 きゅうでん 【宮殿】	㉑ 宮殿；祭神殿
	㉘ 皇居
	ベルサイユ宮殿は豪華な建築と広くて美しい庭園が有名だ。
	▶ 凡爾賽宮以其奢華繁複的建築與寬廣唯美的庭園著稱。

1614 きょうこう 【強行】	㉑·他サ 強行，硬幹
	㉘ 強引
	航空会社の社員が賃上げを求めてストライキを強行した。
	▶ 航空公司員工因要求加薪而強行罷工。

1615 きょうじゅ 【享受】	㉑·他サ 享受；享有
	経済発展の恩恵を享受できるのは一部の人々だ。
	▶ 僅有少數的人民得以享受到經濟發展的好處。

1616 きょうじる・ きょうずる 【興じる・ 興ずる】	㉘自上一 感覺有趣，愉快，以〜自娛，取樂
	㉘ 楽しむ
	趣味に興じるばかりで、全然家庭を顧みない。
	▶ 一直沉迷於自己的興趣，完全不顧家庭。

1617 きょうせい 【矯正】	㉑·他サ 矯正，糾正
	悪癖を矯正するのは、容易ではない。
	▶ 想要矯正壞習慣，並不容易。

1618 きょうそん・ きょうぞん 【共存】	㉑·自サ 共處，共存
	人間と動物が共存できるようにしなければならない。
	▶ 人類必須要能夠與動物共生共存。

1619 きょうり 【郷里】	㉑ 故郷，郷里
	㉘ 田舎（いなか）
	郷里の良さは、一度離れてみないと分からないものかもしれない。
	▶ 不曾離開過故鄉，或許就無法體會到故鄉的好。

1620 きょくたん	名・形動 極端；頂端 類 甚だしい
【極端】	あまりに極端な意見に、一同は顔を見合わせた。 ▶ 所有人在聽到那個極度偏激的意見時，無不面面相覷。

1621 きょよう	名・他サ 容許，允許，寬容 類 許す
【許容】	あなたの要求は我々の許容範囲を大きく超えている。 ▶ 你的要求已經遠超過我們的容許範圍了。

1622 きりかえ	名 轉換，切換；兌換；（農）開闢森林成田地（過幾年後再種樹） 類 転換
【切り替え】	気持ちの切り替えが上手な人は仕事の効率も良いといわれている。 ▶ 據說善於調適情緒的人，工作效率也很高。

1623 ぎわく	名 疑惑，疑心，疑慮 類 疑い
【疑惑】	疑惑を晴らすためとあれば、法廷で証言してもかまわない。 ▶ 假如是為釐清疑點，就算要到法庭作證也行。

1624 きわめて	副 極，非常 類 非常に
【極めて】	このような事態が起こり、極めて遺憾に思います。 ▶ 發生如此事件，令人至感遺憾。

1625 きんこう	名 郊區，近郊
【近郊】	近郊には散策にぴったりの下町がある。 ▶ 近郊有處還留存著懷舊風情的小鎮，非常適合踏訪漫步。

1626 きんこう	名・自サ 均衡，平衡，平均 類 バランス
【均衡】	両足への荷重を均衡に保って歩いたほうが、足への負担が軽減できる。 ▶ 行走時，將背負物品的重量平均分配於左右雙腳，可以減輕腿部的承重負荷。

1627
きんし

（名）近視，近視眼
（對）遠視　（類）近眼

【近視】

小さいころから近視で、眼鏡が手放せない。
▶ 因我從小就罹患近視，因此無時無刻都得戴著眼鏡。

1628
きんもつ

（名）嚴禁的事物；忌諱的事物

【禁物】

試験中、私語は禁物です。
▶ 考試中禁止交頭接耳。

1629
きんり

（名）利息；利率

【金利】

金利を引き下げて、景気にてこ入れする。
▶ 降低利率，以刺激景氣的復甦。

1630
きんろう

（名・自サ）勤勞，勞動（狹意指體力勞動）
（類）労働

【勤労】

11 月 23 日は勤労感謝の日で祝日です。
▶ 11 月 23 日是勤勞感謝日，當天為國定假日。

1631
ぐち

（名・形動）愚蠢，無知；（無用的，於事無補的）牢騷，抱怨
（對）満足　（類）不満

【愚痴】

愚痴ばかりこぼしていないで、まじめに勉強しなさい。
▶ 別老是抱怨東埋怨西的，去認真讀書！

1632
くつがえす

（他五）打翻，弄翻，翻轉；（將政權、國家）推翻，打倒；徹底改變，推翻（學說等）　（類）裏返す

【覆す】

一審の判決を覆し、二審では無罪となった。
▶ 二審改判無罪，推翻了一審的判決結果。

1633
ぐったり

（副）虛軟無力，虛脫

父は、帰ってくるなり玄関にぐったりと横たわった。
▶ 爸爸一回來，就在玄關癱倒下來了。

1634
くよくよ

(副) 鬧彆扭；放在心上，想不開，煩惱

小さいことにくよくよするな。たかが赤点くらい、追試を受ければいいじゃないか。
▶ 別為雞毛蒜皮的小事灰心喪氣！只不過是不及格，去參加補考不就好了嗎？

1635
くろうと
【玄人】

(名) 内行，專家
(對) 素人　(類) プロ

たとえ玄人であれ、失敗することもある。
▶ 就算是行家，也都會有失手的時候。

1636
くわずぎらい
【食わず嫌い】

(名) 沒嘗過就先說討厭，（有成見而）不喜歡；故意討厭

大正生まれのこととて、祖母はパソコンを食わず嫌いしている。
▶ 由於出生於大正年間，祖母對於電腦這種東西無端討厭。

1637
けいか
【経過】

(名・自サ) （時間的）經過，流逝，度過；過程，經過
(類) 過ぎる

あの会社が経営破綻して、1ヵ月が経過した。
▶ 那家公司自經營失敗以來，已經過一個月了。

1638
けいかい
【警戒】

(名・他サ) 警戒，預防，防範；警惕，小心
(類) 注意

通報を受け、一帯の警戒を強めているまでのことです。
▶ 在接獲報案之後，才加強了這附近的警力。

1639
けいかい
【軽快】

(名・形動・自サ) 輕快；輕鬆愉快；輕便；（病情）好轉
(類) 軽やか

彼は軽快な足取りで、グラウンドに駆け出して行った。
▶ 他踩著輕快的腳步奔向操場。

1640
けがす
【汚す】

(他五) 弄髒；拌和

ネットにあることないこと書かれて、名誉を汚された。
▶ 在網路上被人寫了有的沒的，汙衊了我的名譽。

1641
けがれる

【汚れる】

(自下一) 骯髒，污染

そんな汚れた金を、私が受け取ると思うのか。
▶ 難道你以為我會收下那種骯髒的錢嗎？

1642
けしさる

【消し去る】

(他五) 消滅，消除

こんな忌まわしい記憶は、消し去ってしまいたい。
▶ 這種可怕的回憶，真希望能夠全部抹去。

1643
けっかん

【血管】

(名) 血管
(類) 動脈

お風呂に入ると血管が拡張し、血液の流れが良くなる。
▶ 泡澡會使血管擴張，促進血液循環。

1644
けっこう

【決行】

(名・他サ) 斷然實行，決定實行
(類) 斷行

無理に決行したところで、成功するとは限らない。
▶ 即使勉強斷然實行，也不代表就會成功。

1645
けつごう

【結合】

(名・自他サ) 結合；黏接
(類) 結び合わせる

原子と原子の結合によって多様な化合物が形成される。
▶ 藉由原子與原子之間的鍵結，可形成各式各樣的化合物。

1646
けっせい

【結成】

(名・他サ) 結成，組成

離党した国会議員数名が、新たに党を結成した。
▶ 幾位已經退黨的國會議員，組成了新的政黨。

1647
けっそく

【結束】

(名・自他サ) 捆綁，捆束；團結；準備行裝，穿戴（衣服或盔甲）
(類) 団結する

チームの結束こそが勝利の鍵です。
▶ 團隊的致勝關鍵在於團結一致。

1648
ゲット

（名・他サ）（籃球、兵上曲棍球等）得分；（俗）取得，獲得

俺は、欲しいものは必ずゲットする男だぜ。

【get】
▶ 我這個人啊，但凡想要的東西，就一定會弄到手咧！

1649
けんぜん

（形動）（身心）健康，健全；（運動、制度等）健全，穩固
（類）元気

【健全】
子供たちが健全に育つような社会環境が求められている。
▶ 民眾所企盼的，是能夠培育出孩子們之健全人格的社會環境。

1650
けんめい

（形動）賢明，英明，高明
（類）賢い

【賢明】
分からないなら、経験者に相談するのが賢明だと思う。
▶ 假如有不明白之處，比較聰明的作法是去請教曾有相同經驗的人。

1651
こうい

（名）行為，行動，舉止
（類）行い

【行為】
言葉よりも行為の方が大切です。
▶ 坐而言不如起而行。

1652
こうぎ

（名・自サ）抗議

【抗議】
自分がリストラされようとされまいと、みんなで団結して会社に抗議する。
▶ 不管自己是否會被裁員，大家都團結起來向公司抗議。

1653
こうざん

（名）礦山

【鉱山】
鉱山の採掘現場で土砂崩れが起き、生き埋め事故が発生した。
▶ 礦場發生了砂石崩落事故，造成在場人員慘遭活埋。

1654
こうしょう

（形動）高尚；（程度）高深
（對）下品　（類）上品

【高尚】
お茶にお花とは高尚なご趣味ですね。
▶ 不僅擅長茶道也懂得花道，您的品味真是高尚啊！

1655 こうしんりょう	㊟ 香辣調味料（薑，胡椒等） ㊣ スパイス
【香辛料】	30種類からある香辛料を調合して味を決める。 ▶ 足足混合了30種調味料來調味。

1656 こうちょう	㊟・㊟ 順利，情況良好 ㊐ 不順　㊣ 順調
【好調】	不調が続いた去年にひきかえ、今年は出だしから好調だ。 ▶ 相較去年接二連三不順，今年從一開始運氣就很好。

1657 こうふ	㊟・㊟ 交付，交給，發給 ㊣ 渡す
【交付】	年金手帳を紛失したので、再交付を申請した。 ▶ 我遺失了養老金手冊，只得去申辦重新核發。

1658 こうみょう	㊟ 巧妙 ㊐ 下手　㊣ 上手
【巧妙】	あまりに巧妙な手口に、警察官でさえ騙された。 ▶ 就連警察也被這實在高明的伎倆給矇騙了。

1659 こくち	㊟ 通知，告訴
【告知】	患者に病名を告知したものか、迷っている。 ▶ 雖然已經把病名告訴了病患，但還是不知道這麼做對不對。

1660 こくはく	㊟・㊟ 坦白，自白；懺悔；坦白自己的感情 ㊣ 白状
【告白】	内幕を告白するや否や、各界の大反響を呼んだ。 ▶ 才剛吐露了內幕，旋即引發各界的熱烈迴響。

1661 こころざす	㊟ 立志，志向，志願 ㊣ 期する
【志す】	幼い時重病にかかり、その後医者を志すようになった。 ▶ 小時候曾罹患重病，病癒後就立志成為醫生。

1662 こころよい	形 高興，愉快，爽快；（病情）良好
【快い】	快いお返事をいただき、ありがとうございます。 ▶ 承蒙您爽快回覆，萬分感激。
1663 ごさ	名 誤差；差錯
【誤差】	これぐらいの誤差なら、気にするまでもない。 ▶ 如果只是如此小差池，不必過於在意。
1664 こつこつ	副・形動 孜孜不倦，堅持不懈，勤奮；（硬物相敲擊）咚咚聲
	働きながらこつこつと勉強して、とうとう資格を取った。 ▶ 一面工作，一面孜孜不倦地用功，最後終於取得了證照。
1665 ことごとく	名・副 所有，一切，全部 類 全て
	最近ことごとくついていない。 ▶ 最近實在倒楣透頂。
1666 ことによると	連語・副 可能，說不定，或許 類 或は
	ことによると、私の勘違いかもしれません。 ▶ 或許是因為我有所誤會。
1667 こみあげる	自下一 往上湧，油然而生
【込み上げる】	感極まって、涙がこみ上げてきた。 ▶ 感慨萬千，淚水湧了出來。
1668 こんきょ	名 根據 類 証拠
【根拠】	証人の話は全く根拠のないものでもない。 ▶ 證詞並非毫無根據。

1669
コントロール

【control】

名・他サ 支配，控制，節制，調節

いかなる状況でも、自分の感情をコントロールすることが大切です。
▶ 無論身處什麼樣的情況，重要的是能夠控制自己的情緒。

1670
さいきん

【細菌】

名 細菌

類 ウイルス

私たちの消化器官には、いろいろな種類の細菌が住み着いている。
▶ 有各式各樣的細菌，定住在我們的消化器官中。

1671
さいくつ

【採掘】

名・他サ 採掘，開採，採礦

類 掘り出す

アフリカ南部のレソト王国で世界最大級のダイヤモンドが採掘された。
▶ 在非洲南部的萊索托王國，挖掘到世界最大的鑽石。

1672
サイクル

【cycle】

名 周期，循環，一轉；自行車

類 周期

環境のサイクルは一度壊れると元に戻りにくい。
▶ 生態環境的循環一旦遭受破壞，就很難恢復回原貌了。

1673
ざいこ

【在庫】

名 庫存，存貨；儲存

在庫を確認しておけばいいものを、しないから処理に困ることになる。
▶ 如先確認過庫存就好了，正因為沒做才變得處理棘手。

1674
さいこん

【再婚】

名 再婚，改嫁

再婚といえども、ウェディングドレスは着たい。
▶ 儘管是梅開二度，依然希望穿上白紗。

1675
さいさん

【採算】

名 （收支的）核算，核算盈虧

人件費が高すぎて、会社としては採算が合わない。
▶ 對公司而言，人事費過高就會不敷成本。

1676 **ざいせい**	ⓐ 財政；（個人）經濟情況 ⑳ 経済
【財政】	政府は異例ずくめの財政再建政策を打ち出した。 ▶ 政府提出了史無前例的財政振興政策。
1677 **さいたく**	ⓐ·他サ 採納，通過；選定，選擇
【採択】	採択された決議に基づいて、プロジェクトグループを立ち上げた。 ▶ 依據作成之決議，組成專案小組。
1678 **さえぎる**	他五 遮擋，遮住，遮蔽；遮段，遮攔，阻擋 ⑳ 妨げる
【遮る】	彼の話はあまりにしつこいので、遮らずにはいられない。 ▶ 他說起話來又臭又長，讓人不得不打斷他的話。
1679 **さくげん**	ⓐ·自他サ 削減，縮減；削弱，使減色 ⑳ 増やす ⑳ 減らす
【削減】	景気が悪いので、今年のボーナスは削減せざるを得ない。 ▶ 由於景氣差，今年的年終獎金被削減了。
1680 **さくご**	ⓐ 錯誤；（主觀認識與客觀實際的）不相符，謬誤 ⑳ 誤り
【錯誤】	試行錯誤を繰り返し、ようやく成功した。 ▶ 經過幾番摸索改進後，終於獲得成功。
1681 **さけび**	ⓐ 喊叫，尖叫，呼喊
【叫び】	助けを求める叫びが聞こえたかと思いきや、続いて銃声がした。 ▶ 才剛剛聽到了求救的喊聲，緊接著就傳來槍響。
1682 **さしず**	ⓐ·自サ 指示，吩咐，派遣，發號施令；指定，指明；圖面， 設計圖 ⑳ 命令
【指図】	彼はもうベテランなので、私がひとつひとつ指図するまでもない。 ▶ 他已經是老手了，無需我一一指點。

1683
さぞかし

圖　(「さぞ」的強調) 想必，一定

姉がそれを聞いたら、さぞかし喜ぶでしょう。
▶ 家姊要是聽到了那件事，想必會非常開心的。

1684
さっする

他サ　推測，觀察，判斷，想像；體諒，諒察
類　推し量る

【察する】

娘を嫁にやる父親の気持ちは察するに難くない。
▶ 不難猜想父親出嫁女兒的心情。

1685
さらなる

連體　更

【更なる】

陰ながら、更なるご活躍をお祈りしています。
▶ 默默祝福您的大放異彩。

1686
さんしゅつ

名・他サ　生產；出產
類　生産

【産出】

石油を産出する国は、一般的に豊かな生活を謳歌している。
▶ 石油生產國家的生活，通常都極盡享受之能事。

1687
しいく

名・他サ　飼養 (家畜)

【飼育】

野生動物の飼育は決して容易なものではない。
▶ 飼養野生動物絕非一件容易之事。

1688
じき

名　(理) 磁性，磁力

【磁気】

この磁石は非常に強い磁気を帯びています。
▶ 這塊磁鐵的磁力非常強。

1689
じきに

圖　很接近，就快了

じきに追いつくよ、と言っているそばからもう車が見えた。
▶ 才剛說「很快就會追上囉」，就已經看到車子了。

1690
しさん
【資産】

图 資產，財產；（法）資產

類 財産

バブル経済のころに、不動産で資産を増やした人がたくさんいる。
▶ 有許多人在泡沫經濟時期，藉由投資不動產增加了資產。

1691
したあじ
【下味】

图 預先調味，底味

肉に酒で下味をつけるのが、おいしく作るコツです。
▶ 把肉先用酒醃過是美味的訣竅。

1692
したまわる
【下回る】

自五 低於，達不到

ここ2週間というもの、平年を下回る気温が続いている。
▶ 這兩星期，氣溫持續較往年同期偏低。

1693
シック
【(法)chic】

形動 時髦，漂亮；精緻

對 野暮 類 粋

彼女はいつもシックでシンプルな服装です。
▶ 她總是穿著設計合宜、款式簡單的服裝。

1694
じっくり

副 慢慢地，仔細地，不慌不忙

じっくり話し合って解決してこそ、本当の夫婦になれるんですよ。
▶ 唯有慢慢把話說開了尋求解決，才能成為真正的夫妻唷！

1695
しつける
【躾ける】

他下一 教育，培養，管教，教養（子女）

子犬をしつけるのは難しいですか。
▶ 調教訓練幼犬是件困難的事嗎？

1696
じつじょう
【実情】

图 實情，真情；實際情況

実情を明らかにすべく、アンケート調査を実施いたします。
▶ 為查明實際狀況，擬採用問卷調查。

1697
じったい

(名) 實際狀態，實情

(類) 実情

【実態】

実態に即して臨機応変に対処しなければならない。
▶ 必須按照實況隨機應變。

1698
しっとり

(副) 寧靜，沈靜；濕潤，潤澤

詩の作風からしっとりした感じの女性かと思いきや、意外と快活な人だった。
▶ 從其詩風研判，以為是位文靜的女性，沒想到相當爽朗。

1699
してき

(名・他サ) 指出，指摘，揭示

【指摘】

指摘を受けるなり、彼の態度はコロッと変わった。
▶ 他一遭到指責，頓時態度丕變。

1700
しのびよる

(自五) 偷偷接近，悄悄地靠近

【忍び寄る】

すりは、背後から忍び寄るや否やバッグから財布を抜き取った。
▶ 扒手一從背後湊過來，立刻從包包裡掏走了錢包。

1701
シビア

(形動) 嚴厲，毫不留情

【severe】

不景気にかこつけて、シビアなノルマを課す社長の鬼畜ぶりにはほとほと嫌気が差した。
▶ 以不景氣為藉，要求達到高標準業績的董事長那副殘酷的嘴臉，實在讓人受夠了。

1702
しぶつ

(名) 個人私有物件

(對) 公物

【私物】

会社の備品を彼は私物のごとく扱っている。
▶ 他使用了公司的零件，好像是自己的一樣。

1703
じもと

(名) 當地，本地；自己居住的地方

(類) 膝元

【地元】

地元の反発をよそに、移転計画は着々と進められている。
▶ 無視於當地的反彈，遷移計畫仍照計劃逐步進行著。

1704 しゃざい	名 謝罪；賠禮
【謝罪】	謝罪したところで、向こうの怒りは収まらないでしょう。 ▶ 就算前去負荊請罪，恐怕還是沒辦法平息對方的怒火吧？

1705 ジャンル	名 種類，部類；（文藝作品的）風格，體裁，流派 類 種類
【(法)genre】	ジャンルごとに資料を分類してください。 ▶ 請將資料依其領域分類。

1706 しゅうし	副・自サ 末了和起首；從頭到尾，一貫
【終始】	マラソンは、終始抜きつ抜かれつの好レースだった。 ▶ 這場馬拉松從頭至尾互見輸贏，賽程精彩。

1707 しゅうちゃく	名・自サ 迷戀，留戀，不肯捨棄，固執 類 執心
【執着】	自分の意見ばかりに執着せず、人の意見も聞いた方がいい。 ▶ 不要總是固執己見，也要多聽取他人的建議比較好。

1708 じゅうなん	形動 柔軟；頭腦靈活 對 頑固
【柔軟】	こちらが下手に出るや否や、相手の姿勢が柔軟になった。 ▶ 這邊才放低身段，對方的態度立見軟化。

1709 しゅうふく	名・自サ 修復
【修復】	最新の技術をもってしても、修復は望むべくもない。 ▶ 即使擁有最新的技術，也別指望能修復了。

1710 しゅさい	名・他サ 主辦，舉辦 類 催す
【主催】	県主催の作文コンクールに応募したところ、最優秀賞を受賞した。 ▶ 去參加了由縣政府主辦的作文比賽，結果獲得了冠軍。

1711
しゅし

㊂ 宗旨，趣旨；（文章、說話的）主要內容，意思
㊣ 趣意

【趣旨】

この企画の趣旨を説明させていただきます。
　▶ 請容我說明這個企畫案的預定目標。

1712
しゅどう

㊂・他サ 主導；主動

【主導】

このプロジェクトは彼が主導したものです。
　▶ 這個企畫是由他所主導的。

1713
じゅりつ

㊂・自他サ 樹立，建立

【樹立】

彼はマラソンの世界新記録を難なく樹立した。
　▶ 他不費吹灰之力就創下馬拉松的世界新紀錄。

1714
じゅんじる・
じゅんずる

㊀上一 以～為標準，按照；當作～看待
㊣ 従う

【準じる・
準ずる】

以下の書類を各様式に準じて作成してください。
　▶ 請依循各式範例製備以下文件。

1715
しょうがい

㊂ 一生，終生，畢生；（一生中的）某一階段，生活
㊣ 一生

【生涯】

彼女は生涯結婚することなく、独身を貫きました。
　▶ 她一輩子都雲英未嫁。

1716
しょうきょ

㊂・自他サ 消失，消去，塗掉；（數）消去法

【消去】

保存してある資料を整理して、不必要なものは消去してください。
　▶ 請整理儲存的資料，將不需要的部分予以刪除。

1717
しょうげき

㊂ （精神的）打擊，衝擊；（理）衝撞
㊣ ショック

【衝撃】

エアバッグは衝突の衝撃を吸収してくれます。
　▶ 安全氣囊可於受到猛烈撞擊時，發揮緩衝作用。

1718 **しょうごう** 【照合】	名・他サ 對照，校對，核對（帳目等） これは身元を確認せんがための照合作業です。 ▶ 這是為確認身分的核對作業。
1719 **じょうしょう** 【上昇】	名・自サ 上升，上漲，提高 對 下降 株式市場は３日ぶりに上昇した。 ▶ 股票市場已連續下跌三天，今日終於止跌上揚。
1720 **しょうしん** 【昇進】	名・自サ 升遷，晉升，高昇 類 出世 昇進のためとあれば、何でもする。 ▶ 只要是為了升遷，我什麼都願意做。
1721 **しょうする** 【称する】	他サ 稱做名字叫～；假稱，偽稱；稱讚 類 名乗る 孫の友人と称する男から不審な電話がかかってきた。 ▶ 有個男人自稱是孫子的朋友，打來一通可疑的電話。
1722 **しょうたい** 【正体】	名 原形，真面目；意識，神志 類 本体 誰も彼の正体を知らない。 ▶ 沒有任何人知道他的真面目。
1723 **しょうれい** 【奨励】	名・他サ 獎勵，鼓勵 類 勧める 職業技能の習得を奨励する。 ▶ 獎勵學習職業技能。
1724 **しょじ** 【所持】	名・他サ 所持，所有；攜帶 類 所有 パスポートを所持していますか。 ▶ 請問您持有護照嗎？

1725
しょち
【処置】

(名・他サ) 處理，處置，措施；（傷、病的）治療

類 処理

適切な処置を施さなければ、後で厄介なことになる。
▶ 假如沒有做好適切的處理，後續事態將會變得很棘手。

1726
しょみん
【庶民】

(名) 庶民，百姓，群眾

庶民の味とはどういう意味ですか。
▶ 請問「老百姓的美食」指的是什麼意思呢？

1727
しりぞける
【退ける】

(他五) 斥退；擊退；拒絕；撤銷

案を退けられて、再考を余儀なくされた。
▶ 由於提案遭到了退件，不得不重新規畫。

1728
しんぎ
【審議】

(名・他サ) 審議

専門家による審議の結果、原案通り承認された。
▶ 專家審議的結果為通過原始提案。

1729
しんこう
【進行】

(名・自他サ) 前進，行進；進展；（病情等）發展，惡化

治療しようと、治療しまいと、いずれ病状は進行します。
▶ 不管進不進行治療，病情還是會惡化下去。

1730
しんこう
【新興】

(名) 新興

對 退く　類 進む

情報が少ないので、新興銘柄の株には手を出しにくい。
▶ 由於資訊不足，遲遲不敢下手購買新掛牌上市上櫃的股票。

1731
しんこう
【振興】

(名・自他サ) 振興（使事物更為興盛）

観光局は、さまざまな事業を通じて観光業の振興を図っています。
▶ 觀光局透過與各種企業團體的合作，以期振興觀光產業。

1732
しんじゅ

【真珠】

名 珍珠

類 パール

伊勢湾では真珠の養殖が盛んです。
▶ 伊勢灣的珍珠養殖業非常興盛。

1733
しんじん

【新人】

名 新手，新人；新思想的人，新一代的人

類 新入り

新人じゃあるまいし、こんなことぐらいできるでしょ。
▶ 又不是新手，這些應該搞得定吧！

1734
しんせい

【神聖】

名・形動 神聖

類 聖

ここは神聖な場所ですので、靴と帽子を必ず脱いでください。
▶ 這裡是神聖的境域，進入前務請脫除鞋、帽。

1735
しんぜん

【親善】

名 親善，友好

類 友好

日本と韓国はサッカーの親善試合を開催した。
▶ 日本與韓國共同舉辦了足球友誼賽。

1736
じんそく

【迅速】

名・形動 迅速

類 速い

迅速な応急処置なしには助からなかっただろう。
▶ 如果沒有那迅速的緊急措施，我想應該沒辦法得救。

1737
しんてい

【進呈】

名・他サ 贈送，奉送

類 進上

優勝チームには豪華賞品が進呈されることになっている。
▶ 優勝隊伍將可獲得豪華獎品。

1738
ずあん

【図案】

名 圖案，設計，設計圖

図案を盗作するなんて、デザイナーとしてあるまじき振る舞いだ。
▶ 竟然盜用圖片！這是身為設計師最不該犯下的行為！

1739
すいそく

【推測】

(名・他サ) 推測，猜測，估計
(類) 推し量る

双方の意見がぶつかったであろうことは、推測に難くない。
▶ 不難猜想雙方的意見應該是有起過爭執。

1740
すいり

【推理】

(名・他サ) 推理，推論，推斷

私の推理では、あの警官が犯人です。
▶ 依照我的推理，那位警察就是犯案者。

1741
すうし

【数詞】

(名) 數詞

数詞はさらにいくつかの種類に分類することができる。
▶ 數詞還能再被細分為幾個種類。

1742
すこやか

【健やか】

(形動) 身心健康；健全，健壯
(類) 元気

孫はこの 1 ヵ月で1.5キロも体重が増えて、健やかなかぎりだ。
▶ 孫子這一個月來體重竟多了 1.5 公斤，真是健康呀！

1743
すすぐ

(自他五) （用水）刷，洗滌；漱口
(類) 洗う

洗剤を入れて洗ったあとは、最低2回すすいだ方がいい。
▶ 將洗衣精倒入洗衣機裡面後，至少應再以清水沖洗兩次比較好。

1744
すねる

【拗ねる】

(自下一) 乖戾，鬧彆扭，任性撒野

あの新人は、ちょっと叱られただけですぐすねる嫌いがある。
▶ 那個剛來的新人，只要稍微罵兩句就馬上鬧彆扭不耐煩。

1745
スムーズ

【smooth】

(名・形動) 圓滑，順利；流暢

あなたのご協力なしに、ここまでスムーズに進むことはなかったでしょう。
▶ 假如沒有您的協助，事情絕不可能進展如此順利呀！

1746
すらすら

副 痛快的，流利的，流暢的，順利的

日本語をネイティブの如くすらすらと話す。
▶ 宛如道地的日本人般流利地說著日語。

1747
ずらっと

副 （俗）一大排，成排地

店先には旬の果物がずらっと並べられている。
▶ 當季的水果井然有序地陳列於店面。

1748
ずるずる

副・自サ 拖拉貌；滑溜；拖拖拉拉
類 どんどん

犯人は警察官に取り押さえられ、ずるずる引き連れられていった。
▶ 犯案者遭到警察逮捕押制，使勁強行拖走。

1749
せいかい
【正解】

名・他サ 正確的理解，正確答案
對 不正解

四つの選択肢の中から、正解を一つ選びなさい。
▶ 請由四個選項中，挑出一個正確答案。

1750
せいき
【正規】

名 正規，正式規定；（機）正常，標準；道義；正確的意思

派遣社員として採用されるばかりで、なかなか正規のポストに就けない。
▶ 總是被錄取為派遣員工，遲遲無法得到正式員工的職缺。

1751
せいこう
【精巧】

名・形動 精巧，精密
對 散漫、下手　類 緻密

この製品にはお客の要求にたえる精巧さがある。
▶ 這個產品的精密度能夠符合客戶的需求。

1752
せいてい
【制定】

名・他サ 制定
類 決める

法案の制定を皮切りにして、各種ガイドラインの策定が進められた。
▶ 以制定法案作為開端，逐步推展制定各項指導方針。

1753
せいやく

（名・他サ）（必要的）條件，規定；限制，制約

【制約】

時間的な制約を設けると、かえって効率が上がることもある。
▶ 在某些情況下，當訂定時間限制後，反而可以提昇效率。

1754
せっとく

（名・他サ）說服，勸導
⦿ 言い聞かせる

【説得】

彼との結婚を諦めさせようと、家族や友人が代わる代わる説得している。
▶ 簡直就像要我放棄與他結婚似的，家人與朋友輪番上陣不停勸退我。

1755
ぜんあく

（名）善惡，好壞，良否

【善悪】

子供とはいえ、善悪は判断できるはずだ。
▶ 雖然還是個孩子，應該已經能夠明辨是非了。

1756
センス

（名）感覺，官能，靈機；觀念；理性，理智；判斷力，見識，
品味　⦿ 感覚

【sense】

彼の服のセンスは私には理解できない。
▶ 我沒有辦法理解他的服裝品味。

1757
せんぽう

（名）對方；那方面，那裡，目的地

【先方】

先方の言い分はさておき、マスコミはどう報道するだろう。
▶ 媒體沒能採訪到對方的回應說明，不曉得會如何報導呢？

1758
そうさく

（名・他サ）尋找，搜；（法）搜查（犯人、罪狀等）
⦿ 捜す

【捜索】

彼は銃刀法違反の疑いで家宅捜索を受けた。
▶ 他因違反《槍砲彈藥刀械管制條例》之嫌而住家遭到搜索調查。

1759
そくしん

（名・他サ）促進

【促進】

これを機に、双方の交流がますます促進されることを願ってやみません。
▶ 誠摯盼望藉此機會展開促進雙方進一步的交流。

1760
そこそこ

(副・接尾) 草草了事，慌慌張張；大約，左右

二十歳そこそこの青二才がおれを説教しようなんて、十年早いわ。
▶ 區區二十歳上下的毛頭小子竟想教訓我？過個十年再來吧！

1761
そらす

(他五) 向後仰，（把東西）弄彎

【反らす】

80歳ともなると、体をそんなにそらせないんですよ。
▶ 上了八十歳以後，身子可沒辦法像那樣往後仰哪！

1762
たいか

(名・自サ) 大房子；專家，權威者；名門，富豪，大戶人家
(類) 権威

【大家】

彼は日本画の大家と言えるだろう。
▶ 他應該可以被稱為是日本畫的巨匠。

1763
たいぐう

(名・他サ・接尾) 接待，對待，服務；工資，報酬
(類) もてなし

【待遇】

待遇のいかんにかかわらず、あの会社で働いてみたい。
▶ 無論待遇如何，我就是想在那家公司上班。

1764
だいなし

(名) 弄壞，毀損，糟蹋，完蛋
(類) 駄目

【台無し】

せっかくの連休が連日の雨で台無しになった。
▶ 由於連日降雨，難得的連續假期因此泡湯了。

1765
タイミング

(名) 計時，測時；調時，使同步；時機，事實
(類) チャンス

【timing】

株式投資においては売買のタイミングを見極めることが重要です。
▶ 判斷股票投資買賣的時機非常重要。

1766
だかい

(名・他サ) 打開，開闢（途徑），解決（問題）
(類) 突破

【打開】

状況を打開するために、双方の大統領が直接協議することになった。
▶ 兩國總統已經直接進行協商以求打破僵局。

1767 だきょう	名・自サ 妥協，和解 對 仲違い　類 譲り合う
【妥協】	双方の妥協なくして、合意に達することはできない。 ▶ 雙方若不互相妥協，就無法達成協議。

1768 たずさわる	自五 參與，參加，從事，有關係 類 行う
【携わる】	私はそのプロジェクトに直接携わっていないので、詳細は存じません。 ▶ 我並未直接參與該項計畫，因此不清楚詳細內容。

1769 だっすい	名・自サ 脱水；（醫）脱水
【脱水】	セーターを洗濯機で脱水するのは、15秒程度にしましょう。 ▶ 毛衣若要用洗衣機脱水，請設定在十五秒以內喔！

1770 だっする	自他サ 逃出，逃脱；脱離，離開；脱落，漏掉；脱稿；去掉，除掉　類 抜け出す
【脱する】	医療チームの迅速な処置のおかげで、どうやら危機は脱したようです。 ▶ 多虧醫療團隊的即時治療，看來已經脱離生死交關的險境了。

1771 たまう	他五・補動・五型 （敬）給，賜予；（接在動詞連用形下）表示對長上動作的敬意
	「君死にたまうことなかれ」は与謝野晶子の詩の一節です。 ▶ 「你千萬不能死」乃節錄自與謝野晶子所寫的詩。

1772 だまりこむ	自五 沉默，緘默
【黙り込む】	彼が急に黙り込んだのは、痛いところを突かれたからでなくてなんだろう。 ▶ 他之所以突然沉默不語，假如不是被刺到了痛處，還會是什麼其他的原因呢？

1773 たやすい	形 不難，容易做到，輕而易舉 對 難しい　類 易い
	そんなことは、たやすいご用です。 ▶ 那小事算不了什麼，舉手之勞即可完成。

1774 だらだら	副・自サ 滴滴答答地，冗長，磨磨蹭蹭的；斜度小而長

あまりの暑さに汗がだらだらと流れる。
▶ 極度的炎熱使汗水滴滴答答淌個不停。

1775 たるみ	名 鬆弛，鬆懈，遲緩

年齢を重ねれば、多少の頬のたるみは仕方ないものです。
▶ 隨著年齡的增加，臉頰或多或少總會有些鬆弛，也是難以避免的。

1776 たんとうちょくにゅう 【単刀直入】	名・形動 一人揮刀衝入敵陣；直截了當

単刀直入に言うと、もう明日から会社に来なくていいよ。
▶ 我就開門見山直說了，從明天起，你可以不必來上班了。

1777 チェンジ 【change】	名・自他サ 交換，兌換；變化；（網球，排球等）交換場地

ヘアースタイルをチェンジしたら、気分もすっきりしました。
▶ 換了個髮型後，心情也跟著變得清爽舒暢。

1778 ちかよりがたい 【近寄りがたい】	形 難以接近

父は、実の子の私ですら近寄りがたい人なんです。
▶ 家父的個性，連親生兒子的我都難以和他親近。

1779 ちつじょ 【秩序】	名 秩序，次序 類 順序

急激な規制緩和は、かえって秩序を乱すこともあります。
▶ 突然撤銷管制規定，有時反而導致秩序大亂。

1780 ちゅうじつ 【忠実】	名・形動 忠實，忠誠；如實，照原樣 對 不正直 類 正直

ハチ公の忠実ぶりといったらない。
▶ 遠遠不及忠犬八公的忠誠。

1781
ちゅうしょう

（名・他サ）重傷，毀謗，污衊

（類）悪口

【中傷】

根拠もない中傷をされたとあっては、厳正に反駁せずにはすまない。
▶ 對於毫無根據的毀謗，非得嚴厲反駁不行。

1782
ちゅうせん

（名・自サ）抽籤

（類）籤

【抽選】

どのチームと対戦するかは、抽選で決定します。
▶ 以抽籤決定將與哪支隊伍比賽。

1783
**ちょうふく・
じゅうふく**

（名・自サ）重複

【重複】

5ページと7ページの内容が重複していますよ。
▶ 第五頁跟第七頁的內容重複了。

1784
ちょうほう

（名・形動・他サ）珍寶，至寶；便利，方便；珍視，愛惜

【重宝】

このノートパソコンは軽くて持ち運びが便利なので、重宝しています。
▶ 這台筆記型電腦輕巧又適合隨身攜帶，讓我愛不釋手。

1785
ちょうり

（名・他サ）烹調，作菜；調理，整理，管理

【調理】

牛肉を調理する時は、どんなことに注意すべきですか。
▶ 請問在烹調牛肉時，應該注意些什麼呢？

1786
ちんもく

（名・自サ）沈默，默不作聲，沈寂

（對）喋る　（類）黙る

【沈黙】

白熱する議論をよそに、彼は依然として沈黙を守っている。
▶ 他無視於激烈的討論，保持一貫的沉默作風。

1787
ちんれつ

（名・他サ）陳列

（類）配置

【陳列】

ワインは原産国別に棚に陳列されています。
▶ 紅酒依照原產國別分類陳列在酒架上。

1788

ついほう

【追放】

(名・他サ) 流逐，驅逐（出境）；驅除，肅清；洗清，開除

(類) 追い払う

ドーピング検査で陽性となったため、彼はスポーツ界から追放された。
> ▶ 他沒有通過藥物檢測，因而被逐出體壇。

1789

つうかん

【痛感】

(名・他サ) 痛感，深切地感受到

事の重大さを痛感した。
> ▶ 深感事態嚴重之甚。

1790

つかる

【漬かる】

(自五) 淹，泡；泡在（浴盆裡）洗澡

お風呂につかってリラックスする。
> ▶ 浸在浴缸裡放鬆一下。

1791

つきそう

【付き添う】

(自五) 跟隨左右，照料，管照，服侍，護理

父が入院したので、付き添って病院に寝泊まりしている。
> ▶ 由於爸爸住院了，我目前睡在醫院裡陪病。

1792

つきとばす

【突き飛ばす】

(他五) 用力撞倒，撞出很遠

そいつときたら、老人を突き飛ばしておいてそのまま行っちゃったんですよ。
> ▶ 說起那傢伙，把老人家撞倒了以後，竟然頭也不回地就這樣走掉了耶！

1793

つくづく

(副) 仔細；痛切，深切；（古）呆然

(類) しんみり

今回、周囲の人に恵まれているなとつくづく思いました。
> ▶ 這次讓我深切感到自己有幸受到身邊人們的諸多幫助照顧。

1794

つぐない

【償い】

(名) 補償；賠償；贖罪

私なりに、できるだけの償いはいたします。
> ▶ 我將竭盡所能地補償。

1795 つくろう	他五 修補，修繕；修飾，裝飾，擺；掩飾，遮掩
	類 直す
【繕う】	何とかその場を繕おうとしたけど、無理でした。 ▶ 雖然當時曾經嘗試打圓場，無奈仍然徒勞無功。
1796 つつく	他五 捅，戳，叼，啄；指責，挑毛病
	類 打つ
	藪の中に入る前は、棒で辺りをつついた方が身のためですよ。 ▶ 在進入草叢之前，先以棍棒撥戳四周，才能確保安全喔！
1797 つづる	他五 縫上，連綴；裝訂成冊；（文）寫，寫作；拼字，拼音
【綴る】	誰にも言えない思いを、日記に綴っている。 ▶ 把無法告訴任何人的心情寫進日記裡。
1798 つとまる	自五 勝任，能擔任
【勤まる・務まる】	そんな大役、とても私には勤まりません。 ▶ 那般艱鉅的任務，實在超出我的能力所及。
1799 つのる	自他五 加重，加劇；募集，招募，徵集
	類 集める
【募る】	新しい市場を開拓せんがため、アイディアを募った。 ▶ 為了開發新市場而收集了各種點子。
1800 つやつや	副・自サ 光潤，光亮，晶瑩剔透
	石けんを替えたぐらいで、肌がつやつやになるはずがない。 ▶ 只不過換了塊肥皂洗，怎麼可能就會讓皮膚變得晶瑩剔透呢？
1801 つよがる	自五 逞強，裝硬漢
【強がる】	弱い犬ほどよくほえるというが、人間も弱いやつに限って強がる。 ▶ 俗話說「會叫的狗不會咬人」，其實人也是一樣，愈是軟弱的傢伙，愈喜歡逞強。

1802 てあて 【手当て】	名・他サ 準備，預備；津貼；生活福利；醫療，治療；小費 保健の先生が手当てしてくれたおかげで、出血はすぐに止まりました。 ▶ 多虧有保健老師的治療，傷口立刻止血了。
1803 ていたく 【邸宅】	名 宅邸，公館 類 家 この地域には豪華な邸宅が立ち並んでいます。 ▶ 這個地區林立著許多棟華麗的豪宅。
1804 ておくれ 【手遅れ】	名 為時已晚，耽誤 体の不調を訴えて病院に行った時には、すでに手遅れだった。 ▶ 當前往醫院看病，告知醫師身體不適時，早就為時已晚了。
1805 てがかり 【手がかり】	名 下手處，著力處；線索 必死の捜索にもかかわらず、何の手がかりも得られなかった。 ▶ 儘管拚命搜索，卻沒有得到任何線索。
1806 てきぎ 【適宜】	副・形動 適當，適宜；斟酌；隨意 類 任意 貴誌の規格に合わない場合は、適宜様式を編集してください。 ▶ 倘若不符貴刊物的規格，敬請編輯為適宜的型式。
1807 てぎわ 【手際】	名 （處理事情的）手法，技巧；手腕，本領；做出的結果 類 腕前 手際が悪いから、2時間もかかってしまった。 ▶ 因為做得不順手，結果花了整整兩個小時才做完。
1808 デコレーション 【decoration】	接頭 裝飾，裝潢 類 飾り 姉の作るケーキは、味だけでなくデコレーションに至るまでプロ級だ。 ▶ 我姊姊做的蛋糕不但好吃，連裝飾也是專業級的！

1809 デッサン	名 （繪畫、雕刻的）草圖，素描 類 絵
【(法)dessin】	以前はよく手のデッサンを練習したものです。 ▶ 以前常常練習素描手部。
1810 でむく	自五 前往，前去
【出向く】	こちらから出向きますので、ご足労には及びません。 ▶ 我會到您那裡拜訪，不勞您親自前來。
1811 デリケート	形動 美味，鮮美；精緻，精密；微妙；纖弱；纖細，敏感
【delicate】	デリケートな問題だから、慎重に対処することが必要だ。 ▶ 這個問題很敏感，必須要慎重處理。
1812 てんかん	名・自他サ 轉換，轉變，調換
【転換】	気分を転換するために、ちょっとお散歩に行ってきます。 ▶ 我出去散步一下轉換心情。
1813 でんたつ	名・他サ 傳達，轉達 類 伝える
【伝達】	毎朝、黒板の伝達事項を確認してください。 ▶ 請每天早上仔細看黑板上的聯絡事項。
1814 とうごう	名・他サ 統一，綜合，合併，集中 類 併せる
【統合】	今日、一部の事業部門を統合することが発表されました。 ▶ 今天公司宣布了整併部分事業部門。
1815 とうせん	名・自サ 當選，中選 對 落選　類 合格
【当選】	スキャンダルの逆風をものともせず、当選した。 ▶ 儘管選舉時遭逢醜聞打擊，依舊順利當選。

1816 とうち 【統治】	名·他サ 統治 類 治める 企業統治とはどういう意味ですか。 ▶ 請問企業統治是什麼意思呢？
1817 とうてい 【到底】	副 （下接否定，語氣強）無論如何也，怎麼也 類 どうしても 英語で論文を発表するなんて、到底私には無理です。 ▶ 要我用英語發表論文，實在是太強人所難了。
1818 どうにか	副 想點法子；（經過一些曲折）總算，好歹，勉勉強強 類 やっと どうにか飛行機に乗り遅れずにすみそうです。 ▶ 似乎好不容易才趕上飛機起飛。
1819 とかく	名·副·自サ 種種，這樣那樣（流言、風聞等）；動不動，總是；不知不覺就，沒一會就 類 何かと データの打ち込みミスは、とかくありがちです。 ▶ 輸入資料時出現誤繕是很常見的。
1820 とく 【説く】	他五 說明；說服，勸；宣導，提倡 類 説明 彼は革命の意義を一生懸命我々に説いた。 ▶ 他拚命闡述革命的意義，試圖說服我們。
1821 とっさに	副 瞬間，一轉眼，轉眼之間 女の子が溺れているのを発見し、彼はとっさに川に飛び込んだ。 ▶ 他一發現有個女孩子溺水，立刻毫不考慮地跳進河裡。
1822 とつじょ 【突如】	副 突如其來，突然 類 突然 目の前に突如熊が現れて、腰を抜かしそうになりました。 ▶ 眼前突然出現了一頭熊，差點被嚇得手腳發軟。

1823 とどめる

(他下一) 停住；阻止；留下，遺留；止於（某限度）

⦿ 進める　⦿ 停止

交際費は月々2万円以内にとどめるようにしています。
▶ 將每個月的交際應酬費用控制在兩萬元以內的額度。

1824 とまどう 【戸惑う】

(自五)（夜裡醒來）迷迷糊糊，不辨方向；找不到門；不知所措，困惑

好きな子に、急に「彼女いる？」と聞かれて戸惑った。
▶ 突然被心儀的女孩問了「你有沒有女朋友？」，害我一時不知所措。

1825 ともる

(自五)（燈火）亮，點著

明かりがともっているから、もう帰ってるよ。
▶ 連街燈都亮起了，早就在回家的路上了呀！

1826 とりいそぎ 【取り急ぎ】

(副)（書信用語）急速，立即，趕緊

取り急ぎご返事申し上げます。
▶ 謹此奉覆。

1827 とりかえ 【取り替え】

(名) 調換，交換；退換，更換

商品のお取り替えは、ご購入から1週間以内にレシートと共にお持ちください。
▶ 若要更換商品，請在購買後一星期內連同發票一起帶過來。

1828 とりこむ 【取り込む】

(自他五)（因喪事或意外而）忙碌；拿進來；騙取，侵吞；拉攏，籠絡

突然の不幸で取り込んでいるから、そういう話は後にした方がいいよ。
▶ 現在正因突如其來的不幸而忙成一團，那件事以後再提比較好吧！

1829 とろける

(自下一) 溶化，溶解；心盪神馳

⦿ 溶ける

このスイーツは、口に入れた瞬間とろけてしまいます。
▶ 這個甜點在入口的瞬間立刻融化。

1830 とんや 【問屋】	㊂ 批發商
	彼はひとり問屋のみならず、市場関係者も知っている。 ▶ 他不僅認識批發商，也與市場相關人士相識。

1831 ないしん 【内心】	㊂・副 内心，心中　㊣ 本心
	大丈夫と言ったものの、内心は不安でたまりません。 ▶ 雖然嘴裡說沒問題，其實極為忐忑不安。

1832 ないぞう 【内臓】	㊂ 内臟
	内臓に脂肪が溜まると、どんな病気にかかりやすいですか。 ▶ 請問如果内臟脂肪過多，將容易罹患什麼樣的疾病呢？

1833 なげく 【嘆く】	㊀五 嘆氣；悲嘆；嘆惋，慨嘆　㊣ 嘆息
	ないものを嘆いてもどうにもならないでしょう。 ▶ 就算嘆惋那不存在的東西也是無濟於事。

1834 なまぬるい 【生ぬるい】	㊊ 還沒熱到熟的程度，該冰的東西尚未冷卻；溫和；不嚴格，馬馬虎虎；姑息　㊣ 温かい
	そんな生ぬるい考えで、この先やっていけると思うのか。 ▶ 你的想法那麼不成熟，這樣往後還能繼續相處下去嗎？

1835 なめらか	㊄動 物體的表面滑溜溜的；光滑，光潤；流暢的像流水一樣；順利，流暢　㊤ 粗い　㊣ すべすべ
	この石けんを使うと肌がとてもなめらかになります。 ▶ 只要使用這種肥皂，就可以使皮膚變得光滑無比。

1836 なれそめ 【馴れ初め】	㊂ （男女）相互親近的開端，產生戀愛的開端
	恋愛結婚かと思ってなれそめを聞いたら、なんとお見合いだった。 ▶ 原以為他們是自由戀愛後步入禮堂的，聽了交往過程後，才發現原來是經由相親認識的。

1837
にせもの

【偽物】

⒂ 假冒者，冒充者，假冒的東西

どこを見ればにせ物と見分けることができますか。
▶ 請問該檢查哪裡才能分辨出是贗品呢？

1838
にゅうしゅ

【入手】

⒂·他サ 得到，到手，取得
對 手放す 類 手に入れる

現段階で情報の入手ルートを明らかにすることはできません。
▶ 現階段還無法公開獲得資訊的管道。

1839
ねかす

【寝かす】

他五 使睡覺

お金は、寝かしておかないで運用しなきゃ。
▶ 別讓錢睡在那裡，要懂得錢滾錢才行呀！

1840
ねぐるしい

【寝苦しい】

⒂ 難以入睡

暑くて寝苦しいったらありゃしない。
▶ 熱得根本睡不著。

1841
ねじれる

自下一 彎曲，歪扭；（個性）乖僻，彆扭

電話のコードがいつもねじれるので困っています。
▶ 電話聽筒的電線總是纏扭成一團，令人困擾極了。

1842
ネタ

⒂ （俗）材料；證據

プロの小説家といえども、ネタを思いつかなくて苦しむことはある。
▶ 雖說是專業的小說家，有時也會因為想不到寫作題材而陷於苦悶之中。

1843
ねる

【練る】

他五 （用灰汁、肥皂等）熬成熟絲，熟絹；推敲，錘鍊
（詩文等）；修養，鍛鍊 自五 成隊遊行

じっくりと作戦を練り直しましょう。
▶ 讓我們審慎地重新推演作戰方式吧！

1844 のがれる	(自下一) 逃跑，逃脱；逃避，避免，躲避
	(對) 追う　(類) 逃げる
【逃れる】	警察の追跡を逃れようとして、犯人は追突事故を起こしました。 ▶ 嫌犯試圖甩掉警察追捕而駕車逃逸，卻發生了追撞事故。
1845 のぞましい	(形) 所希望的；希望那樣；理想的；最好的
	(對) 厭わしい　(類) 好ましい
【望ましい】	合格基準をあらかじめ明確に定めておくことが望ましい。 ▶ 希望能事先明確訂定錄取標準。
1846 はあく	(名・他サ) 掌握，充分理解，抓住
	(類) 理解
【把握】	正確な実態をまず把握しなければ、何の手も打てません。 ▶ 倘若未能掌握正確的實況，就無法提出任何對策。
1847 はいき	(名・他サ) 廢除
【廃棄】	パソコンはリサイクル法の対象なので、適当に廃棄してはいけません。 ▶ 個人電腦被列為《資源回收法》中的應回收廢棄物，不得隨意棄置。
1848 はいきゅう	(名・他サ) 配給，配售，定量供應
	(類) 配る
【配給】	かつて、米や砂糖はみな配給によるものでした。 ▶ 過去，米與砂糖曾屬於配給糧食。
1849 はいけい	(名) 背景；（舞台上的）布景；後盾，靠山
	(對) 前景　(類) 後景
【背景】	理由あっての犯行だから、事件の背景を明らかにしなければならない。 ▶ 犯罪總是有理由的，所以必須去釐清事件的背景才是。
1850 はいご	(名) 背後；暗地，背地，幕後
	(對) 前　(類) 後ろ
【背後】	悪質な犯行の背後に、何があったのでしょうか。 ▶ 在泯滅人性的犯罪行為背後，是否有何隱情呢？

1851
はいし

(名・他サ) 廢止，廢除，作廢

【廃止】

今年に入り、各新聞社では夕刊の廃止が相次いでいます。
▶ 今年以來，各報社的晚報部門皆陸續吹起熄燈號。

1852
はかどる

(自五) （工作、工程等）有進展

對 滞る　類 進行

病み上がりで仕事がはかどっていないことは、察するにかたくない。
▶ 可以體諒才剛病癒，所以工作沒什麼進展。

1853
ばかばかしい

(形) 毫無意義與價值，十分無聊，非常愚蠢

對 面白い　類 下らない

【馬鹿馬鹿しい】

彼は時々信じられないほど馬鹿馬鹿しいことを言う。
▶ 他常常會說出令人不敢置信的荒謬言論。

1854
はき

(名・他サ) （文件、契約、合同等）廢棄，廢除，撕毀

類 捨てる

【破棄】

せっかくここまで準備したのに、今更計画を破棄したいではすまない。
▶ 好不容易已準備就緒，不許現在才說要取消計畫。

1855
ばくぜん

(形動) 含糊，籠統，曖昧，不明確

【漠然】

将来に対し漠然とした不安を抱いています。
▶ 對未來感到茫然不安。

1856
ばくろ

(名・自他サ) 曝曬，風吹日曬；暴露，揭露，洩漏

類 暴く

【暴露】

こうなったら、マスコミに暴露してやる。
▶ 如果這樣的話，我就去跟媒體爆料。

1857
はずむ

(自五) 跳，蹦；（情緒）高漲；提高（聲音）；（呼吸）急促

類 跳ね返る

【弾む】

どんなによく弾むボールも、この新素材のボールには及ばない。
▶ 不管彈力多好的球，都比不上這種新材質的球。

1858 はたす 【果たす】	他五 完成，實現，履行；（接在動詞連用形後）表示完了，全部等；（宗）還願；（舊）結束生命　對失敗　類遂げる

父親たる者、子供との約束は果たすべきだ。
▶ 身為人父，就必須遵守與孩子的約定。

1859 はっそく・ほっそく 【発足】	名・自サ 開始（活動），成立

新プロジェクトは、発足間際になって中止に追い込まれた。
▶ 新企畫案在即將啟動的前一刻被迫暫停了。

1860 ばっちり	副 完美地，充分地

試験を明日に控えて、準備はばっちりだ。
▶ 對於即將於明天舉行的考試，已經做足了萬全的準備。

1861 はまべ 【浜辺】	名 海濱，湖濱

夜の浜辺がこんなに素敵だとは思いもしなかった。
▶ 從不知道夜晚的海邊竟是如此美麗。

1862 はみ出す	自五 溢出；超出範圍

お客さんに、引き出しからはみ出しているパンツを見られてしまった。
▶ 從抽屜露出一角的內褲被客人看到了。

1863 はやまる 【早まる】	自五 倉促，輕率，貿然；過早，提前

予定が早まったので、必死に準備をした。
▶ 由於比預定的時間提早了，只好拚命趕完準備工作。

1864 ばらす	名 （把完整的東西）弄得七零八落；（俗）殺死，殺掉；賣掉，推銷出去；揭穿，洩漏（秘密等）

ばらして修理しちゃうなんて、さすがメカ好きだね。
▶ 居然把整部機器拆解開來修理，真不愧是愛玩機械的人！

1865 はれつ	名・自サ 破裂
【破裂】	^{ふくろ}袋は^{はれつ}破裂せんばかりにパンパンだ。 ▶ 袋子鼓得快被撐破了。

1866 ばれる	自下一 (俗)暴露，敗露；破裂
	^{かた}語るに^お落ちて、^{ひみつ}秘密がばれてしまった。 ▶ 不打自招，祕密就這樣洩漏出去了。

1867 はんえい	名・自サ 繁榮，昌盛，興旺 對 衰える 類 栄える
【繁栄】	ビルを^た建てたところで、^{まち}町が^{はんえい}繁栄するとは^{おも}思えない。 ▶ 即使興建了大樓，我也不認為鎮上就會因而繁榮。

1868 はんが	名 版畫，木刻
【版画】	^{さんぽ}散歩がてら、^{こうえん}公園の^{よこ}横の^{びじゅつかん}美術館で^{はんがてん}版画展を^み見ようよ。 ▶ 既然出來散步，就順道去公園旁的美術館參觀版畫展嘛！

1869 はんじょう	名・自サ 繁榮昌茂，興隆，興旺 類 盛
【繁盛】	^{はんじょう}繁盛しているとはいえ、^{きょねん}去年ほどの^{う あ}売り上げはない。 ▶ 雖然生意興隆，但營業額卻比去年少。

1870 はんしょく	名・自サ 繁殖；滋生 類 殖える
【繁殖】	^{じっけん}実験で^{さいきん}細菌が^{はんしょく}繁殖すると^{おも}思いきや、しなかった。 ▶ 原以為這實驗可使細菌繁殖，沒想到結果卻出乎意料之外。

1871 ひいては	副 進而
	^{こじん}個人の^{りえき}利益がひいては^{かいしゃ}会社の^{りえき}利益となる。 ▶ 個人的利益進而成為公司的利益。

1872
ひけつ

〈名・他サ〉否決

〈對〉可決

【否決】

議会で否決されたとはいえ、これが最終決定ではない。
▶ 雖然在議會遭到否決，卻非最終定案。

1873
ぴたり(と)

〈副〉突然停止貌；緊貼的樣子；恰合，正對

3桁かける3桁なのに、彼は暗算でぴたりと答えを出した。
▶ 連「三位數乘以三位數」這樣的難題，他都能用心算正確作答。

1874
ひっかける

〈他下一〉掛起來；披上；欺騙

【引っ掛ける】

帰ってきてコートを洋服掛けに引っ掛けたと思ったら、すぐに自分の部屋に引っ込んだ。
▶ 回來後才剛把大衣掛到衣架上，就馬上鑽進自己的房間裡了。

1875
ひといき

〈名〉一口氣；喘口氣；一把勁

【一息】

あともう一息で終わる。努力あるのみだ。
▶ 再加把勁兒就可完成，剩下的只靠努力了！

1876
ひとがら

〈名・形動〉人品，人格，品質；人品好

〈類〉人格

【人柄】

彼は子供が生まれてからというもの、人柄が変わった。
▶ 他自從孩子出生以後，個性也有了轉變。

1877
ひとじち

〈名〉人質

【人質】

事件の人質には、同情を禁じえない。
▶ 看到人質的處境，令人不禁為之同情。

1878
ひとなみ

〈名・形動〉普通，一般

【人並み】

ぜいたくがしたいんじゃない。人並みの暮らしがしたいだけなんです。
▶ 我並沒有要求生活必須多麼奢華，只是想過著平凡的小日子罷了。

1879
ひなん

（名・他サ）責備，譴責，責難

（類）誹謗

【非難】

嘘まみれの弁解に非難ごうごうだった。
▶ 大家聽到連篇謊言的辯解就噓聲四起。

1880
ひろう

（名・自サ）疲勞，疲乏

（類）くたびれる

【疲労】

まだ疲労がとれないとはいえ、仕事を休まなければならないほどではない。
▶ 雖然還很疲憊，但不至於必須請假休息。

1881
ひんじゃく

（名・形動）軟弱，瘦弱；貧乏，欠缺；遜色

（類）弱い

【貧弱】

がっしりした兄にひきかえ、弟の体格は実に貧弱だ。
▶ 雖然有個健壯的哥哥，弟弟的身體卻非常孱弱。

1882
ひんしゅ

（名）種類；（農）品種

【品種】

技術の進歩により、以前にもまして新しい品種が増えた。
▶ 由於科技進步，增加了許多前所未有的嶄新品種。

1883
ヒント

（名）啟示，暗示，提示

（對）明示　（類）暗示

【hint】

授業のときならまだしも、テストなんだからヒントはなしだよ。
▶ 上課的時候倒還無所謂，畢竟這是考試，沒辦法給提示喔！

1884
ひんぱん

（名・形動）頻繁，屢次

【頻繁】

頻繁にいたずら電話がかかってくるか、番号を変えざるを得ない。
▶ 屢屢接到騷擾電話，只好變更電話號碼。

1885
びんぼう

（名・形動・自サ）貧窮，貧苦

（對）たまに　（類）度々

【貧乏】

たとえ貧乏であれ、何か生きがいがあれば幸せだ。
▶ 即使過得貧窮清苦，只要有值得奮鬥的生活目標，就很幸福。

1886 **ファイト**	⑧ 戰鬥，搏鬥，鬥爭；鬥志，戰鬥精神 ⑳ 闘志
【fight】	ファイトに溢れる選手の姿は、みんなを感動させた。 ▶ 選手那充滿鬥志的身影，讓所有的人感動不已。
1887 **ふかい**	⑧·形動 不愉快；不舒服
【不快】	のどの不快感には、この飴が効きますよ。 ▶ 這種喉糖對於舒緩喉嚨的不舒服很有效喔！
1888 **ふきょう**	⑧ （經）不景氣，蕭條 ⑳ 不振　⑳ 好況
【不況】	長引く不況のため、弊社は経営の悪化という苦境にある。 ▶ 在大環境長期不景氣之下，敝公司亦面臨經營日漸惡化之窘境。
1889 **ふくごう**	⑧·自他サ 複合，合成
【複合】	日本語は、複合語なくしていい文章にならない。 ▶ 日語中如果缺少複合語，就無法寫出好文章。
1890 **ふさわしい**	⑱ 顯得均衡，使人感到相稱；適合，合適；相稱，相配 ⑳ ぴったり
	彼女にふさわしい男になるために、ただ努力あるのみだ。 ▶ 為了成為能夠與她匹配的男人，只能努力充實自己。
1891 **ふじゅん**	⑧·形動 不純，不純真 ⑳ 純真　⑳ 邪心
【不純】	不純な動機で選挙に参加するべきではない。 ▶ 不可基於不正當的動機參選！
1892 **ふじゅん**	⑧·形動 不順，不調，異常
【不順】	天候不順の折から、どうぞご自愛ください。 ▶ 近來天氣不佳，請多保重玉體。

1893

ぶじょく

【侮辱】

(名・他サ) 侮辱，凌辱

(對) 敬う　(類) 侮る

この言われ様は、侮辱でなくて何だろう。
▶ 被說成這樣子，若不是侮辱又是什麼？

1894

ふっきゅう

【復旧】

(名・自他サ) 恢復原狀；修復

(類) 回復

新幹線が復旧するのに 5 時間もかかるとは思わなかった。
▶ 萬萬沒想到竟然要花上 5 個小時，才能修復新幹線。

1895

ふっこう

【復興】

(名・自他サ) 復興，恢復原狀；重建

(類) 興す

復興作業には、ひとり自衛隊のみならず多くのボランティアの人が関わっている。
▶ 重建工程不只得到自衛隊的協助，還有許多義工的熱心參與。

1896

ふにん

【赴任】

(名・自サ) 赴任，上任

オーストラリアに赴任してからというもの、家族とゆっくり過ごす時間がない。
▶ 打從被派到澳洲之後，就沒有閒暇與家人相處共度。

1897

ふはい

【腐敗】

(名・自サ) 腐敗，腐壞；墮落

(類) 腐る

腐敗が明るみに出てからというもの、支持率が低下している。
▶ 自從腐敗醜態遭到揭發之後，支持率就一路下滑。

1898

ふび

【不備】

(名・形動) 不完備，不齊全

入学願書ともなれば、不備がないように何度も見直してしかるべきだ。
▶ 先不管入學申請書的內容寫得好不好，一定要反覆檢查有沒有疏漏之處。

1899

ふふく

【不服】

(名・形動) 不服從；抗議，異議；不滿意，不心服

(對) 満足　(類) 不満

彼が内心不服であったことは、想像に難くない。
▶ 不難想像他心裡其實不服氣。

1900 ふよう	名・他サ 扶養，撫育
【扶養】	お嫁にいった娘は扶養家族に当たらない。 ▶ 已婚的女兒不屬於撫養家屬。
1901 ふりだし	名 出發點；開始，開端；（經）開出（支票、匯票等）
【振り出し】	すぐ終わると思いきや、小さなミスで振り出しに戻った。 ▶ 本來以為馬上就能完成，沒料到小失誤竟導致一切歸零。
1902 ふるわす	他五 使哆嗦，發抖，震動
【震わす】	肩を震わして泣いている彼女を見るのは忍びない。 ▶ 實在不忍看她哭得雙肩顫抖的模樣。
1903 ふれあう	自五 相互接觸，相互靠著
【触れ合う】	こちらのコーナーでは、小さい動物と触れ合うことができます。 ▶ 這一區可以讓人直接觸摸小動物。
1904 プレゼン	名 簡報；（對音樂等的）詮釋
【presentation 之略】	新企画のプレゼンでは、最初から最後まで上がりっ放しだった。 ▶ 新企畫案的報告從一開始到最後都很精采。
1905 ぶんかざい	名 文物，文化遺產，文化財富
【文化財】	市の博物館では 50 点からある文化財を公開している。 ▶ 市立博物館公開展示五十件以上經指定之文化資產古物。
1906 ぶんべつ	名・他サ 分別，區別，分類
【分別】	ごみをきちんと分別することが、エコの第一歩です。 ▶ 徹底做好垃圾分類是環保的第一步。

1907
ぶんり

（名・自他サ）分離，分開
（對）合う （類）分かれる

【分離】
この薬品は、水に入れるそばから分離してしまう。
▶ 這種藥物只要放入水中，立刻會被水溶解。

1908
へりくだる

（自五）謙虚，謙遜，謙卑
（對）不遜 （類）謙遜

生意気な弟にひきかえ、兄はいつもへりくだった話し方をする。
▶ 比起那狂妄自大的弟弟，哥哥說話時總是謙恭有禮。

1909
へんかく

（名・自他サ）變革，改革

【変革】
効率を上げるため、組織を変革する必要がある。
▶ 為了提高效率，有必要改革組織系統。

1910
べんぎ

（名・形動）方便，便利；權宜
（類）都合

【便宜】
便宜を図ることもさることながら、事前の根回しも一切禁止です。
▶ 別說不可予以優待，連事前關說一切均在禁止之列。

1911
へんさい

（名・他サ）償還，還債
（對）借りる （類）返す

【返済】
借金の返済を迫られる奥さんを見て、同情を禁じえない。
▶ 看到那位太太被債務逼得喘不過氣，不由得寄予無限同情。

1912
べんしょう

（名・他サ）賠償
（類）償う

【弁償】
壊した花瓶は高価だったので、弁償を余儀なくされた。
▶ 打破的是一只昂貴的花瓶，因而不得不賠償。

1913
ほうかい

（名・自サ）崩潰，垮台；（理）衰變，蛻變

【崩壊】
アメリカの経済が崩壊したが最後、世界中が巻き添えになる。
▶ 一旦美國的經濟崩盤，世界各國就會連帶受到影響。

1914 ほうき	(名・他サ) 放棄，喪失
	(類) 捨てる
【放棄】	あの生徒が学業を放棄するなんて、実に残念です。
	▶ 那個學生居然放棄學業，實在可惜。

1915 ほうし	(名・自サ)（不計報酬而）效勞，服務；廉價賣貨
	(類) 奉公
【奉仕】	彼女は社会に奉仕できる職に就きたいと言っていた。
	▶ 她立言説想要從事服務人群的職業。

1916 ほうじる・ ほうずる	(他上一) 通知，告訴，告知，報導；報答，報復
	(類) 知らせる
【報じる・ 報ずる】	テレビで報じるそばから、どんどん売れていく。
	▶ 電視才報導，銷售量就直線上升。

1917 ぼうちょう	(名・自サ)（理）膨脹；增大，增加，擴大發展
	(對) 狭まる (類) 膨らむ
【膨張】	宇宙が膨張を続けているとは、不思議なことだ。
	▶ 宇宙正在繼續膨脹中，真是不可思議。

1918 ほうわ	(名・自サ)（理）飽和；最大限度，極限
【飽和】	飽和状態になった街の交通事情は、これ以上放置できない。
	▶ 街頭車滿為患的路況，再也不能放置不管了。

1919 ほきょう	(名・他サ) 補強，增強，強化
【補強】	台を補強するかどうかは、載せるものの重量いかんだ。
	▶ 基底是否補強，就要看裝載物品的重量了。

1920 ポジション	(名) 地位，職位；（棒）守備位置
【position】	所定のポジションを離れると、仕事の効率にかかわるぞ。
	▶ 如若離開被任命的職位，將會降低工作效率喔！

1921
ほじゅう

（名・他サ）補充

(對) 除く　(類) 加える

【補充】

社員を補充したところで、残業が減るわけがない。
▶ 並沒有因為增聘員工，就減少了加班時間。

1922
ほじょ

（名・他サ）補助

(類) 援助

【補助】

父は、市からの補助金をもらうそばから全部使っている。
▶ 家父才剛領到市政府的補助金旋即盡數花光。

1923
ほしょう

（名・他サ）補償，賠償

(類) 守る

【補償】

補償額のいかんによっては、告訴も見合わせる。
▶ 撤不撤回告訴，要看賠償金的多寡了。

1924
ほそく

（名・他サ）補足，補充

(類) 満たす

【補足】

説明を補足させていただきます。以下の資料をご覧ください。
▶ 請容我補充說明。請看以下的資料。

1925
ぼっしゅう

（名・他サ）（法）（司法處分的）沒收，查抄，充公

【没収】

雑誌は先生に没収されたが、返してもらえないものでもない。
▶ 雖然雜誌被老師沒收了，還是有可能發還回來。

1926
ほどける

（自下一）解開，鬆開

【解ける】

帯がほどけそうだから、トイレで締め直さないと。
▶ 腰帶好像快要鬆脫了，得去廁所重新繫綁才行。

1927
ほどこす

（他五）施，施捨，施予；施行，實施；添加；露，顯露

(對) 奪う　(類) 与える

【施す】

解決するために、できる限りの策を施すまでだ。
▶ 為解決問題只能善盡人事。

1928 **ぼやく**	自他五 發牢騷 類 苦情
	父ときたら、仕事がおもしろくないとぼやいてばかりだ。 ▶ 我那位爸爸，成天嘴裡老是叨唸著工作無聊透頂。
1929 **ぼやける**	自下一 （物體的形狀或顔色）模糊，不清楚 類 暈ける
	この写真は全部ぼやけていて、見るにたえない。 ▶ 這些照片全都模糊不清，讓人不屑一顧。
1930 **ほろぶ** 【滅ぶ】	自五 滅亡，滅絶
	このままでは、人類が滅ぶのもそう遠い未来のことではないかもしれない。 ▶ 再這樣下去，人類的滅絶也許就在不久的將來！
1931 **ほんき** 【本気】	名・形動 真的，真實；認真 類 本心
	あんなのは本音じゃないさ。本気にするなよ。 ▶ 那又不是他的真心話，你也不必當真啦！
1932 **ほんね** 【本音】	名 真話，真心話；真正的音色
	本音を言うのは、君のことを思えばこそです。 ▶ 為了你好才講真話。
1933 **まう** 【舞う】	自五 飛舞；舞蹈 類 踊る
	花びらが風に舞っていた。 ▶ 花瓣在風中飛舞著。
1934 **まえがり** 【前借り】	名・他サ 預借，預支
	給料を前借りしたにとどまらず、同僚からも金を借りた。 ▶ 他不但預支薪水，也向同事借了錢。

1935 まえばらい

【前払い】

(名・他サ) 預付

代金を前払いしたところが、商品は届かないし連絡もつかなくなった。
▶ 雖然貨款已經先付了，可是不但沒收到商品，連對方也聯絡不上了。

1936 まぎらわしい

【紛らわしい】

(形) 因為相像而容易混淆；以假亂真的
(類) 似ている

課長といい、部長といい、紛らわしい話をしてばかりだ。
▶ 無論是課長或是經理，掛在嘴邊的話幾乎都似是而非。

1937 まけずぎらい

【負けず嫌い】

(名・形動) 不服輸，好強

あいつの負けず嫌いは、親譲りだよ。
▶ 那傢伙不服輸的脾氣可是來自遺傳的喔。

1938 まずい

【不味い】

(形) 難吃；笨拙，拙劣；難看；不妙

臭豆腐は、あまりのにおいにまずいかと思いきや、意外においしかった。
▶ 臭豆腐的味道實在太臭了，原先以為很難吃，沒想到還挺好吃的。

1939 マニア

【mania】

(名・造語) 狂熱，癖好；瘋子，愛好者，～迷，～癖

カメラマニアともあろう者が、そんなことも知らないの。
▶ 你身為相機玩家，居然連那種事都不知道嗎？

1940 まぬかれる・まぬがれる

【免れる】

(他下一) 免，避免，擺脱
(對) 追う (類) 避ける

先日、山火事があったが、うちの別荘はなんとか焼失を免れた。
▶ 幾天前發生了山林火災，可是我們家的別墅居然倖免於難。

1941 みうしなう

【見失う】

(他五) 迷失，看不見，看丟

大学に入学したとたん、目標を見失った。
▶ 一進入大學，頓時失去了目標。

1942 みおとす	他五 看漏，忽略，漏掉
	類 落とす、漏れる
【見落とす】	危うく見落とさんばかりの小さな字で書いてあった。
	▶ 請別將字體寫得小到若沒留意就會看漏。

1943 みくだす	他五 輕視，藐視，看不起；往下看，俯視
【見下す】	やつの人を見下した態度は、不愉快きわまりない。
	▶ 那傢伙瞧不起人的態度，實在令人不悅到了極點。

1944 みちばた	名 道旁，路邊
【道端】	子供じゃあるまいし、道端で喧嘩なんて恥ずかしい。
	▶ 又不是小孩子，在路邊吵架實在太丟人了。

1945 みっしゅう	名・自サ 密集，雲集
	類 寄り集まる
【密集】	丸の内には日本のトップ企業のオフィスが密集している。
	▶ 日本各大頂尖企業辦公室密集在丸之內（東京商業金融中心）。

1946 みとどける	他下一 看到，看清；看到最後；預見
	對 決算 類 予算
【見届ける】	好きなアイドルの成長を見届ける楽しみ方もある。
	▶ 見證自己喜歡的偶像的蛻變歷程，不失為另一種樂趣。

1947 みなり	名 服飾，裝束，打扮
	類 服装
【身なり】	バスには、若くて身なりのよい美女が一人乗っていた。
	▶ 一位打扮年輕的美女坐在那輛巴士裡。

1948 みのうえ	名 境遇，身世，經歷；命運，運氣
	類 身元
【身の上】	今日は、私の悲しい身の上をお話しします。
	▶ 今天讓我來敘述發生在自己身上的悲慘故事。

1949 みのまわり	㊂ 身邊衣物（指衣履、攜帶品等）；日常生活；（工作或交際上）應由自己處裡的事情　㊤ 日常
【身の回り】	最近、自分が始めた事や趣味など身の回りの事について、ブログに書き始めた。 ▶ 我最近開始寫部落格，內容包含自己新接觸的事或是嗜好等日常瑣事。
1950 むかむか	㊐·㊪ 噁心，作嘔；怒上心頭，火冒三丈
	やつの顔を見るだけで、胸がむかむかする。 ▶ 光是看到那傢伙的臉，就讓人心頭冒出一把無名火。
1951 むくむ	㊄ 浮腫，虛腫
	むくんだ足には、足湯が効く。 ▶ 泡足湯對於消除腿部腫脹很有效。
1952 むせる	㊦㊀ 噎，嗆
	たばこなんか吸おうものなら、煙にむせてしようがない。 ▶ 都是你沒事抽什麼菸，害我快要被嗆死了！
1953 むなしい	㊕ 沒有內容，空的，空洞的；付出努力卻無成果，徒然的，無效的（名詞形為「空しさ」）　㊵ 確か　㊤ 不確か
【空しい・虛しい】	努力がすべて無駄に終わって、空しさだけが残った。 ▶ 一切的努力都前功盡棄，化為了泡影了。
1954 めいちゅう	㊂·㊪ 命中 ㊤ あたる
【命中】	ダーツを何度投げても、なかなか10点に命中しない。 ▶ 無論射多少次飛鏢，總是無法命中10分值區。
1955 めいはく	㊂·㊟ 明白，明顯 ㊤ はっきり
【明白】	法律を通過させんがための妥協であることは明白だ。 ▶ 很明顯的，這是為了使法案通過所作的妥協。

1956
めいよ

(名・造語) 名譽，榮譽，光榮；體面；名譽頭銜

(類) プライド

【名誉】
名誉を傷つけられたともなれば、告訴も辞さない。
▶ 假如名譽受損，將不惜提告。

1957
めいろう

(名・形動) 明朗；清明，公正，光明正大，不隱諱

(類) 朗らか

【明朗】
明朗で元気なボランティアの方を募集しています。
▶ 正在招募個性開朗且充滿活力的義工。

1958
めぐみ

(名) 恩惠，恩澤；周濟，施捨

(類) お蔭

【恵み】
自然の恵みに感謝して、おいしくいただきましょう。
▶ 讓我們感謝大自然的恩賜，心存感激地享用佳餚吧！

1959
めぐむ

(他五) 同情，憐憫；施捨，周濟

(類) 潤す

【恵む】
財布をなくし困っていたら、見知らぬ人が1万円を恵んでくれた。
▶ 當我正因弄丟了錢包而不知所措時，有陌生人同情我並給了一萬日幣。

1960
めさき

(名) 目前，眼前；當前，現在；遇見；外觀，外貌，當場的風趣

【目先】
目先の利益にとらわれないで、長期的な視点を持つことが大事だ。
▶ 不要只看眼前的利益，重要的是眼光要放長遠。

1961
めざましい

(形) 好到令人吃驚的；驚人；突出

(類) 大した

【目覚ましい】
新製品の売れ行きが好調で、本年度は目覚ましい業績を上げた。
▶ 由於新產品的銷售狀況極佳，使得今年度的業績有了顯著的成長。

1962
もがく

(自五) （痛苦時）掙扎，折騰；焦急，著急，掙扎

(類) 悶える

主人公は暗闇の中で縄をほどこうと必死にもがいている。
▶ 主角在黑暗之中拚命掙扎試圖解開繩索。

1963
もくろむ

（他五）計畫，籌畫，企圖，圖謀

【目論む】

わが国は、軍備増強をもくろむ某隣国の脅威にさらされている。
▶ 鄰近的某國擬定提昇軍備戰力的計畫對我國造成了威脅。

1964
もしくは

（接續）（文）或，或者

（類）或は

メールもしくはファクシミリでお問い合わせください。
▶ 請以電子郵件或是傳真方式諮詢。

1965
もちこむ

（他五）攜入，帶入；提出（意見，建議，問題）

【持ち込む】

このごろは、飲食物を持ち込むことを禁止している映画館が多い。
▶ 近來有很多電影院都禁止攜帶飲料和食物進場。

1966
もはん

（名）模範，榜樣，典型

（類）手本

【模範】

彼は若手選手の模範となって、チームを引っ張っていくでしょう。
▶ 他應該會成為年輕選手的榜樣，帶領全體隊員向前邁進吧！

1967
もほう

（名・他サ）模仿，仿照，效仿

（類）真似る

【模倣】

各国は模倣品の取り締まりを強化している。
▶ 世界各國都在加強取締仿冒品。

1968
もらす

（他五）（液體、氣體、光等）漏，漏出；（秘密等）洩漏；遺漏；
發洩；尿褲子

【漏らす】

社員が情報をもらしたと知って、社長は憤慨にたえない。
▶ 當社長獲悉員工洩露了機密，不由得火冒三丈。

1969
やしん

（名）野心，雄心；陰謀

（類）野望

【野心】

次期社長たる者、野心を持つのは当然だ。
▶ 要接任下一任社長的人，理所當然的擁有野心企圖。

1970 やたら（と）	剾（俗）胡亂，隨便，不分好歹，沒有差別；過份，非常，大量

やたらと長い映画で、退屈なこと極まりない。
▶ 那部電影又臭又長，實在無聊透頂。

1971 やわらぐ	自五 變柔和，和緩起來
【和らぐ】	

誠心誠意謝ったので、ようやく相手の怒りが和らいだ。
▶ 在誠心誠意的道歉下，對方終於平息怒火了。

1972 ゆうい	名 優勢；優越地位
【優位】	

部長になった後、彼は前にもまして優位に立っている。
▶ 從他當上經理之後，地位就比過去更為優越。

1973 ゆうずう	名・他サ 暢通（錢款），通融；腦筋靈活，臨機應變 類 遣り繰り
【融通】	

知らない仲じゃあるまいし、融通をきかせてくれてもいいじゃない。
▶ 我們又不是不認識，應該可以通融一下吧！

1974 ゆうせい	名・形動 優勢 對 劣勢
【優勢】	

不景気の中、Ａ社の優勢は変わらないようだ。
▶ 即使景氣不佳，Ａ公司的競爭優勢地位似乎屹立不搖。

1975 ゆうどう	名・他サ 引導，誘導；導航 類 導く
【誘導】	

誘導係が来ないので、お客様は立ちっぱなしだ。
▶ 帶位人員遲遲未現身，客人只能站在原地枯等。

1976 ゆがむ	自五 歪斜，歪扭；（性格等）乖僻，扭曲 類 曲がる
【歪む】	

柱も歪んでいる。いいかげんに建てたのではあるまいか。
▶ 柱子都已歪斜，當初蓋的時候是不是有偷工減料呢？

1977 ゆとり	㊂ 餘地，寬裕 ㊟ 余裕
	受験シーズンとはいえども、少しはゆとりが必要だ。 ▶ 即使進入準備升學考試的緊鑼密鼓階段，偶爾也必須稍微放鬆一下。

1978 ようけん 【用件】	㊂ （應辦的）事情；要緊的事情；事情的內容 ㊟ 用事
	面会はできるが、用件いかんによっては断られる。 ▶ 儘管能夠面會，仍需視事情的內容而定，也不排除會遭到拒絕的可能性。

1979 ようしき 【様式】	㊂ 樣式，方式；一定的形式，格式；（詩、建築等）風格 ㊟ 様
	こんな所でこんな中世の建築様式が見られるとは！ ▶ 萬萬沒有想到在這種地方竟能看到如此中世紀的建築風格！

1980 ようせい 【養成】	㊂·他サ 培養，培訓；造就 ㊟ 養う
	一流の会社ともなると、社員の養成システムがよく整っている。 ▶ 既為一流的公司，即擁有完善的員工培育系統。

1981 よくせい 【抑制】	㊂·他サ 抑制，制止 ㊟ 抑える
	お茶を飲んで、食欲を抑制しようと試みた。 ▶ 嘗試以喝茶來控制食慾。

1982 よくぼう 【欲望】	㊂ 慾望；欲求 ㊟ 欲
	あいつは欲望の塊だ、がりがり亡者だ。 ▶ 那傢伙簡直是慾望的凝聚物，可說是利慾薰心到極點的人。

1983 よける	㊀下一 躲避；防備
	洗濯物を軒下に入れて、雨をよける。 ▶ 把晾曬的衣物收進屋簷下，免得被雨淋濕了。

1984 よせあつめる	他下一 收集，匯集，聚集，拼湊
【寄せ集める】	あんな素人を寄せ集めたグループが、なんで人気があるのか分からない。 ▶ 實在不懂像那種全是外行人湊成的團體，為什麼會大受歡迎呢？
1985 よびすて	名 光叫姓名（不加「様」、「さん」、「君」等敬稱）
【呼び捨て】	いくら年上だからって、人を呼び捨てにするなんて失礼だ。 ▶ 即便年紀較長，對人不用敬稱實在很沒禮貌！
1986 よみとる	自五 領會，讀懂，看明白，理解
【読み取る】	著者の言わんとするところを読み取る。 ▶ 讀出作者隱含的意思。
1987 よりそう	自五 挨近，貼近，靠近
【寄り添う】	母に寄り添う父を見て、夫婦の絆を感じた。 ▶ 看到倚在母親身旁的父親，讓我感受到夫妻之間深厚的愛情。
1988 ライバル	名 競爭對手；情敵
【rival】	二人は、甲子園時代からよきライバルとして戦ってきた。 ▶ 他們兩人早從甲子園時代，就一直是相互砥礪切磋的最佳對手。
1989 らくのう	名 （農）（飼養奶牛、奶羊生產乳製品的）酪農業
【酪農】	畑仕事なり、酪農なり、自然と触れ合う仕事がしたい。 ▶ 看是要做耕農，或是要當酪農，總之想要從事與大自然融為一體的工作。
1990 りせい	名 理性 類 知性
【理性】	本能は、理性でコントロールできるものではない。 ▶ 所謂本能，是無法以理性駕馭的。

1991
りゃくだつ

【略奪】

(名) 掠奪，搶奪，搶劫

對 与える　類 奪う

革命軍は、民衆の苦しみをよそに、財産を略奪した。
▶ 革命軍不顧民眾的疾苦，掠奪了他們的財產。

1992
りょうしょう

【了承】

(名・自他サ) 知道，曉得，諒解，體察

對 断る　類 受け入れる

価格によっては、取り引きは了承しかねる。
▶ 交易與否將視價格決定。

1993
りれき

【履歴】

(名) 履歷，經歷

検索履歴を削除する。
▶ 刪除檢索紀錄。

1994
るいじ

【類似】

(名・自サ) 類似，相似

類 似ている

たとえ類似した単語であれ、よく用法を調べるべきだ。
▶ 縱使為類似的單字，亦應當仔細查出其用法。

1995
ルーズ

【loose】

(名・形動) 鬆懈，鬆弛，散漫，吊兒郎噹

對 丁寧　類 いい加減

時間にルーズなところは直した方がいいですよ。
▶ 我勸你改掉沒有時間觀念的壞習慣。

1996
れんけい

【連携】

(名・自サ) 聯合，合作

ようやく官と民の連携が実現したかと思いきや、お互い足を引っ張り合っているばかりだ。
▶ 才以為好不容易實現了官方與民間的攜手合作，沒想到卻是一連串互扯後腿的開始。

1997
ろうひ

【浪費】

(名・他サ) 浪費；糟蹋

對 蓄える　類 無駄遣い

これから駅まで走ったところで、時間を浪費するだけだ。
▶ 就算現在跑去車站，也只是浪費時間罷了。

1998 ロマンチック	形動 浪漫的，傳奇的，風流的，神秘的
【romantic】	ライトと音楽があいまって、ロマンチックな雰囲気をかもし出している。 ▶ 燈光再加上音樂，瀰漫著羅曼蒂克的氣氛。
1999 わずらわしい	形 複雑紛亂，非常麻煩；繁雜，繁複 類 面倒臭い
【煩わしい】	せっかくの料理にハエがたかって、嫌になるったらありゃしない。 ▶ 好好的料理卻招來一群蒼蠅，真討厭！
2000 わりあてる	他下一 分配，分擔；分派
【割り当てる】	費用を等分に割り当てる。 ▶ 把費用平均分攤。

新制日檢 41

新制對應 絕對合格！N1,N2,N3,N4,N5
常考單字2000（25K）

2014年01月　初版

· ·

●著者　　　吉松由美、田中陽子、西村惠子、小池直子◎合著

●出版發行　山田社文化事業有限公司
　　　　　　106 臺北市大安區安和路 112 巷 17 號 7 樓
　　　　　　電話　02-2755-7622
　　　　　　傳真　02-2700-1887

　　　　◆郵政劃撥　19867160號　　大原文化事業有限公司
　　　　◆網路購書　日語英語學習網
　　　　　　　　　　http://www. daybooks. com. tw

　　　　◆總經銷　　聯合發行股份有限公司
　　　　　　　　　　新北市新店區寶橋路 235 巷 6 弄 6 號 2 樓
　　　　　　　　　　電話　02-2917-8022
　　　　　　　　　　傳真　02-2915-6275

●印刷　　　上鎰數位科技印刷有限公司
●法律顧問　林長振法律事務所　林長振律師

●定價　　　新台幣320元